Ébano
Alberto Vázquez-Figueroa

Plaza & Janés Editores, S.A.

Portada de

IBORRA & ASS.

Vigésimo tercera edición
(Séptima en esta colección): Julio, 1988

© 1976, Alberto Vázquez-Figueroa
Editado por PLAZA & JANES EDITORES, S. A.
Virgen de Guadalupe, 21-33
Esplugues de Llobregat (Barcelona)

Printed in Spain — Impreso en España

ISBN: 84-01-49069-3 (Col. Jet)
ISBN: 84-01-49909-7 (Vol. 69/9)
Depósito Legal: B. 25.978 - 1988

Impreso en Litografía Rosés, S. A. — Cobalto, 7-9 — Barcelona

Esta novela, que pretende ser un homenaje a los miembros del extinto "Escuadrón Blanco", está basada en datos auténticos, dados a conocer por miembros de la "Comisión de las Naciones Unidas para la Abolición de la Esclavitud" y "La Sociedad Antiesclavista de Londres", e investigaciones llevadas a cabo por el propio autor en Africa Central.

Aún faltaba una hora para el amanecer, y ya estaban en pie y en marcha, atravesando el espeso bosque tropical. Llovía en lo alto, sobre las copas de los árboles gigantes, pero de la lluvia no llegaba más que el rumor, porque el agua tardaría en atravesar el espeso techo de hojas y ramas.

Cruzaron un riachuelo, un pantano de «nipa», un segundo, y hasta un tercero, y distinguieron cerca, entre el «bícero», la silueta de un elefante que se alejó aprisa en la penumbra de la primera claridad imprecisa.

Poco después la selva comenzó a ralear, y por último alcanzaron terreno libre; una amplia sabana de altas gramíneas, salpicada de acacias y arbustos leñosos de pelado tronco y alta copa.

Era aquél, el más típico de los paisajes africanos: larga llanura calentada por el sol, adormecida en los mediodías por el canto de las chicharras, y agitada por una brisa suave y seca. A medida que avanzaba por ella, se iba apoderando de David la sensación de que descubría al fin el África auténtica: la de los libros de aventuras de su infancia.

De pronto, Dóngoro se detuvo y señaló un punto frente a él, a unos doscientos metros. Forzó la vista y advirtió que algo se movía entre las altas hierbas de color trigo maduro. Le llegó claro el «crac» de dos objetos que entrechocan, y comprendió lo que ocurría casi en el mismo instante en que el espectáculo se presentó a su vista: dos impalas luchaban junto a un bosquecillo de acacias, cuyas tonalidades oscilaban del amarillo arena, al rojo argentado, pasando por el verde y el pardo.

Hizo un gesto a Ansok, y el indígena depositó en el suelo el pesado maletín. Dudó ante la «Hasselblad», pero se decidió por la «Nikon», más rápida y liviana. Prefería la calidad de la primera, pero temía que el sonoro chasquido de su disparador asustara a los animales.

Avanzó muy despacio, paso a paso, como si estuviera cometiendo un acto prohibido, violando la Naturaleza, y así siguió veinte metros, treinta, cuarenta, mientras los antílopes entrechocaban sus cuernos, para retroceder de inmediato a tomar nuevas fuerzas, instante que uno de ellos aprovechaba para mugir, furioso, intentando asustar a su enemigo.

Disparó su cámara una y otra vez, aproximándose al abrigo de las altas matas, hasta colocarse a menos de cincuenta metros de distancia. Se detuvo entonces a observarlos fascinado, a solas con el mundo y los dos machos que libraran la eterna lucha del amor y la muerte, como venían haciendo sus antepasados desde el comienzo de los tiempos.

Estaban allí los tres: actores y testigos; bestias, Naturaleza y hombre... y el silencio.

¡Dios!, hubiera pasado horas contemplándolos, olvidado de todo, incluso de la cámara que colgaba de su cuello, tan hipnotizado como el día que vio a una gacela corriendo por las pistas de una Villa Olímpica.

La observó boquiabierto, incapaz de reaccionar frente a la majestuosa elegancia de aquel cuerpo increíble que parecía volar sobre el tartán, como si lo que para otras significaba un esfuerzo supremo, no fuera para ella más que un juego infantil.

—Tendrás que correr para mí otra vez —le pidió—; no pude hacer ni una sola foto...

—Lo siento..., terminó mi entrenamiento...

—Saldrás en *Paris-Match*... En *Stern*... En *Tempo*...

—Si gano el viernes, saldré... Si no, no...

Alzó la cámara, y de improviso se detuvieron al unísono, como si el ligero cambio de la brisa les hubiera llevado el olor a hombre.

Le miraron y se dirían uno reflejo del otro: la cornamenta en alto, las miradas atentas, las orejas alertas, los hocicos venteando... Eran dos hermosos machos, y la hembra por la que luchaban debería sentirse orgullosa.

Por unos instantes permanecieron con los ojos fijos en él, pero, al fin, como si comprendieran que ningún peligro les amenazaba, se apartaron lentamente, sin miedo, decididos a continuar su lucha más allá, a la sombra, y sin testigos.

Tenían el mismo andar, grácil, erguido y liviano con que ella se alejó, sin volverse, por el largo pasillo que conducía a los vestuarios.

—¡Eh!, espera... ¿Cómo te llamas...?

Sonrió en la penumbra.

—Nadia... —respondió suavemente.

Y desapareció.

Regresó junto a los indígenas, que se habían sentado a la sombra de un viejo baobab.

Sarmentoso y triste, el árbol podría tener quizá tres mil años como aseguraban los nativos, pero más parecía por su ancho tronco y ridícula copa, una enorme seta, que un pariente del roble, la ceiba o el sicómoro. Paquidermo vegetal, esponjoso y rezumante de agua, no ofrecía más sombra que una columna que se alzara en el centro de la estepa.

—Eres inestable e inseguro como la sombra del baobab —le había dicho ella cierto día. Y tuvo que ir hasta una pradera del Camerún, para comprender aquella frase.

Tomó asiento junto a Dóngoro, que le ofreció pan, agua y queso de cabra «bamilenké». Como la mayoría de los «fulbé» y los «haussas», Dóngoro despreciaba a los «bamilenkés», pero adoraba sus grandes y apestosos quesos.

Ni él, ni Ansok, habían prestado la menor atención al hermoso espectáculo de la lucha entre los machos. Para ellos —cazadores furtivos— el único animal bello era el animal muerto. Los antílopes no representaban más que piel y cuernos; los elefantes, marfil; los búfalos, cuero y testuz. La piel de uno de los machos podía valer diez dólares en Douala, Yaundé o Fort-Lamy, y si no los mataban era porque él, David, lo había prohibido.

Se les advertía inquietos al ver alejarse impunemente veinte dólares y dos hermosos pares de cuernos, pero no podía culparles. Veinte dólares constituían una pequeña fortuna para ellos, y no inventaron el matar por matar.

Hasta la llegada del hombre blanco al Continente, los africanos no cazaron más que lo justo para vestirse y alimentarse, dejando que las grandes manadas cubrieran la pradera sin que jamás el ser humano soñara con aniquilarlas. Fue necesaria la bárbara costumbre blanca de la caza por diversión, para que el indígena descubriera, con asombro, que las bestias tenían un nuevo valor como «trofeo». En su sencilla mentalidad, no cabía la idea de que matar a un animal indefenso fuera algo digno de admiración, y tan sólo las fieras abatidas cara a cara y con peligro de la vida merecían que su piel fuera colgada de una pared.

Pero ahora, por culpa del afán exhibicionista de los blancos, medio centenar de especies autóctonas habían desaparecido de la faz de África, y otras tantas corrían serio peligro de extinción.

—Ya que quieres pasar tu luna de miel en África, trae unas buenas fotos. En octubre publicaremos un número especial sobre animales.

Era un buen tipo el Redactor-Jefe, y el que más había contribuido a que David abandonara el campo de la fotografía publicitaria y se quedara definitivamente en la revista.

Y allí se encontraba ahora, a la sombra de un baobab, desayunando queso de cabra en compañía de dos furtivos, confiando en encontrar pronto un elefante de buenos colmillos.

Pasado el mediodía alcanzaron una quebrada por cuyo fondo corría un riachuelo que debía servir de abrevadero a todas las bestias de los alrededores. Siguiéndolo por largo rato, acabaron por descubrir, junto a la charca que formaba en un remanso, huellas como enormes bandejas de más de cuarenta centímetros de diámetro, claras, profundas y frescas.

—Aquí se bañó esta mañana —señaló Ansok—, anduvo sacando barro del fondo, y el agua aún está revuelta.

Dóngoro descubrió en lo alto de la quebrada un mojón de excrementos, y sin dudarlo, introdujo en él la mano, comprobando su temperatura.

—No nos lleva más de una hora —dijo, e inició la marcha en pos de la ancha pista, a través de una pradera que se iba llenando más y más de vida, aunque el calor obligaba ahora a los animales a buscar sombra.

Era la hora de la siesta. Si las bestias dormían o no, no podría decirse, pero lo cierto es que permanecían inmóviles como estatuas de piedra, y a menudo, distintas especies se agrupaban huyendo del sol, cabeza con cabeza, y grupa con grupa.

Menudeaban las cebras y los antílopes, y cerca dormitaban los «ñus», que, pese al sueño, no cesaban de agitar las colas ni un instante, mientras sobre los arbustos destacaban, a veces, las cortas orejas y el afilado morro de las jirafas.

África estaba quieta y los hombres eran lo único que se movía en la sabana.

Un zumbido de chicharras parecía calentar aún más el ambiente, y de tanto en tanto, el rumor de millones de insectos que cantaban, subía de tono en oleadas, hasta alcanzar un límite casi insoportable que crispaba los nervios, para desaparecer de pronto bruscamente, como si el mar se retirase.

—El ruido de la muerte le llaman —indicó Ansok—, y dicen que hay quien se ha vuelto loco de escucharlo...

Un nuevo montón de excrementos marcó el tiempo que el animal les llevaba. Tal vez, si se había detenido a comer algo, ya estarían muy cerca. Dóngoro apretó el paso y la marcha se volvió endemoniada.

Se le advertía nervioso.

—Podríamos matarlo —dijo—; usted se quedaría las defensas, y nosotros las patas y la carne.

—No he venido a matar animales, sino a fotografiarlos —repitió una vez más—, y no tengo licencia de caza...

—¡Oh!, eso no importa... Eso no importa... Aquí nadie va a venir a pedírsela...

Agitó la cabeza con pesar:

—De ese modo, pronto acabarán con todos los elefantes de África...

—Ya no hay sitio para ellos... —comentó Ansok, que marchaba a su espalda—. Los elefantes no pueden convivir con el progreso... ¿Tiene idea de cuánto consume un elefante...? Cuando invade una plantación acaba con quinientos kilos de maíz en una noche. ¡Quinientos kilos! La comida de todo el pueblo durante una semana...

—Pero muy pocos atacan las plantaciones —protestó—. Cuando una cabra se mete en una casa y se come un fajo de billetes, nadie piensa en matar todas las cabras...

—Usted no lo entiende —insistió el indígena—. África no quiere continuar siendo tierra de elefantes y leones... Si tanto les gustan, llévenselos a casa... Los blancos protestan porque los destruimos, pero nadie ofrece sus campos de trigo para que vivan en ellos...

No respondió; sabía que todas las discusiones con un nativo respecto al futuro de la nueva África concluían en punto muerto. Simuló concentrar su atención en una barrera de pequeños montículos de unos cinco metros de altura que había hecho su aparición ante ellos, gigantescas termiteras que en aquel lugar abundaban en exceso, sin que existiese, aparentemente, causa alguna que lo justificara.

Tuvieron que rodearlas en un continuo zigzag, y advirtió que, en muchos puntos, las patas del elefante las habían aplastado, y podía verse a las termitas-obreras luchando afanosamente por remediar el mal, e impedir que el duro sol del trópico afectara la suave y fresca oscuridad de sus cien mil pasadizos.

Al salir de las termiteras se toparon, a no más de veinte metros, con una gran manada de antílopes que se alejaron a saltos, en el más hermoso espectáculo que hubiera visto nunca.

Súbitamente las huellas del elefante giraron hacia el Norte y se adentraron en una suave colina de gramíneas.

Dóngoro señaló a la cumbre:

—Está detrás —afirmó—, y tenga cuidado, porque debe ser un buen macho con más de cincuenta kilos en los colmillos... —golpeó suavemente la culata de su «Mannlicher 475»—. ¿No quiere que le acompañe? —se extrañó.

David negó con un gesto mientras se inclinaba a

hurgar entre las cámaras. Colocó el 500, se echó al bolsillo un par de rollos de repuesto, cargó otra «Nikon» con película más lenta y un 100, e inició la ascensión mientras los indígenas buscaban una vez más acomodo a la sombra.

Desde la cumbre se volvió a observar la llanura a sus espaldas.

—Le hubiera gustado ver esto —se dijo—. Ha sido una larga caminata, pero valía la pena...

Al otro lado, el paisaje era casi idéntico, pero no tuvo tiempo de contemplarlo, porque al instante distinguió a su derecha la mole del elefante, que parecía estar afilándose los colmillos en un tronco leñoso.

El animal debió presentirle, o tal vez fue su olor que le llegó cabalgando en el aire, porque de inmediato cesó en su tarea, alzó la trompa y se volvió a mirarle mientras abanicaba sus enormes orejas.

No estaba asustado, ni aun preocupado, pese a que no más de sesenta metros le separaban del intruso. Tal vez fuera curiosidad lo que sentía, o tal vez una ligera irritación al verse molestado. Avanzó unos metros amenazador y ofensivo, y lanzó un barrito que retumbó en el valle a sus espaldas, pero se detuvo sin más que el amago de ataque, quizá sorprendido por el simple «click» metálico de la cámara.

Continuó barritando y sacudiendo las orejas mientras el motor eléctrico de la «Nikon» funcionaba una y otra vez, y David se felicitaba por la magnífica colaboración que estaba obteniendo del gran macho.

Cuando se cansó de apretar el disparador, lo miró de frente, sonriendo:

—Ya está bien, «Valentino»... Acabó tu trabajo por hoy... Puedes irte...

Aguardó hasta que el paquidermo se alejó, pesado, ondulante, y bandoleando su ridícula cola al compás de su descomunal trasero, y luego se volvió a contemplar nuevamente la llanura. Agitó la mano indicando a los indígenas que era hora de emprender el regreso, y comenzó a saltar alegremente, colina abajo.

—Ahora, una larga caminata, un buen baño, dos tragos, una rica cena y...

¡Cielos!, África era el mejor lugar del mundo para pasar la luna de miel...

Tenía razón Ansok, y había leones cerca.

Los oyeron rugir en la espesura, y más adelante una gran melena cruzó como una sombra el senderillo, haciendo que Dóngoro llegara incluso a preparar su arma.

—No me gustan los leones —comentó—. No cuando andan tan cerca de la gente. Hace un mes devoraron a una mujer en la laguna...

—Malo es el león que se acostumbra a comer carne humana —murmuró Ansok—. Le gusta, y la encuentra fácil.

David no respondió. Por unos instantes, una sombra de preocupación cruzó su mente, pero la desechó ante la certeza de que Nadia jamás se alejaba hasta la laguna sin un arma.

El bosque apareció ante ellos y se adentraron en su espesura maldiciendo de antemano la larga caminata a través de riachuelos y pantanos; abriéndose paso por entre lianas y enredaderas; saltando una y otra vez sobre troncos caídos o charcos putrefactos.

Dóngoro y Ansok habían cambiado de expresión, y parecían malhumorados. David comprendió que a ninguno de ellos —como a la mayoría de los indígenas africanos— les gustaba la selva. Aun viviendo en ella, los nativos aborrecían adentrarse en la espesura, lejos de los caminos que resultaban familiares, y raramente se apartaban de sus poblados y sus campos de cultivo.

Cazaban en el bosque y pescaban en sus ríos, pero siempre dentro de los estrechos límites de un territorio concreto, pues en su primitivismo, seguían creyendo que más allá, en la espesura, habitaban los espíritus malignos y los «hombres-leopardo».

Sembraban los senderos de peligrosas trampas en las que hacían caer a venados y jabalíes, pero raramente se enfrentaban, entre los árboles, con los grandes animales. La lanza y el arco parecían hechos para la pradera, y si en ella no temían a nadie, en la selva les aterrorizaba el rugido del león, y les ponía a temblar la huella del leopardo.

Los gorilas, tan abundantes más al Sur, en la frontera con Guinea, constituían su pesadilla, y no había nada que temieran más que la posibilidad de desembocar, de improviso, en el claro que una familia de ellos hubiera escogido para pasar la noche.

Pacíficos y tolerantes, los gorilas no soportaban sin embargo intromisiones, y por ello, pocos nativos se atrevían a adentrarse en el bosque muy de mañana, antes de que los grandes monos se hubieran puesto en marcha.

Pero la selva aparecía en calma esa tarde. A ratos, un rumor de lluvia repiqueteaba en las copas de los más altos árboles, pero pronto le sucedía el grito de los monos, el canto de infinitas aves, y el pesado vuelo de enormes faisanes que surgían casi de sus mismos pies.

De tanto en tanto, una culebra cruzaba el sendero, salpicado de huellas de animales, y a menudo, la alta selva de copudos árboles, luz glauca, y suelo llano, daba paso al torturante «bícoro», selva primaria de matojos, espinos y caña brava; viejos campos de cultivo en los que el bosque había sido talado y quemado, para abandonarlo más tarde a la maleza baja y densa.

A la salida de una de esas zonas de «bícoro», Dóngoro, que iba delante, se detuvo sorprendido, y señaló el diminuto caminillo:

—Gente —dijo—. Gente extraña.

—¿Por qué extraña?

—Botas grandes, pesadas... Inglesas o nigerianas...

Otros van descalzos. Llevan prisa y van hacia el Nordeste. Hacia el Chad...

—¿Cazadores furtivos? —aventuró.

Ansok y Dóngoro se observaron. Movieron la cabeza al tiempo que se encogían de hombros:

—Puede ser... —admitió Ansok—. Puede ser...

Reanudaron la marcha, que fue ganando velocidad hasta hacerse agotadora, sin que David supiera si atribuirlo a las huellas, o a que comenzaba a caer la noche y sus compañeros no parecían felices con la posibilidad de perderse y dormir en el bosque en compañía de sombras y diablos.

Tampoco él tenía interés en dormir bajo un árbol, sabiendo que al término del camino, más allá del bosque y del río, aguardaba una carretera polvorienta y, al final, una «roulotte» con aire acondicionado, luz eléctrica, cerveza helada, una pierna de venado al horno y una cama ancha y mullida, cuyos resortes amortiguaban de tal forma los saltos, que ni en las más agitadas noches se advertía desde fuera lo que pudiera ocurrir dentro.

Había hecho hincapié al comprarla:

—No quiero que los transeúntes se enteren de que estamos haciendo el amor.

—Descuide, señor, descuide... Podemos hacerle una demostración práctica... ¡Señorita...!

—¡Hombre, yo...!

—¡Oh! No tema... Es, tan sólo, para que salte dentro...

Es verdad que no había en toda África «roulotte» parecida, y de Abidján a Accra; de Lomé a Cotonou; de Lagos a Douala, había soportado caminos polvorientos, lluvias tropicales, calores bochornosos, fango y piedras, sin más que un par de rayones en su hermosa pintura amarilla, y algún que otro neumático reventado.

Y allí estaba ahora, donde concluía la carretera polvorienta, bajo la copuda ceiba, junto al poblado indígena cuyas chozas abrían su puerta trasera al bosque, y la delantera, a la gran plaza y la sabana.

Apresuraron el paso, pero al verlos de lejos, un grupo de mujeres corrió a su encuentro. Daban grandes gritos y agitaban los brazos.

No entendía su sonoro dialecto y tuvo que aguardar la traducción de Ansok. Su oscuro rostro pareció transformarse.

—La señora ha desaparecido... —dijo—. Bajó a bañarse a la laguna, y aún no ha vuelto...

Sintió que todo giraba a su alrededor, y tuvo que apoyarse en Dóngoro. Tardó en reaccionar.

—¡No es posible! —negó con firmeza—. No es posible... ¿A qué hora se fue?

—A mediodía... Los hombres del pueblo están buscándola...

—¡Dios santo!

Echó a correr hacia la «roulotte», alimentando la esperanza de encontrarla en ella, negándose a admitir lo que decían.

—¡Nadia! ¡Nadia...!

Pero Nadia no estaba.

Se dejó caer en la cama, y el lugar se llenó de mujeres y niños que curioseaban cada rincón, hacían correr el agua de la ducha o revolvían la pequeña despensa.

Los vio hacer, incapaz de comprender cuanto ocurría a su alrededor. Trataba de concentrarse en algo, no sabía qué, pero el constante parloteo le aturdía, y reaccionó cuando vio a una gorda, sucia y sudorosa, intentando probarse una blusa de Nadia, como si esperase heredarla de alguien que no regresaría nunca.

Se la arrancó de las manos y arrojó fuera a la turba vociferante y harapienta, empujando a la gorda que se había atascado en la pequeña puerta y cerró tras ella.

Por unos instantes tuvo que apoyar la frente en la pared y esforzarse por evitar el llanto. Luego, tomó un pesado revólver del armario, se lo introdujo bajo el cinturón y salió a la noche.

Dóngoro y Ansok aguardaban junto a la puerta. Llevaban linternas y estaban armados: el primero con su pesado «Mannlicher», el segundo, con una vieja escopeta de dos cañones.

Emprendieron en silencio el camino hacia la laguna, pero apenas habían recorrido quinientos metros, cuando una sombra que venía en dirección contraria les detuvo.

—No vayan —dijo el hombre de la larga lanza—. Ya es inútil.

David hubiese querido que aquellas palabras nunca salieran de su boca:

—¿El león? —inquirió con un hilo de voz.

El guerrero negó con un gesto. A la incierta luz de la linterna, su rostro resultaba inescrutable, pero David creyó advertir una expresión de profunda pena en sus ojos cuando replicó lentamente:

—Cazadores de esclavos.

—¿Cazadores de esclavos?

El cónsul agitó la cabeza y contempló a su interlocutor como si le resultara imposible admitirlo. Revolvió sus papeles y consiguió su encendedor de oro, cón el que prendió un largo cigarrillo. Estaba tratando de ganar tiempo.

—No lo creo —dijo al fin—. Sinceramente, y perdone mi rudeza, no puedo creerlo... Si su esposa se perdió en la selva, probablemente se ahogó en la laguna, la devoró un león, o cayó en una trampa de cazadores indígenas. Pero eso que me dice... No; no lo creo...

—Seguimos sus huellas durante cuatro días, hasta el río Mbére, un afluente del Logone. Eran siete hombres, y llevaban por lo menos veinte cautivos... Las huellas de las botas de mi esposa se distinguían claramente.

El cónsul se puso en pie, paseó por la habitación con las manos en la espalda, y se detuvo ante la amplia ventana. Contempló los tejados de Douala, el amplio estuario del Wouri, y al fondo, el cono gigante del monte Camerún.

—Tenía noticias de la caza de esclavos —admitió al fin—. Sabía de ella, de la misma forma que se sabe de las costumbres caníbales de las tribus del Norte o los feroces ritos de los «hombres-leopardo»... Pero, aquí, en África, nadie roba, mata, devora o sacrifica

a un blanco, «porque los blancos están contados»...
En cuanto uno desaparece, la represalia de las autoridades suele ser terrible... Por eso, me cuesta trabajo admitir la posibilidad de que hayan raptado a su esposa... Sería la primera vez que los cazadores de esclavos secuestran a una blanca...

—Mi esposa es negra.

Su voz sonó tan natural, tan carente en absoluto de inflexiones, que el cónsul pareció quedar de piedra, tan de piedra como aquellos dos soldados que se distinguían en la Plaza, sobre el Monumento a los Caídos en la Guerra del Catorce.

Tardó en volverse. Cuando lo hizo, se le advertía desconcertado. Había perdido su flema profesional, y casi se podría asegurar que tartamudeó levemente al recuperar la palabra:

—Lo lamento —dijo—. Lamento la forma en que me he expresado... Si en algo he podido molestarle, le ruego que...

—¡Oh! No se preocupe —le interrumpió—. Usted no tenía por qué saberlo.

Se hizo un nuevo silencio. El cónsul regresó a su sillón y tomó papel y pluma.

—¡Bien! Veamos —comenzó—. ¿Nombre de su esposa?

—Nadia... Nadia Segal de Alexander...

—¿Natural...?

—De Abidján, Costa de Marfil...

—¿Edad?

—Veinte años.

—¿Tiempo de casados?

—Dos meses... Era nuestro viaje de luna de miel... —Su voz se quebró y tuvo que realizar un esfuerzo para evitar emocionarse—. ¡Oh, Dios! Todo resultaba maravilloso, y ahora es como una pesadilla... Tengo que encontrarla —añadió con firmeza—. Necesito recuperarla, cueste lo que cueste...

El cónsul agitó la cabeza:

—No quiero parecer pesimista, pero no debe abrigar muchas esperanzas... Si, como asegura, esos cazadores de esclavos se encaminaban al Nordeste, no resulta aventurado imaginar que su destino es la Península Arábiga. Y quien entra en ella, no sale jamás... Devora cada año miles de esclavos africanos... No crea que estoy tratando de mostrarme cruel... Es, tan sólo, que conozco la realidad... Si quiere un consejo, intente recuperar a su esposa antes de que la hagan cruzar el mar Rojo... Más allá, desaparecerá para siempre.

—¿Pero cómo...? África es inmensa... ¿Dónde puedo encontrarla?

—No tengo la menor idea. En estos momentos estará en cualquier lugar del Camerún, Chad o la República Centroafricana, rumbo a Sudán o Etiopía...

—¡Es una región casi tan grande como Europa...!

—Por eso, mi consejo es que trate de hacerse a la idea de que ha perdido a su esposa para siempre... Sé que la resignación resulta muy difícil, pero es como convencerse de que ha muerto.

—¡Pero no ha muerto! —exclamó—. No ha muerto, y la buscaré aunque viva cien años... No podría descansar un minuto, sabiendo que está sufriendo en alguna parte y no hago todo lo posible por salvarla... Le juro que la encontraré —concluyó.

—Admiro su abnegación, amigo mío. Y le prometo que tomaré el máximo interés en ayudarle; no ya oficialmente, que es mi obligación, sino incluso de forma personal... Como sabe, el embajador se encuentra en Yaundé, pero me pondré de inmediato en contacto con él. Presionaremos al Gobierno. Alertaremos a todas las guarniciones y gendarmerías de la frontera, y me comunicaré con mis colegas de Chad y la República. Le aconsejo, también, que acuda al embajador de Costa de Marfil... Entre neg... entre africanos se toman mayor interés. ¿La familia de su esposa tiene alguna influencia en Abidján?

—Su padre, Mamadou Segal, fue catedrático en la Sorbona y cofundador, con el presidente Houphouët-Boigny, del Partido Democrático de Costa de Marfil... Está retirado de la política, pero creo que aún conserva amistades en el Gobierno...

—Procure que las mueva... El presidente Boigny es el hombre más respetado de esta parte de África...

—¿Realmente cree que se puede lograr algo por la vía diplomática...?

—Lo ignoro. Llevo siete años en África, y aún me sorprenden la mayoría de las cosas que aquí ocurren... Me esfuerzo, pero no entiendo a estas gentes.

Lo queramos o no, su mundo es distinto al nuestro, y nunca sabremos cómo van a reaccionar ante un determinado problema... Miles de hombres, mujeres y niños son raptados cada año por los cazadores de esclavos, y otros muchos mueren víctimas de ritos caníbales o sacrificios a extraños dioses, pero nadie parece preocuparse por ello. Sin embargo, movilizan a todo un ejército para atrapar a un desgraciado que asesinó a su patrón en un arrebato de ira... Lamentablemente, la vida, la muerte, o la libertad, no tienen aquí el mismo valor que en Europa y América.

—Hizo una larga pausa, apagó el cigarrillo y continuó—: Mi consejo es que conserve la calma... Esta misma tarde, iniciaré las gestiones para dar con el paradero de su esposa. Haremos todo lo humanamente posible... ¿Cómo está de dinero?

—Tengo algunos ahorros. Pero puedo conseguir lo que haga falta, aunque trabaje toda la vida para devolverlo... ¿Ofrecer rescate daría resultado?

—Estaba pensándolo, y creo que podré conseguir aportaciones de nuestros residentes aquí... El problema no está en ofrecer recompensa, sino en conseguir que la noticia llegue a oídos de los secuestradores. Por lógica, evitarán todo contacto con lugares habitados... Consultaré el asunto con las autoridades... ¿Dónde puedo encontrarle?

—En el «Hôtel des Relais Aériens». Habitación 114.

El cónsul se puso en pie y le acompañó a la puerta:

—Procure descansar —pidió—. Se le nota agotado... Le tendré al corriente de lo que averigüe...

Ya en la calle, echó a andar lentamente hacia la plaza de Akwa. Un taxi se detuvo a su lado, pero lo despidió con un gesto y continuó hundido en sus pensamientos, sin prestar atención a los ciclistas que regresaban a sus casas concluido el trabajo, las infinitas prostitutas que comenzaban a invadir las aceras, o la magnificencia de la increíble puesta del sol, más allá del monte Camerún, con la línea de la isla de Fernando Poo dibujándose al fondo.

Apenas hacía dos semanas que se habían sentado juntos en la piscina del hotel, contemplando una puesta de sol semejante, y, sin embargo, se diría que había transcurrido una eternidad.

Cenaron allí mismo, al aire libre, observando las

luces de las piraguas indígenas que salían a pescar o navegaban lentamente hacia las lejanas cabañas de la otra orilla del estuario.

—Nada ha cambiado desde los tiempos de Cristo —comentó—. Pescan, cazan y viven, como lo hacían sus antepasados de hace dos mil años...

—Sí —admitió ella—. Podría pensarse que nada ha cambiado, y sin embargo, la Historia jamás asistirá a transformación tan brusca como la que está ocurriendo en el espíritu de mi gente... Los sacaron de sus selvas y sus campos para encontrarse en la ciudad con unos vicios que, por desconocidos, ejercen sobre ellos una atracción irresistible... La bebida, la droga, la prostitución y el homosexualismo están llevando al africano al mayor grado de degradación que coñociera nunca...

—Pero eso no es culpa de nadie... Nadie les empuja... —protestó.

—En efecto —admitió ella—. Nadie les empuja, pero tú sabes que la mayoría de nuestros nativos son como niños a los que, de pronto, los colonizadores han enseñado infinidad de cosas para las que no estaban preparados...

—¿No lo estás tú? ¿Por qué tienen que ser distintos?

—Yo estudié en París... Soy negra y he vivido la mitad de mi vida en África, pero nadie me consideraría una africana típica, y lo sabes. Desde niña tuve profesores y buena alimentación, cosas ambas que faltan aquí... Blanco o negro, el problema del niño hambriento y sin educación, es el mismo en todas partes... La cuestión es que en África hay más.

—¿Y crees que está en tu mano solucionarlo?

—No, desde luego, Ni en la mía, ni en la de nadie. Pero, si tuve la suerte de ir a una Universidad y aprender cosas que pueden ser útiles a los míos, mi obligación es aprovechar esos conocimientos.

La atrajo hacia sí y la besó levemente por encima de la mesa, a punto de mancharse la camisa con salsa de tomate.

—Emplea esos conocimientos es mí... Y en nuestros hijos cuando los tengamos. Ésa es tu obligación de esposa...

Ella guardó silencio unos instantes. Bebió despacio

su copa de vino, la depositó nuevamente en la mesa y le observó con fijeza:

—No vas a comenzar a presionarme, ¿verdad? —inquirió—. Estaba claro: nos casaríamos, pero yo podría continuar dedicada a lo mío...

—¿Tanto significa para ti...?

—Doscientas cincuenta mil personas han muerto con las últimas sequías y otros seis millones están en peligro de perecer. Quizá dentro de treinta años, el desierto se haya comido tres o cuatro países que limitan con el mío. ¿Pretendes que eso no signifique tanto para mí...?

No. No podía pretenderlo, y no tenía por qué sorprenderse. Lo sabía desde el primer momento; desde aquella noche que aceptó cenar con él a las dos horas de haber recibido una medalla olímpica.

—Al norte de mi país, los ríos se agitan y los árboles mueren... —le había dicho entonces—. Los rebaños desaparecen y las cosechas se queman. El hombre emigra hacia el Sur abandonando una vez más las estepas y los campos, que al poco tiempo son devorados por la arena... El Sáhara ha avanzado casi cien kilómetros en los últimos tiempos, y los científicos calculan que este cambio de clima que afecta a África durará sesenta años... ¿Qué habrá sido para entonces de mi gente...?

—No te preocupes —intentó bromear—. Quizá para entonces ya la guerra atómica habrá acabado con todos...

—¿Y crees que eso consolará a los miles de niños que en estos momentos mueren de sed, de Senegal a Etiopía...? Cuando me ofrecieron correr en las Olimpíadas imaginé que si, por un milagro, conseguía una medalla de oro, los periodistas de todo el mundo vendrían a hacerme preguntas. Eso me daría la oportunidad de llamar su atención sobre lo que está ocurriendo en África, y nuestra necesidad de ayuda. No de una ayuda de leche en polvo, mantas y ropa usada, sino de expertos, técnicos capaces de acabar con la sed de África.

—¿Por eso aceptaste cenar conmigo? —rió—. ¿Para que le pida a mi revista que escriba algo sobre la sed de África?

Sonrió muy levemente:

—Tal vez... Tres millones de reses han muerto a menos de cuatrocientos metros de un inmenso caudal de agua... ¿No es un gran reportaje?

—¿Y por qué no llegaron a ese agua?

—Porque está bajo tierra... Porque no tenemos medios de hacerla aflorar a la superficie... El Sáhara se encuentra plagado de corrientes de agua subterránea que están ahí, esperando que alguien ponga los medios de hacerla aflorar... Si se puede extraer petróleo a diez mil metros, ¿por qué no agua a cuatrocientos...?

Aquél fue su primer viaje a África. Vino a fotografiar la sed de un Continente que tenía la salvación bajo sus mismos pies, y se quedó.

¿Qué le había dado Nadia? ¿Cómo llegó a fascinarlo tan profundamente? No fue tan sólo su belleza física, su rostro perfecto, su cuerpo duro y liso o la increíble armonía de sus gestos. No, no era eso... Era su personalidad arrolladora, su fuerza de carácter, su ansia de vivir, de ayudar, de hacer siempre algo por alguien, empeñada en luchas sin esperanzas; en batallas contra molinos gigantes; en esfuerzos superiores a sus medios.

Era su firmeza en las convicciones, su sinceridad ante la vida, su honradez en cada gesto, en cada palabra, en cada idea, como si estuviera convencida de que, de cada una de esas acciones, dependía la rehabilitación de su raza, o de su país, o del mundo.

Para Nadia, todo en la vida era trascendental, del mismo modo que para él, David, todo en la vida había sido, hasta ese momento, nimio, absurdo y sin sentido. Nada le importaba más que una buena foto, pero en el fondo sabía que una buena foto no era más que la eternización falsa de un hermoso momento, y que, a menudo, ese momento ni siquiera había existido realmente, y había tenido que crearlo él a base de un filtro especial, una luz contrastada o un lente que distorsionaba la realidad.

David era lo suficientemente inteligente como para comprender que el detalle más acusado de su personalidad era, precisamente, su falta de personalidad, y el más marcado de su carácter, su carencia de carácter.

Lo sabía, y lo aceptaba.

Había sido así desde niño; desde que comprendió que en la escuela otros eran los líderes, y otros fueron los líderes en la Universidad y en el Regimiento. Se diría que su voz no era escuchada, y pese a su estatura, no fuera capaz de dejarse ver o hacerse oír. Podía tener opiniones y puntos de vista inteligentes, pero se dejaba opacar sin lucha por otros mucho más estúpidos, o de opiniones absurdas.

Descubrió pronto que prefería no luchar y resultaba más fácil dar la razón a quien no la tuviera, que enredarse en una discusión sin esperanzas. A la larga, siempre —fuera cual fuera el problema— daba su brazo a torcer.

A menudo se indignaba ante el hecho de resultar perjudicado por no haber querido perjudicar a alguien que en el fondo no le importaba en absoluto, y era la suya una mezcla de timidez y bondad enfermiza que llegó a amargarle la existencia, hasta que llegó al convencimiento de que más amarga resultaba cuando trataba de luchar contra esos sentimientos y doblegar su auténtico «no carácter».

Por eso, al encontrarse frente a una maravillosa mujer de otra raza, otro Continente, otras ideas y otro temperamento, se dejó absorber, sin que esa absorción significara nunca anulación, sino únicamente reconocimiento de que Nadia llevaba dentro todo aquello que él hubiera deseado tener, pero que, en el fondo, le asustaba.

Ahora, sentado allí, en el jardín del hotel, contemplando las luces del estuario, David trataba de analizarse, de convencerse, con la ayuda de una botella de coñac, de que, por primera vez, tendría la suficiente fuerza de carácter como para seguir adelante en su empresa, y adentrarse en el corazón de África, a cumplir su promesa de rescatar a Nadia costara lo que costase.

No era miedo, y lo sabía. Durante años, durante su adolescencia, le preocupó profundamente el hecho de que —tal vez— su falta de carácter no fuera, en realidad, más que una forma de cobardía.

Más tarde, cuando la Revista le envió a guerras y terremotos, y las balas y la muerte pasaron a su lado, comprendió, por la serenidad del pulso con que sujetaba las cámaras, que no era miedo; que no lo había sido nunca, y nada tenía que ver el valor con el carácter.

La posibilidad de correr graves riesgos, incluso de morir, no le asustaba si de ello dependía la libertad de Nadia. Le asustaba carecer del empuje necesario para llevar adelante una empresa tan ardua como era encontrar a una mujer negra en la inmensidad de África.

—¿Qué haría ella en mi lugar? ¿Cómo acometería la batalla contra los más inabordables molinos de viento con que se haya enfrentado jamás ser humano alguno?

»¿Cómo atrapar fantasmas que se escurren por las praderas, los bosques y los desiertos del más misterioso y desconocido de los Continentes?

Le desalentaba su propio desaliento ante la magnitud de la empresa y no saber por dónde iniciarla.

Había que dar un primer paso, y luego otro, y otro y otro... Y un millón más... ¿Pero, hacia dónde?

—¡Oh! Nadia, Nadia... —sollozó quedamente—. ¿Dónde estás?

Permaneció muy quieta y en silencio.

Distinguió cómo la sombra se movía, sigilosa, y alzó cuanto pudo los brazos.

—¡Oh, David, David! ¿Dónde estás? —exclamó mentalmente.

El hombre continuaba deslizándose hacia ella, tropezó con el pie de una mujer dormida, se cercioró de que no la había despertado, y siguió adelante para detenerse a menos de un metro de distancia.

Allí se inmovilizó. Probablemente intentaba aguzar la vista, atravesar la oscuridad para no errar el golpe; conseguir que todo ocurriera con rapidez y sin escándalo.

Sintió en las sienes el latir de los segundos. Los brazos se le cansaban de tenerlos en alto, las cadenas le pesaban, y tuvo la impresión de que el hombre debía percibir claramente el golpeteo de su corazón.

Dio gracias cuando al fin llegó el ataque, y pudo bajar con fuerza las manos.

Se oyó un grito apagado y el visitante nocturno cayó de espaldas llevándose las manos a la frente. Lo empujó con el pie para alejarlo y volvió a recostarse en el árbol con los ojos muy abiertos a la negrura de la noche.

—¡Oh, David, David! ¿Dónde estás? ¿Por qué no vienes a librarme de esta pesadilla?

Eran ya tantos los días, que parecía como si toda su vida hubiese estado ligada a aquellas cadenas. Le costaba trabajo recordar lo que no fuesen horas de caminar apresurada, siguiendo el ritmo que marcaba el hombre de cabeza, evitando tropezar con el que le precedía, o ser pisada por la muchachita que venía detrás. Calor, sed y fatiga, y un constante evitar los golpes del sudanés, golpes que daba siempre con el grueso mango de su largo látigo para no desgarrar la piel de la mercancía.

Noches de dormitar bajo un árbol o en la inmensidad del pajonal de la pradera, atenta siempre a evitar el asalto de los guardianes que aprovechaban el primer sueño del árabe para lanzarse hambrientos sobre ella.

Amaneceres helados, con el cuerpo entumecido por el insomnio y la fatiga, con la mente aterrada ante la idea de un nuevo día de marcha.

—¡Oh, David! ¿Dónde estás?

El hombre a sus pies no se movía.

¿Lo habría matado?

Por unos instantes experimentó el incontenible deseo de aproximarse, rodearle el cuello con las cadenas y apretar hasta asfixiarlo, impidiendo así que raptara más mujeres, las azotara durante la marcha, o intentara forzarlas por la noche.

Había sido el que se abalanzó sobre ella en la laguna y la derribó de un solo golpe, sin permitirle alcanzar el arma apoyada contra un árbol. Surgió de improviso de entre la maleza, como el leopardo que se lanza sobre un animal que abreva, y cuando sus compañeros llegaron al borde del agua, ya la tenía tendida en la orilla, encadenada.

—Buen trabajo, Amín —había dicho el sudanés—. Muy buen trabajo... Es la mejor negra que hayamos cazado nunca... —La obligó a ponerse en pie, y la observó satisfecho girando a su alrededor con aire de experto.

Sonrió enseñando los dientes como un conejo:

—En verdad que estás buena, muchacha... —extendió el brazo y le palpó el pecho, duro y erguido—. Estúpido seré, e indigno de continuar en este oficio, si el Jeque no me da diez mil dólares por ti...

La acarició voluptuoso, y bajó sus manos hasta

sus nalgas, altivas y firmes:

—¡Lástima me está dando no aprovecharte aquí mismo...! Pero el Jeque me mata si se entera que uso su mercancía... —Se volvió a sus hombres, seis negros armados que observaban la escena con ojos golosos, sin dejar de vigilar una columna de cautivos que traían encadenados—. Al que la toque, lo desuello —advirtió—. Con esas dos pueden hacer lo que quieran; y con el gordo del final... Pero al resto, nada. Y a ella, ni mirarla...

—Pero, probablemente, ni siquiera es virgen —protestó Amín—. ¿Cómo podría enterarse el Jeque...?

—Por ella misma, estúpido. —Se volvió a Nadia—. ¿Eres virgen, muchacha...?

Comprendió que no obtendría nada confesando que su esposo era blanco e importante allá en Europa.

—Lo soy —mintió—. Y si me dejas en libertad, mi padre pagará los diez mil dólares...

El sudanés estalló en una sonora carcajada.

—¡Oh, diablos! No sé cuál de esas dos mentiras es más grande... Pero para que veas que soy justo, no haré averiguaciones respecto a ninguna. Admitiré que eres virgen...

—Pero es cierto. Mi padre puede pagarte ese dinero...

—¿Dónde se ha visto que una negra que se baña en una laguna de la selva tenga diez mil dólares...? Ni siquiera sabes cuánto es eso...

—¿Dónde has visto a una negra de la selva vestida con esta ropa? ¿Y estas botas, y ese arma...? Yo soy Nadia, hija de Mamadou Segal, catedrático en la Universidad de Abidján. Estudié en París y Londres, hablo cinco idiomas, incluido el tuyo, y si no me dejas en libertad, te arrepentirás toda la vida.

—¡Por todos los diablos! Es un diamante lo que hemos encontrado, Amín... ¿Cuánto pagará el Jeque por una criatura así...? ¡Alégrate, muchacha! No serás una esclava cualquiera... El Jeque te convertirá en su favorita por un tiempo... ¿Sabes lo que es eso...? Él lo tiene todo...: oro, diamantes, perlas, autos lujosos, aviones privados... En sus tierras mana el petróleo como en las fuentes el agua, y de todos los rincones del mundo viajan los hombres más poderosos a disputárselo... No puede gastar en un año lo que gana en un día... Te cubrirá de joyas, te comprará los mejores vestidos y comerás en platos de oro... Y tus hijos serán príncipes...

—¡Vete al infierno, hijo de puta!

El sudanés alzó el látigo, pero se detuvo con el brazo en alto.

—No... Suleiman R'Orab no cometerá la estupidez de azotarte, negra... Suleiman R'Orab lleva muchos años en este oficio, y ha oído cosas peores. ¡Andando! —ordenó a su gente—. Cuando caiga la noche quiero estar lejos de aquí.

Y cuando llegó la noche estaban lejos.

Y continuaron alejándose día tras día.

Y navegaron luego toda una noche, Logone abajo.

Y se adentraron en la estepa, de bosquecillo en bosquecillo, buscando siempre la protección de árboles y maleza, evitando caminos y poblados, por rutas sin huellas ni señales que Amín parecía conocer como la palma de su mano.

Otros esclavos se habían sumado a la caravana: cuatro rapazuelos, el menor de no más de diez años, y dos hermanas que no cesaban de lloriquear.

Suleiman R'Orab sonreía satisfecho:

—Veintidós, y casi todo buena mercancía... Si la mitad llegan vivos al mar Rojo, habrá sido un gran negocio el viaje... Hay que cuidar a esta muchacha... Ella sola cubre gastos... La quiero en Suakín, intacta.

Pese a la advertencia, Amín estaba ahora tendido a sus pies, ensangrentado e inconsciente. Y es que el negro parecía dispuesto a no renunciar a Nadia, considerando, tal vez, que por el hecho de haberla descubierto y capturado, tenía derechos sobre ella.

Le había detenido esa noche, pero, ¿cuántas noches más lograría detenerle?

—¡Oh, David, David! ¿Dónde estás?

—«Tendrás que correr para mí otra vez. No pude hacerte ni una foto...»

Sintió que el corazón le daba un vuelco al verle, alto y macizo, con el cabello de color arena y los ojos tan claros como las aguas de la laguna Ebrié, que reflejaban en el atardecer los puentes de Abidján.

Su intención fue salir corriendo, y correr para él

hasta caer agotada, pero sacó valor de donde no lo tenía y replicó:

—Lo siento. Terminó mi entrenamiento.

Luego, cuando se alejaba por el pasillo que daba a los vestuarios, le pareció que el mundo se le venía encima y el tiempo se había detenido, hasta que escuchó a sus espaldas la voz que la llamaba:

—¡Eh! Espera... ¿Cómo te llamas?

—Nadia —replicó con una sonrisa, y se volvió para que pudiera leer en su chandal: «Costa de Marfil».

Y en los días siguientes acechó por horas la entrada de la Villa, y en los entrenamientos buscó con el rabillo del ojo entre la gente, intentando descubrir las cinco cámaras que parecían proteger la timidez del gigante rubio.

Cerró los ojos al recordar el nuevo encuentro. Había subido al «podium», y un viejo libidinoso que se la comía con la mirada, acababa de colgarle al cuello una medalla de bronce. Soportó resignada el beso, aceptó un ramo de flores, se irguió para saludar al público que aplaudía, y allí estaba, mirándole a través de un objetivo, atento a retratarla únicamente a ella, olvidado de las medallas de oro y plata.

Aún no se explicaba cómo consiguió que la llevara a cenar aquella noche. Tan sólo recordaba que habían discutido sobre la sed de África ante una botella de «Don Perignon».

Luego, pasearon hasta el amanecer por calles silenciosas, tan solitarias, que se diría que eran los únicos seres de este mundo, y hablaron de mil temas: religión y racismo; política y deporte; amor y guerra.

Tantas cosas les separaban, y, sin embargo..., allí estaban: una estudiante africana y un fotógrafo nórdico. Para él, el mundo era imagen y color en momentos hermosos, dramáticos, emocionantes o sobrecogedores que dejar inmóviles para siempre.

Para ella, el mundo era ideas, injusticias, necesidades, rebelión y constante movimiento.

David podía permanecer horas acechando un pájaro en su nido; Nadia era incapaz de quedarse quieta un solo instante, y siempre tenía urgencia de trasladarse a otra parte, hacer otra cosa, solucionar nuevos problemas.

Él leía a Charrière, Léon Uris y Forsyth; ella, a Sedar-Sengor, Marcuse y Herman Hesse. A ella le gustaban Bergman y Antonioni; a él, John Ford y David Lean.

—Entonces... ¿No eres partidaria del amor libre...?

—Sí, desde luego... En amor cada cual es libre de hacer lo que le plazca... Por eso no lo hago.

—¡Pero es absurdo...! ¿No te das cuenta? Vivimos en el siglo xx. El sexo ya no es pecado mortal; no es más que algo natural y lógico.

—De acuerdo... Debe hacerse el amor cuando se desee hacer el amor. Lo que ocurre, es que yo no lo deseo... ¿Es eso un delito, o es que por seguir la moda tengo que ir contra mis propios gustos?

—¡No, claro...! No es eso —protestó—. Es... Simplemente, no inhibirse cuando se siente la necesidad...

—Escucha: cuando tus bisabuelos se acostaban aún con camisa de dormir y un agujero en la braguETA, mis bisabuelos ya practicaban el nudismo, y se entusiasmaban con el amor libre en cada vuelta del camino... Tal vez se trate tan sólo de un «conflicto generacional». Tú reaccionas contra las costumbres de tus antepasados, y yo contra las de los míos. Para ambos, nuestros bisabuelos eran, en el fondo, unos «salvajes»... Quizá, la auténtica «civilización» esté en el término medio entre tú y yo...

—¿Y por qué no lo buscamos? —rió con picardía.

—Probablemente tardaríamos un año en encontrarlo... ¿Quieres esperar...?

No hubo respuesta, y se detuvieron a contemplar en silencio la ciudad.

Amanecía.

Continuaba allí, tan quieto que se le creería muerto, y con la claridad que comenzaba a dibujar la línea de los árboles, las cadenas y las manos, se podía distinguir el hilo de sangre que le manaba de la frente, formaba un pequeño charco en la cuenca del ojo, resbalaba a lo largo de la nariz, cruzaba el labio, esquivaba la boca y se perdía barbilla abajo, hacia el cuello y la tierra.

Súbitamente las pesadas botas de Suleiman R'Orab aparecieron junto al negro. Lo observó en silencio y alzó la vista.

—¿Fuiste tú?

Asintió en silencio y se cubrió tratando de empequeñecerse cuando vio que levantaba el largo látigo.

Pero no fue para ella el castigo, sino para el hombre inconsciente, al que golpeó una y otra vez, con increíble saña.

—¡Negro maldito...! ¡Hijo de la gran puta! —rugió—. Te lo había prohibido... ¡¡Te lo había prohibido...!!

Continuó golpeándolo hasta que los latigazos que le desgarraban la piel lo despertaron. Amín lanzó un gruñido, se puso en pie de un salto con increíble agilidad para quien había permanecido inconsciente, y se perdió entre los árboles, perseguido aún por el indignado sudanés.

—¡Te mataré! —gritaba, tratando de darle alcance—. Te cortaré los huevos si vuelves a intentarlo, ¿me oyes? ¡Te castraré, sucio negro!

Regresó jadeante y se enfrentó al grupo —captores y cautivos—, que habían asistido, silenciosos, a la escena.

—Castraré a quien se atreva a tocarla —dijo—. Sea quien sea... —desenvainó su larga gumia y la mostró amenazador—. Ya perdí la cuenta de cuánto negro capé con ella —continuó—. Todos los eunucos del palacio del Jeque, lo fueron por mi mano, y no tengo problema en rajar a cien más... Os enseñaré a conteneros, ¡cerdos!, que no pensáis más que en revolcaros como bestias... ¡Y ahora, en marcha...! —ordenó, haciendo restallar su látigo sobre la espalda de un esclavo—. ¡En marcha, negros del diablo, partida de inútiles...!

Se pusieron trabajosamente en pie, y reanudaron la marcha.

Descolgó el teléfono que repicaba insistentemente, amenazando con reventarle la cabeza aún embotada por la borrachera y la noche de insomnio.

—¿Alexander? Soy Blumme. El cónsul... Pasaré a recogerle en veinte minutos. Su avión despega dentro de una hora.

—¿A dónde voy?

—Al Chad.

Colgaron.

Con precisión cronométrica, el gran auto negro enfiló la curva y se detuvo bajo la marquesina. El chófer guardó la maleta y él tomó asiento atrás, junto al cónsul.

—¿Por qué al Chad?

—Según la Policía, la ruta de los esclavos no suele internarse en la República Centroafricana, cuya vigilancia es muy eficiente. Atraviesa el Chad, pasando entre Bousso y Fort Archambault, y se adentra más tarde en el desierto, hacia Sudán. Algunas caravanas terminan su viaje en Jartum. Otras, bajan a Etiopía, pero la mayor parte continúa a Suakín, de donde saltan a Arabia. Si el comisario Lomué sabe lo que dice, el grupo que robó a su esposa tardará más de veinte días en cruzar el Chad.

—¿Qué ayuda puedo esperar de las autoridades chadianas?

—Poca. Las tribus mahometanas del desierto se

han rebelado contra el Gobierno de Fort-Lamy, controlado por negros del Sur, los «massa» y los «moudang». El presidente Tombalmaye se mantiene gracias a la ayuda que extraoficialmente le prestan los paracaidistas franceses, pero si éstos se marchan, los guerreros tuareg acabarán con los negros en un santiamén... Como comprenderá, no creo que Tombalmaye esté dispuesto a distraer tropas en beneficio de su esposa...

—Entiendo...

Le palmeó el brazo, afectuoso.

—No se desanime —pidió—. No todo está perdido... Me aseguran que subsiste parte del «Grupo Ébano», una especie de heredero moral del famoso «Escuadrón Blanco» que luchó contra los traficantes de esclavos allá en Libia...

El auto se detuvo a la puerta del edificio del Aeropuerto. El chófer se encaminó, con la maleta y la documentación, al mostrador de «Air Afrique», y David Alexander y el cónsul Blumme buscaron asiento en el pequeño bar que se abría en un rincón, a la derecha de la entrada.

—Le aconsejo que coma algo —señaló el cónsul—. El avión hace tres escalas y entre ellas no le dará tiempo a almorzar decentemente.

—No tengo hambre.

—¡Esfuércese...! No debe desesperarse, ni dejarse abatir... Le esperan meses de lucha y decepciones; tal vez se dé por vencido, pero recuerde esto: tienen que recorrer tres mil kilómetros para llevarla al mar Rojo, y ésa es una distancia muy larga...

Estaba concluyendo los huevos con jamón cuando un altavoz mohoso y desportillado anunció la salida de su vuelo.

El viaje fue como una lección de Geografía africana, pasando de la costa a los densos bosques y la lluvia tropical de Yaundé, para volar casi una hora sobre la inmensa selva, encontrar luego las verdes praderas y adentrarse al fin en la parda sabana, a la altura de Maroué.

A través de la estrecha ventanilla, contempló el cambiante paisaje, preguntándose en qué lugar de aquella inmensidad se encontraría Nadia.

—Tal vez oiga pasar el avión, y mire hacia arriba.

Tal vez navegue por ese río, o la tengan oculta en aquel bosque...

¡Era tan grande África! Parecía tan gigantesca y desolada.

Pasaban bajo él kilómetros y kilómetros de verdes praderas; de amarillentas estepas; de tierras magníficas para el algodón, el lino y el maíz que nadie cultivaba, y ningún buey, mula o tractor, se divisaba, porque el africano había emigrado a las ciudades, concentrándose en inmundos arrabales que no le ofrecían más que prostitución, vicio, miseria, sífilis, tuberculosis, disentería, cólera, fiebres, y una profunda degradación moral: una pérdida total de los valores tradicionales de su ancestral forma de vida, que no era sustituido por ningún otro código ético.

Cuando llegaban a las ciudades los nativos venidos de la selva procuraban agruparse con individuos afines, pertenecientes a su propia raza, tribu o creencias, y conservaban durante un tiempo el respeto a las viejas leyes, pero poco a poco, con la falta de trabajo y las calamidades, la fidelidad a su propio origen se iba perdiendo, hasta convertir al individuo en un ser duro y egoísta, hosco y solitario, al que nada ni nadie importaba, más que sus propias necesidades y su hambre.

Había pasado a formar parte del proletariado negro, más triste aún que el blanco, porque para el negro, todo era nuevo y jamás sabía cómo hacer frente a los problemas que la civilización había puesto de pronto en su camino.

Era así como Lagos, Ibadan, Dakar, Douala, Abidján, Libreville y tantas otras ciudades hervían de seres desgraciados, mientras África, la auténtica África, aparecía desolada e inútil.

Delante, lejos, la tierra amarilla comenzó a brillar con reflejos plateados, y el gran lago Chad, corazón geográfico del Continente, frontera entre el desierto y la estepa, se extendió hacia el Noroeste, hasta perderse de vista en la distancia.

¡Lago!

Qué pretenciosa palabra para lo que no era, en realidad, más que el mayor charco del mundo. Veinte mil kilómetros de agua desparramada por una inmensa llanura, sin alcanzar nunca los dos metros de profundidad, de forma que los nativos podían vadearlo de orilla a orilla sin necesidad de nadar.

Cuando el Sáhara era una gran pradera verde; cuando —como Nadia decía— sus antepasados poblaban Tasili y el Tibesti, el lago Chad fue el mayor del mundo, pero las sequías y el desierto lo habían reducido cincuenta veces su tamaño, dejándolo convertido en uno de los lugares más inhóspitos, calurosos y desconocidos del Planeta.

—«Es tan llano —aseguraba Nadia—, que cuando sopla el "harmattán", las aguas avanzan en diminutas olas, y se adentran hasta cuatro kilómetros en la orilla. Los indígenas tienen entonces que salir corriendo, abandonando sus míseras chozas y arreando como pueden los rebaños...»

Un puñado de casuchas pardas y blancas, que se alzaban cerca de la conjunción del lago y un río ancho y salpicado de islotes, atrajeron su atención. El avión, que se había alejado hacia el Norte, viró en una amplia curva, y regresó perdiendo altura.

El altavoz anunció que estaban a punto de aterrizar en Fort-Lamy, capital de la República de Chad, y experimentó una desagradable sensación de angustia, al comprender que había puesto sus esperanzas en la ayuda que pudiera obtener de aquel miserable rincón del Planeta.

—Esto debe ser como el fin del mundo —masculló, y tuvo la seguridad de no estar muy lejos de la realidad.

Cuando la puerta del viejo «Caravelle» se abrió, una bocanada de aire caliente y seco, como salido de un horno, amenazó con quemarle los pulmones, mientras una luz blanca, brillante y violenta, le golpeó en los ojos.

Dudó en salir al exterior, y al atravesar la pista de cemento, buscando a la carrera la protección del moderno edificio del Aeropuerto, un sol como no había sentido jamás en parte alguna, le chamuscó el pescuezo, amenazando con derretirle hasta el cabello.

—¡Dios bendito! —resopló al alcanzar el refugio del gran salón de entrada—. Ésta debe ser la puerta del infierno.

Un oscuro funcionario impertinente que sudaba a chorros dentro de una gruesa chaqueta, observó su pasaporte con aire sospechoso.

—¿Es usted periodista, Monsieur Alexander?

—No, exactamente... Soy fotógrafo...

—Pero trabaja usted para una revista. ¿Cuál es la razón de su visita al Chad...?

—Busco a mi esposa... Fue raptada en Camerún por cazadores de esclavos, y las autoridades de Douala aseguran que debe de estar atravesando su país...

El funcionario le miró como si creyera que le estaba tomando por idiota. Cerró el pasaporte sin estamparle el sello de admisión, y se irguió ligeramente para ganar autoridad.

—Lo siento, Monsieur —señaló—. Pero deberá continuar viaje... Tenemos una triste experiencia de lo que cuentan los periodistas europeos sobre los acontecimientos internos del Chad. Mis instrucciones son no permitir la entrada a quien no tenga visado especial de nuestro embajador en Roma...

—¡Pero mi esposa...! —intentó protestar.

—Monsieur... —se impacientó el otro—. Ésa es la disculpa más absurda que he oído en mi vida... Su pasaporte dice que es usted soltero...

—Nos casamos hace dos meses... Y mi esposa es... —dudó— africana...

El indígena pareció sorprenderse. Meditó unos instantes y le miró a los ojos como queriendo cerciorarse de que no mentía. Abrió el pasaporte y lo estudió nuevamente. David tuvo una súbita inspiración, rebuscó en su maletín y encontró el pasaporte de Nadia.

—Ésta es mi esposa... —dijo.

El funcionario afirmó en silencio; estudió los pasaportes y le franqueó la entrada.

—¡Suerte...! —dijo.

Buscó un taxi, y nuevamente creyó que se abrasaba al salir al sol. El vehículo ardía, y cuando se puso en marcha hacia la ciudad, el aire que entraba por las abiertas ventanillas no contribuyó a refrescarlo.

—¿Siempre hace tanto calor aquí? —inquirió angustiado.

—Más... Ahora estamos en invierno... ¿Qué hotel prefiere, señor...? ¿El «Chadienne», el «Chari» o el «Du Chad»...?

Le sorprendió la falta de originalidad de los nombres, pero no hizo comentario alguno:

—¿Cuál es mejor?

—El «Chadienne» es el más caro y algunas habitaciones tienen aire acondicionado que siempre funciona... La comida del «Chari» es mejor... Madame, la dueña, es una magnífica cocinera y una hermosa mujer...

—Lléveme al «Chadienne».

—A la orden, señor... Creo que ha elegido bien, señor... Es más confortable, y tiene una espléndida vista sobre el río... —guardó silencio, pero la paz duró sólo un instante—. ¿Le gusta Fort-Lamy, señor...? —añadió.

—Aún no la conozco...

—Es cierto... Es cierto... —agitó la cabeza—. Le gustará... Un poco caliente, pero una magnífica capital, señor... El auténtico corazón de África... Aquí llegan gentes de todo el Continente. Mercaderes árabes que descienden desde Libia y Argelia; traficantes «haussas» de Kano: sudaneses y senegaleses en busca de la sosa del lago; camerunenses, que cruzan el río para robarnos; pamúes y fangs que suben desde Guinea y el Gabón; pastores fulbé con sus grandes rebaños. Incluso congoleños...

Se adentraron en la ciudad y advirtió que tenía razón el hombre. Un bosquimano de color betún se sentaba junto a la blanca saharauí de velo en el rostro, mientras su vecina pasaba con los pechos al aire y un cántaro en la cabeza. En Fort-Lamy, bantús, tuareg, budumas, árabes, egipcios, franceses, griegos y dahomeyanos, chocaban, se entremezclaban e intercambiaban productos, costumbres y culturas.

¿Cabría imaginar una ciudad de América en la que conviviesen indios de la selva, pastores andinos, pescadores del Caribe, vaqueros de Texas, ejecutivos de Nueva York, estrellas de Hollywood, esquimales de Canadá y patagones de Tierra del Fuego...? ¿O una capital europea por la que pasearan, con sus trajes típicos, gitanos andaluces, escoceses de gaita, griegos de minifalda, lapones de Noruega, turcos de turbante, lores ingleses, campesinos rusos, pastores del Tirol y aizkolaris vascos?

Ésa era la impresión que producía Fort-Lamy, en

la que convivían todas las Áfricas, porque existía un
África de racismo en Johannesburgo; otra de leones
y safaris en Kenia; una tercera de guerras civiles en
Congo y Nigeria; una cuarta de política y pirámides
en Egipto; una quinta de mezquitas y turismo en
Marruecos; una sexta de sed y petróleo en el Sáhara,
y una séptima, y una octava, y muchas más...

Y mientras el conductor hacía sonar insistentemente el claxon apartando a las docenas de ciclistas,
comprendió que había llegado al meollo del Continente, y por primera vez comprendió, también, que
en ese Continente pudieran existir cazadores de esclavos.

Sortearon la plaza Independencia, y el taxista señaló en una esquina el edificio de dos plantas del «Hotel
Chari», recomendándole que viniera a cenar algún día.
Luego, cruzaron ante el pesado monumento que recordaba que desde Fort-Lamy partió la expedición
Leclerc a enfrentarse con los tanques de Rommel, y
tras dejar a la izquierda el palacio del Gobierno con
su guardia de honor absurdamente uniformada de un
rojo violento, bordearon el río y se detuvieron en el
jardín con senderos de grava del hotel «Chadienne».

—Si va a necesitar taxi, señor, puedo venir a la
hora que desee, señor... No siempre es fácil encontrar un taxi a mano en Fort-Lamy, señor, y no es re-
comendable caminar, porque este sol hace daño a los
blancos, señor... ¿Vengo a buscarle, señor?

—Mañana. A las ocho... ¿Sabe dónde puedo encontrar algún miembro del «Grupo Ébano»?

—El «Grupo Ébano»... —se asombró—. No... No,
señor... ¿Cómo pretende que yo sepa eso, señor...?
Y creo que mañana no podré venir a buscarle a las
ocho, señor... —añadió cuando ya arrancaba—. Tengo otro compromiso a esa hora..., señor...

Había, efectivamente, habitaciones con aire acondicionado capaz de funcionar día y noche. Intentó tomar un baño, pero desistió porque el agua salía de
un color marrón oscuro, llegada directamente del
río, y en conjunto daba la impresión de ensuciar más
que de limpiar. Se conformó con una ducha caliente,
pues por más que dejó salir el agua, el largo camino
que ésta debía recorrer a través de tuberías de hierro expuestas al sol chadiano, impedían que se obtu-

viera un agua medianamente fresca hasta, por lo menos, las nueve de la noche.

Descansó un rato contemplando el techo y las sombras que cruzaban por él, escuchando las voces y risas de mujeres que lavaban en la orilla del Chari, con el fondo, muy lejano, de un piragüero que cantaba en dialecto kokoto, mientras clavaba su pértiga en el fondo del río, impulsando lentamente su embarcación aguas arriba.

Recordó un momento semejante, con música de fondo parecida y una habitación casi idéntica, la tarde que llegaron a Cotonou. Se hospedaron en el «Hotel de la Plage», y, tras bañarse, se amaron hasta quedar agotados. Contemplaron luego el techo, mientras unas mujeres charlaban en la calle, y un pescador que remendaba sus redes sobre la arena, cantaba también con voz de trueno.

—¿Habías imaginado alguna vez que el amor fuera esto? —preguntó.

—Me pasaría la vida haciéndolo...

—¿Y quién nos lo impide...?

Volvieron a empezar.

El hombre seguía cantando.

Se asomó a la ventana y aún pudo verlo, antes de que su piragua desapareciera definitivamente en la primera curva del río.

En otro tiempo el paisaje le hubiera impresionado. Un sol de fuego, entre rojo y naranja, se ocultaba tras una copuda ceiba en la orilla del Camerún, y las aguas bajaban parsimoniosas y en silencio, arrastrando inmensas balsas de papiro, gruesos troncos, o dormidos caimanes, mientras bandadas de garzas blancas revoloteaban en el aire, y graves zancudas grises ensayaban infinitas reverencias hundiendo su afilado pico en la arena de las islillas, o en el fango de la orilla.

Las mujeres seguían lavando; los niños corrían a lo lejos; una muchacha manchaba con blanca espuma de jabón la maravilla de su piel azabache, y un viejo chivudo pescaba con infinita paciencia a la popa de un cayuco varado.

Lejos, resopló un hipopótamo.

Años atrás, tanto abundaban los hipopótamos en el lago y el río, que los hidroaviones que unían Fort-

Lamy con Douala, capotaron uno tras otro al chocar con las grandes bestias.

Ahora ya no quedaban hidroaviones, pero, por lo que había oído, pronto los cazadores furtivos terminarían también con los hipopótamos.

África se estaba acabando.

—¡Oh, Dios! ¿Por qué era aquella África la que tenía que acabarse? ¿Por qué la de los quietos paisajes y las hermosas bestias? ¿Por qué no, la de los cazadores de esclavos, el hambre, la enfermedad y la injusticia?

Se apartó de la ventana cuando el sol se ocultó por completo. Bajó al bar, desierto a aquella hora, pidió un whisky y lo apuró lentamente. El «barman», un francés largo y pecoso de chaquetilla verde, se instaló frente a él sin dejar de pulir una alta pirámide de copas. Le observó un rato, y al fin preguntó:

—¿Mercenario?

Alzó la vista de su whisky sin comprender:

—¿Perdón...?

—¿Es usted mercenario...? Ya han llegado otros... Se rumorea que las Naciones Unidas obligarán a Francia a retirar sus paracaidistas, y el presidente Tombalmaye tendrá que recurrir a los mercenarios... Aquí se les respeta mucho... —aclaró—. Los necesitaremos para frenar un poco a esos tuareg del diablo...

Negó con un gesto:

—No soy mercenario... —Guardó silencio unos instantes, y luego inquirió—: ¿Tiene una idea de dónde puedo encontrar al «Grupo Ébano»...?

—¿El «Grupo Ébano»? —El otro había bajado instintivamente la voz, aunque no había nadie más en el salón—. No. No tengo la menor idea de dónde encontrarlo, si es que existe... ¿Para qué lo quiere?

—Necesito ayuda... Los cazadores de esclavos capturaron a mi esposa en Camerún...

—*Merde!* Eso sí es complicado... —Había cesado de pulir copas y se adelantó, apoyándose en el mostrador—. No ande hablando por ahí en voz alta del «Grupo»... Hay quien no le tiene simpatías.

—¿Por qué?

—¡Vaya usted a saber...! Unos dicen que no son más que un puñado de espías imperialistas... Otros, agitadores comunistas... Otros, provocadores encargados de avivar la lucha entre mahometanos del Norte y animistas del Sur... Incluso se asegura que se trata de agentes sionistas que buscan atacar a Egipto por la espalda...

—¿Pero, existen?

Se encogió de hombros.

—Son rumores... Aquí, en el Chad, son más los rumores que las auténticas noticias... Quizá fueron los traficantes de esclavos los que propagaron todas esas versiones sobre ellos... Quizá sean ciertas... Quizá no existen ya, o no han existido nunca...

—¿Cómo puedo saber la verdad...?

—¿La verdad? —soltó una risa corta y sarcástica—. En esta tierra de mentiras e historietas, la verdad es lo más difícil de obtener. Pídame un oso polar y puede que se lo consiga; pero la verdad... —Reanudó su tarea con las copas—. La verdad es como la lluvia para el Chad...: nunca llega, y cuando llega, provoca catástrofes, lo cambia todo, y oscurece hasta el sol...

—¿Ayudarían cien francos?

—Ayudarían...

—Cuente con ellos.

—Cuento. —Hizo una pausa—. Esto se anima hacia las ocho de la noche. Antes de acostarse venga a verme... Pero, por favor, no mencione el nombre en público... Y no le cuente a la gente lo del rapto de su esposa... Yo no estoy muy enterado, pero aseguran que los cazadores de esclavos son como una gran sociedad... Una especie de mafia... Se ayudan entre sí, y cuando alguien investiga sobre uno de sus miembros, acaban con el intruso... Y aquí, en Fort-Lamy, cualquiera puede estar implicado en el tráfico...: los comerciantes griegos; los transportistas portugueses; la mitad de los buhoneros «haussas» y vendedores de telas árabes; los hombres de negocios egipcios; los importadores nigerianos o los funcionarios chadianos... ¡Cualquiera...!

—¿Incluso usted...?

Mostró la copa y el paño que tenía en la mano:

—¿Cree que si negociara en negros estaría aquí, secando vasos...?

Comprendió de improviso que su expresión no había sido afortunada, y se interrumpió confuso. Pareció agradecer mentalmente la llegada de dos tipos con aspecto de cazadores que, sudorosos y cubiertos de polvo, fueron a sentarse en el centro mismo de la barra y pidieron cerveza helada mientras discutían malhumorados sobre el gran rinoceronte que se les había escurrido de entre las manos.

—¡Trescientos kilómetros! —clamó el más viejo, poniendo al «barman» por testigo—. Mil kilómetros por esos caminos del infierno, con esa maldita sequía que lo empolva todo, y al final el bicho se nos escapa vivo... Una semana perdida.

Bebió lentamente y los observó en silencio. Pertenecían a aquella especie de «cazadores blancos», que ya eran como una reliquia en el Continente, fósiles vivientes de tiempos que pasaron para África y que nunca volverían. Tiempos de *Las verdes colinas...* y *Las nieves del Kilimanjaro*; de los grandes safaris y la aventura; del matar animales sin cuento y sin razón... Tiempo de «trofeos» y de leyendas románticas que habían aniquilado poco a poco a la más hermosa fauna que existió jamás sobre la Tierra.

Eran los hombres que Nadia odiaba con toda su alma; los que aún querían aferrarse a la idea de que África no sería nunca más que un inmenso coto de caza poblado por *boys* sumisos que portaran rifles y se inclinaran constantemente con un servicial «Sí, bwana».

—¡Maniáticos, homosexuales, tarados mentales, impotentes! Eso son los que vienen a matar elefantes y rinocerontes —exclamaba indignada, casi fuera de sí—. Aniquilar de lejos y sin peligro a una bestia grande y noble, es una forma como otra de echar fuera todas sus frustraciones...

—No creo que «todos» sean «todo» eso —había refutado él—. Hay quien gusta cazar por el placer de la aventura.

—¡Aventura! ¿Matar treinta mil elefantes en un año es aventura? Es una forma de criminalidad para cobardes que no se atreven a asesinar personas porque irían a parar a la horca... ¡Maniáticos, homosexuales, impotentes...!

Cuando llegaban a este punto, David dejaba, como siempre, que despotricara a gusto sin llevarle la contraria. Hacerlo, era empantanarse en una discusión

45

sin esperanza, discusión en la que Nadia se iba excitando más y más hasta perder por completo su sentido de la ecuanimidad.

En una ocasión había estado casi dos días sin di-
rigirle la palabra cuando trató de romper una pequeña lanza en favor de los cazadores, y desde entonces había llegado a la conclusión de que era un tema
«tabú» en sus relaciones.

Ahora, viéndolos allí, sucios, cansados, quemados
por el sol, cubiertos de polvo y bebiendo cerveza tras
cerveza mientras intentaban maravillar al «barman»
con su relato de cómo habían perseguido durante
una semana a un rinoceronte con un tiro en las costillas, le resultaba mucho más fácil comprender las
razones de Nadia, que había convivido desde niña con
semejante especie y escuchado mil veces sus mil veces repetidas historias.

Hablaban en voz muy alta, buscando arrastrar a
David hacia la conversación y ampliar así el audito-
rio que precisaban para el relato de sus hazañas ciertas o falsas, pero optó por retraerse e ignorarlos,
porque reconocía en ellos aquella agresividad de palabras y gestos que tanto le molestaba; aquel querer hablar más, y más alto y más impulsivamente
que el contrario, aunque eso llevase siempre a decir
más estupideces, y más seguidas, y en un tono mayor.

El mundo rebosaba de cazadores, y David los esquivaba con una especie de terror insano. Cazadores
de mujeres; cazadores de astucia; cazadores de velocidad en automóvil; cazadores de cultura... Todos dispuestos siempre a contar en voz alta los rinocerontes
que habían matado; las mujeres con quienes se habían acostado; lo listos que habían sido; lo mucho
que habían corrido, o lo profundo de sus conocimientos literarios, pictóricos o científicos.

Frente a ellos, David se sentía como pieza acorra-
lada; ambicionado espécimen de *auditoris perfecti-
bus*, capaz de soportar, una vez capturado, horas y
horas de cháchara incesante sin el valor necesario
para dar media vuelta y marcharse, o mandar al infierno al oponente.

Y ésa había sido, desde siempre, una de las carac-
terísticas que más odió de su modo de ser: su inca-
pacidad de rebelarse y su impotencia ante la descor-

tesía o la palabra inoportuna que pudiera herir a
un semejante, fuera quien fuera ese semejante.

El día que consiguiera luchar contra eso o el día
que lograra ser irónico o —más sencillo aún— no
sentirse desconcertado ante la ironía ajena, David
comenzaría a sentirse satisfecho de sí mismo; comenzaría a creer que llegaría a tener ese carácter que
siempre había necesitado.

—Lo que ocurre, es que eres demasiado bueno —le
repetía Nadia una y otra vez—. Demasiado bueno, y
te toman por tonto y falto de carácter... ¡Rebélate
contra ello! Muestra las uñas de tanto en tanto...

—¿Empiezo por ti?

—¿Por qué no? ¿Crees que eso cambiaría las cosas? ¿Crees que una discusión a muerte haría que te
quisiera menos?

—¿Haría que me quisieras más?

—Tampoco...

—Entonces, dejémoslo así... No puedo cambiar...
¡Nunca podré cambiar!

Pero ahora allí, sentado en aquel bar, oyendo sin
escuchar a unos cazadores vociferantes, David se preguntaba si, efectivamente, nunca lograría cambiar,
o, por el contrario, había comenzado ya ese cambio.

Ahora sentía odio; un odio como no creyó jamás
que fuera capaz de experimentar; un odio que le permitiría, por primera vez, ser duro y cruel con aquellos que le habían arrebatado a Nadia.

Se preguntó si sería capaz de matar a un ser humano, y no encontró respuesta, aunque le constaba
que habría de encontrarla pronto, porque tal vez llegara el momento en que tuviera que enfrentarse a la
realidad. Nadia había sido robada por una gente para
la que la vida y la muerte no tenían importancia, y
tal vez se planteara una situación en la que había
que elegir entre matar o morir.

Y en ese instante, cuando unos segundos marcaran
la diferencia, se hacía necesario estar preparado para
la elección, convencido de antemano de que el daño
que se le pudiera hacer al enemigo era siempre menor que el que el enemigo pudiera causarle a él.

Tratar de ignorarlo, engañarse a sí mismo no conducía a nada, y lo único que le mortificaba era no
poder discernir si todo ello era fruto de su excesiva

bondad, como apuntaba Nadia, una enfermiza timidez, o una completa y absoluta falta de personalidad.

Hubo un tiempo en el que estuvo tentado de consultar a un psiquíatra e intentar que fuera la Ciencia
la que le resolviera el problema, pero luego se dijo
que en realidad no tenía necesidad alguna de cambiar,
de endurecerse, de intentar formarse una personalidad distinta con la que se encontraría en eterna lucha.

Si durante años había vivido en paz consigo mismo, ¿qué necesidad tenía de ese cambio...?

Pero ahora era distinto. Muy distinto. Ahora existía Nadia.

Estaba sentado junto a los últimos árboles, contemplando el atardecer con aire indiferente. Cuando la columna llegó a su altura y se detuvo, señaló al frente:

—Allá está la carretera y luego el río Chari... Muy poblada la zona...

—Lo sé —admitió el sudanés.

—Hay mucho tráfico entre Fort Archembault y Fort-Lamy... Camiones por el camino; balsas y piraguas en el río...

—Pasaremos esta noche...

Amín señaló a la maltrecha hilera de cautivos que se habían dejado caer, agotados, entre la alta hierba reseca.

—Mejor mañana por la noche... Debemos caminar muy aprisa para que no nos sorprenda el amanecer en las márgenes del río...

—No me gusta este sitio... Pueden vernos, e ir con el cuento a Bousso...

Amín señaló con un gesto a dos muchachitos que marchaban al final de la columna...

—No aguantarán el ritmo... Se quedarán en el camino.

Suleiman R'Orab se volvió hacia la caravana.

—Prefiero perder dos, que a todos —dijo, dándole la espalda—. Repartan comida —ordenó luego a sus

49

hombres—. Y descansen, que en dos horas estaremos de nuevo en marcha...

Se escuchó un murmullo de descontento, pero hizo restallar su látigo:

—¡Silencio! —gritó—. Caminaremos toda la noche, y al que afloje el ritmo, lo degüello... ¿Está claro? No voy a permitir que nadie retrase al grupo... Aprieten los dientes y aviven el paso, o ésta será la última noche de su vida...

Se acuclilló frente a Nadia:

—Me molestaría tener que rebanarte el pescuezo, negra... —dijo—. Tú sola vales tanto como el resto del cargamento.

—Caerás reventado antes que yo.

—Ya lo he notado, negra. Se diría que toda tu vida no has hecho más que caminar, correr y saltar. Pero te ha quedado tiempo para estudiar y aprender idiomas... Eres una rara joya, negra. Nunca conocí nadie como tú, y si tuviera veinte años menos, no te vendería al Jeque. Te guardaría para mí... —Se quitó el largo turbante y comenzó a perseguir piojos que aplastaba entre las uñas con un ligero chasquido—. Pero empiezo a estar viejo y cansado, y quiero retirarme de este constante galopar de una parte a otra de África... Quizá pueda establecerme definitivamente en Suakín vendiéndoles perlas a los peregrinos que van a La Meca... Allí pasaré tranquilo mi vejez, contemplando el mar Rojo, rodeado de nietos.

—¿A costa de cuántas vidas...? ¿Cuántos hombres, mujeres y niños has vendido para asegurarte una vejez tranquila...?

Suleiman R'Orab se encogió de hombros y continuó machacando piojos. No alzó la cabeza al responder.

—Todos eran esclavos, negra... El profeta Mahoma, las bendiciones caigan sobre él, jamás prohibió la esclavitud, y sabido es que el amo puede hacer con su esclavo lo que le plazca...

—Mahoma jamás aprobó la esclavitud, y no hay una sola palabra a favor de ella en el Corán...

—Tampoco la encontrarás en contra, y yo lo interpreto como una aceptación.

Comenzó a devorar glotonamente los restos de una gacela que Amín había cazado el día anterior, y a medida que limpiaba los huesos, los lanzaba en silencio hacia los esclavos, que se arrojaban sobre ellos buscando un perdido resto de carne o un pellejo despreciado.

Un guardián les repartió puñados de mijo, que devoraron en silencio, hundiendo la boca en el mismo cuenco de las manos, que les servían de recipiente, ansiosos por concluir antes de que el vecino pretendiera arrebatarles parte de su ración.

Se distribuyó por último un trago de agua, extraído de una «girba» sucia y maloliente; con ello se dio por concluida la comida del día, y cada cual intentó descabezar un corto sueño, a la espera de la nueva caminata.

Alumbraban ya las infinitas estrellas de la noche africana, y una luna creciente hacía su tímida aparición en el horizonte, cuando Amín se puso en pie.

Se diría que aquel negro delgado y sarmentoso, todo nervio, no conociera el sueño, la fatiga, el hambre o la sed. No era tan sólo el explorador que iba siempre media hora delante buscando víctimas y alertando el peligro. Además cargaba con todos los trabajos pesados, cubría la mayoría de las guardias nocturnas, procuraba la caza con ayuda de un largo arco y fuertes flechas, y aún le quedaba tiempo, en la madrugada, de acudir a la columna de cautivos buscando saciar su exceso vital.

Desde el día en que le azotaron, había procurado no aproximarse a Nadia, pero ésta notaba fijos en ella los ojos del negro: unos ojillos malignos que parecían estar siempre viendo más allá del vestido; ojos que algunos juraban que no se cerraban nunca: ni de día, ni de noche.

Incluso al mismo Suleiman R'Orab le inquietaba su presencia; y Nadia había podido escuchar cómo le confesaba en árabe a uno de sus hombres, un libio escuálido, llamado Abdul:

—Cualquier día tendremos que matar a ese maldito negro... Será una lástima, porque jamás he conocido guía mejor, ni pistero más útil, pero si no acabo con él, él acabará conmigo... Tiene el diablo dentro, el gran hijo de puta...

—Aseguran que cuando desaparece por las noches se convierte en fiera... Allá en Dahomey, un brujo hizo de él un «hombre-leopardo»...

—Nunca creí en brujerías de negro, y ya Mahoma nos previno contra ellas... Si una noche se convierte en bestia, lo dejo seco de un tiro... Ni los auténticos leopardos resisten un «Remington»...

Iniciaron de nuevo la caminata, y fueron más de tres horas a un ritmo endiablado, siempre precedidos por el silencioso Amín, que parecía orientarse por un sexto sentido.

Suleiman y sus hombres renegaban tropezando con matojos o raíces ocultas, y cuando un esclavo rodaba por el suelo, arrastraba consigo a toda la cuerda, en un barullo tal de piernas, brazos y lamentos, que únicamente la autoridad del árabe y su látigo conseguían reorganizar la caravana.

No se escuchaban más que lamentos, golpes y jadeos.

El más joven de los chiquillos cayó al fin, derrengado, y durante unos metros siguió adelante, arrastrado por el resto de los cautivos hasta que el libio lo tomó por la cintura tratando de animarle:

—¡Vamos, vamos...! —le pidió—. No te des por vencido. La carretera ya está cerca...

—¡Déjame! —sollozó el niño.

—¡Camina, estúpido! —insistió—. ¿No ves que te matarán si te detienes...?

Siguieron así durante un rato, hasta que a lo lejos, rompiendo las sombras de la noche, hicieron su aparición dos luces gemelas que barrieron primero el cielo al coronar la pendiente, y se lanzaron después pradera adelante, aproximándose a gran velocidad.

Al poco se percibió, acallando el silencio de la noche, el rugir de un pesado motor, y Suleiman R'Orab ordenó que se arrojaran al suelo.

Hacia el Sur, llegando de Fort Archembault, surgieron luego los focos de un vehículo más ligero, y semiocultos entre las altas gramíneas resecas, cautivos y guardianes observaron cómo los haces de luz marchaban al encuentro uno del otro.

El camión fue el primero en pasar ante ellos, a no más de cincuenta metros, y un kilómetro más allá se encontró con lo que resultó un jeep, que a los pocos momentos cruzó también de largo y se perdió de vista hacia el Noroeste.

Cuando se hizo de nuevo el silencio, el sudanés se puso en pie:

—¡Andando! —ordenó—. Aún queda mucho camino.

La columna comenzó a enderezarse penosamente, pero el chiquillo continuó en el suelo, incapaz de un nuevo esfuerzo.

El libio lo observó un instante, agitó la cabeza negativamente y se adelantó hacia Suleiman.

—Ése ya no da un paso... —señaló—. Y no puedo continuar cargándolo toda la noche...

—Apártalo del grupo —ordenó el sudanés.

El libio se dispuso a obedecer, pero Amín le interrumpió con un gesto:

—¡Espera! —pidió—. Yo lo haré... Luego los alcanzaré... Basta seguir recto hacia el río...

Suleiman le observó con dureza:

—¿Es que nunca puedes pensar en otra cosa...? —inquirió—. ¡Está bien...! Haz lo que quieras...

Agitó el brazo indicando a la caravana que se pusiera en movimiento y Amín se quedó atrás, junto al chiquillo, al que ya habían liberado de sus cadenas.

Los cautivos reanudaron la marcha, y conducidos por Suleiman y el libio, atravesaron la carretera y se perdieron en las sombras.

Amín permaneció en pie, inmóvil, hasta tener la seguridad de que estaban lejos. Luego bajó la vista hacia el muchachito, que le contempló con sus grandes ojos oscuros muy abiertos. Parecía una gacela asustada, derribada por el primer zarpazo del leopardo, esperando ser rematada.

El negro se inclinó muy despacio, clavó una rodilla en tierra y lo contempló de cerca. Se percibía nítida la jadeante respiración de la criatura, y era tanto su miedo, que parecía incapaz de romper en llanto.

La mano de Amín descendió poco a poco y comenzó a acariciarle.

El «cuscús» de Madame era realmente exquisito.

No podía comerse mejor en el más sofisticado restaurante de Tánger o Casablanca, ni aun en «El Almudia» de Madrid, donde incluso Nadia lo alabó una noche.

El vino estaba en su punto, y los quesos recién importados, en un ambiente agradable de manteles rojos, muebles oscuros, lámparas de pergamino y magnífico aire acondicionado.

—¡Lástima que el resto del hotel no esté a la altura! —se lamentó David.

—Yo paro poco en el hotel, y por eso lo prefiero al «Chadienne». Aquella comida me cansa...

Thor Ericsson concluyó su café, se secó el blanco mostacho, encendió un puro y lanzó una corta llamarada que destacó aún más los infinitos ángulos de su cara y las profundas ojeras que enmarcaban sus ojos de color de agua.

—Bien... aceptó—. Sería absurdo continuar negando mi identidad. Efectivamente —admitió—. Dirijo en Fort-Lamy una empresa de importaciones, pero, al propio tiempo, tengo el cargo de delegado local de la «Comisión para la Abolición de la Esclavitud». Como comprenderá, es un título que me honra, pero que, por razones de seguridad personal, me conviene mantener secreto. No más de veinte personas conocen en Chad mi verdadera actividad, y le ruego que no la comente.

—Tiene mi palabra... —aseguró—. ¿Puede usted ayudarme?

El sueco hizo un amplio ademán que no quería decir nada.

—¿Cómo saberlo...? Por desgracia, la «Comisión para la Abolición de la Esclavitud», al igual que la «Sociedad Antiesclavista de Londres» o todos los organismos oficiales y privados que luchan contra el tráfico de seres humanos, tienen mucha mejor intención, que medios a su alcance. Moralmente, cuenta con todo mi apoyo, pero lo que usted necesita no es moral, sino un ejército con el que rastrear praderas, estepas y desiertos.

—¿Conseguiría algo de las autoridades chadianas...?

—Lo dudo... Más factible resultará obtener, extra-oficialmente, el apoyo de las fuerzas francesas. Tienen aquí un contingente de legionarios y paracaidistas encargado de frenar a las tribus del Norte... Intentaré del coronel Bastien-Mathias que distraiga en nuestro favor unos cuantos hombres y un par de aviones...

David aguardó a que el camarero concluyera de servirle el coñac en una gran copa caliente, lo paladeó despacio, y observó a su interlocutor. Por fin, se decidió:

—Me han hablado del «Grupo Ébano»... ¿Qué sabe de él?

Ahora fue Thor Ericsson el que bebió demasiado despacio antes de decidirse a responder:

—Esperaba la pregunta —admitió—. Imaginaba que alguien se lo habría mencionado...

—¿Existe...?

Afirmó pausadamente:

—Sí. Creo que aún existe...

—¿Dónde puedo encontrarlo?

Se encogió de hombros con gesto fatalista:

—¿Quién sabría decirlo...? El «Grupo Ébano» es como la sombra del águila... Jamás pasa dos veces por el mismo sitio.

—¿Es cierto lo que cuentan sobre ellos...? —inquirió inquieto.

—¿Qué le han contado...? ¿Que son espías, terroristas, o agentes de Israel...? No los escuche... —negó—. Nadie sabe realmente quiénes son, por qué luchan, y a las órdenes de quién luchan... —Hizo una pausa y sonrió irónicamente—. Ni siquiera yo...

—¿Podría ser, realmente, una nueva versión del «Escuadrón Blanco»?

Thor Ericsson tardó en responder:

—No lo creo —dijo al fin—. El «Escuadrón» jamás ocultó su actividad, y tenía su cuartel general en la misma Trípoli. Bastaba con ir allí, a verlo. Eran muchachos de buena familia, millonarios la mayoría, que peleaban por amor a la aventura y a la libertad... Murieron como héroes, dando la cara al peligro... Dudo de que este puñado de fantasmas que se mueve en la sombra, tenga nada que ver con ellos... Si lo que hacen es digno y hermoso, ¿por qué se ocultan...?

—¿Y usted, señor Ericsson? Si en realidad es el delegado de la «Comisión para la Abolición de la Esclavitud»..., ¿por qué se oculta...?

El sueco se agitó en su asiento, quizá molesto:

—No es lo mismo... —protestó—. Si pregonara quién soy, estaría expuesto a que cualquier esclavista me asesinara en un callejón... Pero ellos están armados, y siempre en plan de lucha... ¿Por qué ocultar su identidad, incluso a mí?

—Ésa es una pregunta a la que únicamente ellos pueden responder, y tengo que encontrarlos. Me aferraré a cualquier esperanza de ayuda...

—Le deseo suerte, pero le va a resultar muy difícil hallarlos... Hace un año que ni siquiera se les menciona. Si aún subsisten, deben de andar ocultos en cualquier rincón del desierto... ¿Se ha detenido a calcular el tamaño del Chad? Es mayor que España y Francia juntas, y apenas cuenta con cuatro millones de habitantes, desperdigados por esa inmensa geografía... Casi no existen carreteras, caminos, aeropuertos, ni vía alguna de comunicación... Si no quieren que los encuentre, no los encontrará nunca.

—Eso puede aplicarse, también, a los raptores de mi esposa, y sin embargo, le aseguro que la recuperaré... Si ese grupo vive en el desierto, necesitará aprovisionarse... En algún sitio habrá alguien que les proporcione comida, armas y municiones... No son fantasmas: tienen que vivir... Tendrán familia en alguna parte, digo yo...

—¿Familia...? —Ericsson se interrumpió en el ademán de llevarse la colilla del delgado puro a los labios. Su mente estaba muy lejos, aunque aparentemente tenía la vista fija más allá de los «haussas» que vendían estatuillas de madera bajo los árboles de la plaza Independencia. Agitó la cabeza negativamente—. No... —musitó—. No creo que ninguno tenga familia aquí en África, pero...

—¿Qué...? —inquirió con ansiedad.

El otro se volvió a mirarlo; parecía poco convencido:

—No es más que un rumor... Y el Chad...

—Sí, lo sé —le interrumpió—. El Chad es tierra de rumores... ¿Cuál es el rumor...?

—Hace un par de años llegó a Fort-Lamy una muchacha..: Vivió un tiempo en aquella casa, al otro lado de la plaza, y luego montó un Colegio de Párvulos en la carretera que va al cementerio... Se dijo que era la amante de un ministro que la había encontrado en un cabaret de Trípoli... Pero luego el ministro se fugó con una gran suma, y ella continuó aquí, sin que, al parecer, el asunto la afectara... Fue entonces cuando alguien me dijo, muy confidencialmente, que en realidad era la amante de un miembro del «Grupo Ébano». Mi informante aseguraba que, cada tres o cuatro meses, venía a verla, se quedaba unos días y desaparecía luego... Como le digo, no son más que habladurías.

—¿Cómo puedo llegar a ese colegio...?

Thor Ericsson consultó el reloj.

—La una y media... A estas horas suele pasar en su furgoneta recogiendo a los niños... A las dos se reanudan las clases... Yo le llevaré.

—¿No le creará ningún problema mezclarse en esto...?

—Es posible... —aplastó el puro en el cenicero y alzó la mirada—. Por cierto... ¿Quién le mandó a hablar conmigo...?

—Prometí guardar el secreto... Me dijeron: «Ericsson, o contrata mercenarios, o es traficante de esclavos, o es el delegado de las Naciones Unidas... Vaya usted e intente averiguarlo...»

—¿Y si se diera el otro caso...? ¿Que fuera trafi-cante?

No respondió. Ni siquiera pareció tomar en cuenta su pregunta.

Apuró hasta el fondo su copa de coñac y la apartó a un lado.

—¿Puede haber europeos metidos en esto...?

—Me duele aceptar que sí —replicó—. No de un modo directo, dedicados a la caza de esclavos, pero se sabe de algunos que manejan el negocio desde El Cairo, Jartum y Addis-Abeba... También hay pilotos que los trasladan en la última etapa del viaje; capi-tanes de barco; conductores de camión... Pero la mano de los europeos suele estar más arriba, a nivel internacional. Cada vez que la ONU intenta tomar medidas contra los países que aceptan la esclavitud, alguien se interpone... Alguien que, en otros casos, alza siempre la bandera de la igualdad y los derechos humanos... ¿Quiere saber la razón...? —Hizo una pausa, como deseando crear un pequeño «suspen-se»—. La razón es la que mueve al mundo, amigo mío... La de siempre...: ¡Petróleo...! —concluyó con énfasis.

—¿Petróleo?

—Exactamente... todos los principados y emiratos de la Península Arábiga tienen petróleo... Y a esos príncipes y emires les gustan los esclavos... No es úni-camente por conseguir carne fresca para sus harenes, o por su eterno vicio de violar muchachitos... Es una especie de tradición histórica; una necesidad de sen-tirse superiores. Pese a sus «Cadillac» de oro, sus doscientas mujeres y su corte de aduladores, esos je-ques padecen en el fondo de un gran complejo: de unos años a esta parte, el petróleo los ha transfor-mado, de mugrientos pastores nómadas que vivían en plena Edad Media, en los poderosos señores del mundo, que se permiten amenazar a las naciones ci-vilizadas con el simple gesto de cortarles el suminis-tro de energía. Pero, en el fondo, están conscientes de su ignorancia, y de que sin ayuda ajena no sabrían ni extraer ese petróleo del que tanto presumen... Van a Europa y se gastan fortunas en los casinos de Mon-tecarlo, pero sienten que se les mira como a monos de feria, y si de pronto la Humanidad dejase de necesitar petróleo, volverían a morirse de hambre en sus desiertos...

—¿Qué tiene eso que ver con la esclavitud?

—Ser dueño de la vida de seres humanos; disponer de ellos a su antojo; matarlos en un momento de hastío, es la máxima sensación de poder que pueden experimentar. ¿Sabía que algunos compran hombres jóvenes y fuertes, buenos corredores, para divertirse dándoles caza como si fueran antílopes...?

—No lo creo... Aunque me lo jure, no lo creo...

—Si algún día pasa por Londres, visite el tercer piso del número 49 de Vauxhall Bridge. Pregunte allí por el coronel Patrik Montgomery, secretario de la «Antislavery Society», y dígale que va de mi parte. Él puede informarle, mostrarle documentos irrefutables y fotografías espeluznantes. Nuestro mundo moderno, el del hombre que va a la Luna, la revolución sexual y la marihuana, no se avergüenza de admitir que existen todavía millones de esclavos, y más de tres mil son robados cada año en África, y conducidos como bestias hasta Arabia... —Se puso en pie—. Será mejor que nos vayamos —dijo—. Es la hora, y hablar de este asunto me pone de mal humor.

Salieron al gran patio del hotel cubierto de flores y con una diminuta fuentecilla en el centro. Todas las habitaciones de los dos únicos pisos se abrían a él, lo que daba al conjunto un extraño aspecto de edificio colonial sudamericano. Ericsson entró un instante en la número cuatro, que siempre aparecía abierta, y salió con un manojo de llaves.

Fuera estaba su automóvil, un viejo «Simca» pintado de azul.

—Cada año pienso cambiarlo —comentó—. Pero me duele destrozar un auto nuevo por estos caminos del demonio...

Se abrieron paso entre nubes de ciclistas y peatones, cruzaron ante el «Hotel Chadienne», y siguieron por la orilla del río, hacia el Norte, en dirección al lago. Un rebaño de vacas de gigantescos cuernos en forma de uve marchaba calmoso ante ellos ocupando toda la carretera, y tuvieron que armarse de paciencia hasta que a sus pastores les apeteció hacerse a un lado.

—Son «fulbé» —explicó el sueco—. Gente orgullosa

y de mal carácter... Para ellos, ser independiente significa esto: meter su ganado en las calles y carreteras y joderle la paciencia al europeo. Si tocas el claxon, te caerán a palos y pedradas, porque para eso están en su país... Problemas de la descolonización...

—¿Cree que deberían continuar dependiendo de Francia...?

—No, amigo mío... No he querido decir eso, y no pretenda enredarme en una discusión sin esperanzas... ¡Aquí está la casa!

Se detuvieron ante una edificación amarilla de una sola planta, rodeada de un hermoso parque. Se escuchaban dentro cánticos, risas y llantos infantiles. Una negrita de unos doce años acudió a franquearles la verja.

—¿Está la señorita Miranda? —inquirió Ericsson.

La chiquilla hizo un gesto con la cabeza hacia la parte posterior. La siguieron a lo largo de un senderillo de piedras, hasta desembocar en un jardín por el que pululaban medio centenar de pequeñuelos cuyas tonalidades variaban del blanco de cabellos casi albinos, al negro-teléfono de pelo ensortijado. Ninguno levantaría más de un metro del suelo y la mayoría rodeaban, sentados en la yerba, a una muchacha de ojos grises y suelta melena que entonaba, de modo aceptable, una incongruente cancioncilla infantil.

Se interrumpió al verles, quizás un tanto avergonzada, y tras unos instantes de indecisión, avanzó abriéndose paso entre aquel mar de cabezas diminutas.

—¿Me buscaban? —inquirió

—Le ruego me disculpe, señorita... —replicó el sueco—. Desearíamos hablar con usted en privado... Es importante.

Hizo un gesto a la negrita para que se ocupara del coro, y les precedió al interior de la casa. Les condujo a un minúsculo despacho empapelado con flores de colorines y tomó asiento tras una coqueta mesa anaranjada. Señaló dos frágiles sillas, frente a ella.

—Ustedes dirán...

Ericsson se dispuso a hablar, pero cambió de idea y le cedió la palabra a David.

—Mejor lo explica usted...

—Seré breve... —prometió—. Mi esposa fue secuestrada en Camerún por un grupo de cazadores de esclavos. Tenemos la seguridad de que atraviesan el Chad, rumbo a Sudán y Arabia. He venido a intentar rescatarla...

Miranda Brehm los observó entre sorprendida e interesada:

—¿Y...?

—Abrigo la esperanza de que usted pueda ayudarme...

—¿Yo...? —inquirió extrañada—. ¿Cómo?

—Probablemente todo sea un malentendido —continuó David—. Le ruego que me disculpe si me equivoco, pero espero que comprenda mi situación: estoy desesperado, y me agarro a cualquier posibilidad.

—En realidad no comprendo nada, señor...

—Alexander... David Alexander... Verá... —estaba confuso—. El caso es que necesito encontrar al llamado «Grupo Ébano»... —hizo una pausa y se decidió—, y me han asegurado que usted podría ponerme en contacto con ese grupo...

—¿Que yo puedo ponerle en contacto con el «Grupo Ébano...? —se asombró Miranda Brehm—. Me duele confesarle, señor, que alguien se ha burlado de usted... Lo acontecido con su esposa es espantoso, y deplorable que le hayan hecho concebir una esperanza tan infundada... Si alguna otra cosa está en mi mano... —ofreció—. Los padres de mis alumnos suelen ser personas importantes. Me agradaría ponerle en relación con ellas si lo necesita... —Encendió un cigarrillo; su pulso era firme y sus gestos delicados—. Con respecto a ese grupo... No tengo más noticia que algunas vagas charlas intrascendentes...

Por unos instantes David la observó en silencio, queriendo calar en lo más profundo de sus pensamientos. Ella lo advirtió y sostuvo su mirada con naturalidad. Durante unos segundos, que se hicieron muy largos, no se escuchó más que el canto de los niños en el jardín. Con un profundo suspiro, David se puso en pie.

—Bien —aceptó resignado—. Supongo que ninguna mujer dejaría de ayudar a otra en este caso. Lamento haberla molestado, señorita... ¡Buenas tardes...!

—Buenas tardes... Y suerte, señor...

Salieron. Ella continuó sentada, fumando y observándolos a través de la ventana, mientras cruzaban el jardín y subían al auto.

Ya en la carretera, Ericsson comentó sin dejar de mirar al frente:

—¡Miente!

Contempló el río corriendo en calma hacia el Norte, en busca del lago Chad.

Su dolor habría sido más fuerte, pero también mayor su esperanza, de saber que trescientos kilómetros aguas abajo, David dormía en una habitación cuyas ventanas se abrían sobre esas aguas, en la orilla opuesta de ese mismo río Chari.

Les sorprendió el amanecer sin poder cruzarlo.

Pese a que Amín, el libio, y otros dos guardianes, buscaron durante toda la noche, no consiguieron ni piragua, ni balsa, ni embarcación de ningún tipo que les permitiera navegar sobre aquellas aguas infestadas de cocodrilos.

Por último, ya con la alborada encima, Suleiman decidió irrumpir en una pequeña choza lacustre unida a tierra por un tambaleante puente de madera, y ocupada por una pareja de ancianos esqueléticos que aparecían ahora acurrucados en el más oscuro de los rincones, aterrorizados ante la gruesa escopeta del sudanés.

—¡Habla, viejo! —gritaba—. ¿Dónde está tu embarcación?

—Mis hijos se la llevaron... —susurró el otro casi imperceptiblemente—. Fueron a comprar sosa al lago... En esta época, todas las embarcaciones del río están en el negocio de la sosa...

Suleiman se volvió a Amín.

—¿Es eso cierto?

El negro se encogió de hombros.

—Si él lo dice... No hay nada que flote en diez kilómetros a la redonda, y es verdad que las minas de sosa de Kanem están ahora en plena producción...

—¿Cómo no lo pensaste antes, imbécil? ¿Para qué te pago?

Amín fingió no haberle oído.

—No es grande el problema... —replicó—. Se trata de construir una balsa y pasar esta noche al otro lado...

—Basta con eso, ¿no? —El tono del sudanés era irónico—. ¿Y con qué construimos la balsa? ¿Quieres salir a cortar árboles a la vista de todo el que pase por ese sendero...? Al que nos pregunte le diremos: «No se preocupe; es que tenemos escondidos en esa choza veinte esclavos y queremos llevarlos al otro lado...» Sencillo, ¿verdad?

Amín continuó aparentando que no le escuchaba. Hablaba ahora en voz alta, pero lo hacía como para sí o para la pared, despreciando de modo manifiesto a su patrón.

—La cabaña es de madera —dijo golpeando el suelo con el pie—. Muebles, tabiques, suelo... los pilares que la mantienen sobre las aguas... ¡Todo madera...! Buena madera que flota... —Se volvió a la vieja—. ¡Sal afuera, y lava la ropa! —ordenó—. Y si alguien pasa y te pregunta, dirás que tu marido está muy atareado construyendo una mesa... Y si dices algo más, este negro te volará la cabeza de un tiro, y al viejo le rebanará el cuello... ¿Entendido...?

Los ojos de la mujer se empañaron de lágrimas, pero no respondió. Se puso en pie, tomó de un rincón un hatillo de ropa y salió a lavarlo a la orilla del río.

—Y ahora al trabajo —indicó Amín—. Esta noche tendremos una balsa que echar al río...

Se pusieron a la obra, con machetes, palancas y martillos improvisados, dirigidos por Amín, del que podría decirse que no había hecho otra cosa en su vida que construir balsas con ayuda de unas cuantas cuerdas y pedazos de madera.

A medida que el suelo iba desapareciendo, los esclavos tenían que ingeniárselas para mantenerse en equilibrio sobre los troncos del armazón, como gallinas en gallinero o monos colgados de los árboles, lo que les impedía aprovechar el único día de descanso que habían tenido en mucho tiempo.

A veces alguno se quedaba dormido, perdía el equilibrio y caía al agua, arastrando tras sí a su compañero más próximo, pero como siempre, el látigo de Suleiman R'Orab entraba pronto en juego y los que quedaban arriba se apresuraban a izar a los caídos.

Nadia, abrazada a una viga, contemplaba hora tras hora el río; la estepa en la orilla opuesta; los cocodrilos que descansaban al sol; las garzas que cruzaban majestuosas; los martín pescadores que se zambullían una y otra vez en busca de su presa, y un halcón que no se cansaba de girar al borde de las nubes...

¿Cuántas veces habían hecho el amor a orillas de un río semejante, en el bochorno del mediodía africano, después de un largo baño, sobre la corta hierba, incluso en el agua misma...?

—¿Y si en estos momentos llegara un cocodrilo...?

Ella reía divertida:

—Que nos coma juntos, pero por favor, no te apartes ahora...

Él no se apartaba, y así seguían, muy juntos, hasta que todo comenzaba a dar vueltas a su alrededor, el aire les faltaba, y acababan hundiéndose entre suspiros.

¡Era tan hermoso sentirse amada en el agua...!

Y sobre la hierba; y en la cama; y en aquella «roulotte» amarilla, garantizada contra la indiscreción de transeúntes y guardias de tráfico.

El día que la compraron, David se empeñó en estrenarla aparcándola en el corazón mismo de la plaza Lapalud, de Abidján.

—¿Estás loco...?

—Si nos meten en la cárcel, que sea aquí, donde tu padre puede sacarnos y donde puedo reclamarle al tipo que me la vendió...

Cerraba los ojos y le venían a la mente las figuras del techo: el recuadro claro de la ventana con sus cortinas estampadas; cada remache del armazón; las bisagras del armario; el extractor que giraba silencioso en el rincón derecho... Todo lo que contempló durante horas, las más hermosas de su vida, recuerdos que iban unidos al olor de sus cuerpos y al suave jadear de sus respiraciones; jadear que cobraba intensidad minuto a minuto; olor que se convertía en uno solo: el olor de «ambos», mezcla de hombre y mujer, de negra y blanco, de colonia y perfume, de tabaco y sexo.

Olor inconfundible que volvía a excitarlos, que los lanzaba de nuevo al deseo, a las risas, al sudar y jadear.

Pero ahora estaba allí, ridículamente abrazada a un poste, viendo pasar el río bajo ella, cansada y hambrienta, soportando la vergüenza de tener que realizar sus más íntimas necesidades a la vista de veinte cautivos que las hacían a su vez ante sus ojos, hediendo a sudor y polvo, sintiendo el hedor de sus compañeros.

Hubiera dado cualquier cosa por una pastilla de jabón, echarse al río que discurría a dos metros bajo ella, y darse un largo y tibio baño, cubriéndose de blanca espuma desde el cabello hasta la punta de los pies. Luego, se tumbaría en su cama, a dormir doce horas para que David la despertara ya entrada la mañana, le sirviese un café caliente y se acostara a su lado a acariciarla como únicamente él sabía hacerlo.

¿Era mucho pedir para quien no llevaba más de dos meses de matrimonio?

No lo era, pero, aun así, tenía la sensación de que aquella felicidad había quedado atrás para siempre, jamás volvería, y era como si otra persona la hubiera disfrutado. Pero tampoco comprendía lo que estaba ocurriendo, y la asaltaba a cada instante la sensación de que estaba viviendo una espantosa pesadilla de la que despertaría en cualquier instante.

—Despertaré y estará a mi lado, y le contaré este absurdo sueño, y se reirá de mí...

Pero era un sueño en el que los despertares resultaban cada vez más dolorosos.

Despertar era el hambre, y la sed, y las cadenas, y el látigo, y los ojos de Amín, y el futuro...

¡El futuro, Dios bendito...! El futuro era entrar a formar parte del harén de un jeque vicioso, que haría con ella cuanto le apeteciera, y la obligaría a ensayar mil porquerías con otras esclavas para intentar despertar su hastiado apetito.

El lesbianismo, los celos, las riñas, incluso los asesinatos, convertían a menudo los harenes en auténticas junglas, donde hermosas favoritas y otras que ya dejaron de serlo, libraban una eterna batalla por la conquista y el asalto de cada recién llegada.

Un famoso sultán de Turquía abrió sobre su serrallo de Constantinopla un mirador secreto, desde el que se complacía en observar cuanto ocurría entre sus mujeres cada vez que lanzaba entre ellas a una nueva muchacha.

Para el viejo sultán, ya impotente, ver cómo se destrozaban entre sí, era uno de los pocos placeres que Alá le había dejado.

¿Qué ocurriría cuando ella, Nadia, educada en Londres y París, *summa cum laude*, de la Universidad de Abidján, ex atleta olímpica y enamorada de un fotógrafo «genial», penetrara en un harén de la Edad Media?

—No cruzaré viva el mar Rojo —se prometió a sí misma—. No caeré en manos de un cerdo árabe, ni dejaré que ninguna lesbiana me toque nunca...

Un escalofrío le recorrió la espalda y presintió que los ojos de Amín la miraban. Se volvió. El negro parecía estar atravesándola con la vista mientras se acariciaba la pequeña cicatriz que le había quedado en la frente.

—¿Por qué me miras tanto? —inquirió, furiosa—. Estoy harta de verte en todas partes...

—El día que no me veas, estarás muerta —replicó el otro con extraña suavidad.

Luego le dio la espalda, observó satisfecho la tosca balsa ya concluida, y sin volverse hacia Suleiman, comentó en voz alta:

—En dos viajes podremos cruzar el río. Pronto anochecerá, y la echaremos al agua...

Mientras hablaba iba girando en torno a la choza, hasta que, al fin, quedó situado tras el anciano, que había permanecido inmóvil en su rincón.

Súbitamente, con un gesto agilísimo pasó su largo látigo por el cuello del viejo, y apretó con fuerza. Mientras lo hacía, sus ojos no se apartaron un instante de Nadia, que tuvo que desviar el rostro, horrorizada.

El anciano pataleó un instante, emitió un ronco estertor y trató de arañarle, pero sus músculos se aflojaron y quedó muerto.

Sin soltarlo, Amín hizo un gesto al libio:

—Llama a la vieja...

El coronel Henry Bastien-Mathias encendió por enésima vez su curva pipa, y se recostó en el ancho butacón tras la oscura mesa de roble.

—Me encuentro escaso de personal... —señaló—. Pero haré un esfuerzo, y pondré algunos hombres a la tarea de buscar a la señora... Insistiré cerca del comandante Amubú, de la Gendarmería, y estoy seguro de que obtendremos su colaboración... Prometió enviarme un oficial que conozca la zona y pueda informarnos de la situación.

—Le estoy muy agradecido... —se apresuró a replicar Ericsson—. Ya le aseguré al señor Alexander que contaríamos con su apoyo...

—Por desgracia —añadió el coronel—, nuestros esfuerzos no servirán de mucho si han atravesado ya la carretera y el río. Es la línea que podemos vigilar con garantía de éxito. Más allá, temo que ya nadie podría detenerlos, por lo menos, hasta el desierto.

—¿Ni siquiera el «Grupo Ébano»?

Volvió a prender la pipa, exhaló una columna de humo y sonrió con ironía:

—Lo que mis paracaidistas no consigan, no lo logrará ese «Grupo», si es que existe...

—¿Nunca han tenido contacto con él?

—No, desde que estoy al mando...

Zumbó el interfono. Se inclinó hacia delante y apretó un botón.

—¿Sí...?

—El teniente Lodé, de la Gendarmería...

—Que pase —ordenó.

Golpearon levemente la puerta y se abrió para dar paso a un negro alto y fuerte, que se cuadró rígidamente:

—A sus órdenes, mi coronel... —saludó—. El comandante Amubú me pone a su servicio...

El otro señaló una butaca.

—Siéntese, teniente... —Hizo las presentaciones—. El señor Alexander y el señor Ericsson... ¿Está informado sobre la razón de la entrevista?

—Estoy informado, mi coronel...

—¡Bien...! ¿Qué puede decirnos?

—No mucho, mi coronel, aunque tenemos la absoluta certeza de que la ruta de los esclavos que vienen de Nigeria, Camerún, Guinea, Gabón, Dahomey y Togo, pasa por nuestro territorio. Concretamente entre Fort Archembault y Bousso, huyendo de las patrullas fronterizas del Sur y la zona más poblada que rodea Fort-Lamy...

—¿Se les puede detener ahí? —inquirió David.

—Son casi trescientos kilómetros de campo abierto, señor. Los esclavistas conocen cada quebrada, cada riachuelo y cada cueva de la región... Necesitaríamos un constante patrulleo, y por desgracia nuestros hombres están luchando en el Norte...

—¿Tiene noticias del paso de alguna caravana últimamente? —intervino el coronel sin dejar de morder su cachimba.

—Estamos seguros de una —admitió el teniente—. Hace dos días se descubrió el cadáver de un chiquillo cerca de la carretera, al sur de Niellín... Había sido violado y estrangulado, y por las cicatrices de su rostro, no parecía de esta región... El sargento de Niellín no está muy seguro, pero opina que esas cicatrices pertenecen a algún grupo bamilenké, del Camerún. Estoy esperando fotografías del cadáver, e iniciaré una investigación. —Hizo una pausa y se secó con disimulo el sudor que le corría por la frente y la nariz—. Si venía del Camerún, lo trajeron cazadores de esclavos.

El coronel Henry Bastien-Mathias se rascó la frente con la boquilla de su apagada cachimba, meditó unos instantes y buscó una nueva cerilla:

—¡Bien! —admitió—. Tal vez eso pruebe que una caravana cruzó la región —se volvió a David, tratando de animarle—, pero no quiere decir, en absoluto, que se trate de la de su esposa...

—No podrá saberse hasta que la encontremos —señaló el teniente—. Los cazadores de esclavos no se diferencian entre sí... Casi todos son capaces de violar y asesinar a un chiquillo...

—Tal vez existe un modo —aventuró David—. En Camerún un guía me hizo notar que las huellas de dos de los raptores de mi esposa pertenecían a botas de fabricación nigeriana, poco corrientes en el África de habla francesa. Tengo en mi hotel fotografías de esas huellas y de las que supongo pertenecen a mi esposa... Tal vez podrían cotejarse con las que existan en torno al cadáver...

El negro sonrió:

—Le felicito, señor —dijo—. Si me proporciona esas fotografías, me ocuparé de comprobarlas. Saldré ahora mismo para Niellín, y esta noche le telegrafiaré la respuesta. Organizaré un sistema de patrullaje... —Se volvió al coronel—. ¿Puedo contar con su ayuda...?

—Mañana le enviaré un pelotón de paracaidistas, tres jeeps y el helicóptero... ¡Cuídelo, que es el único que tenemos...!

El teniente asintió. Se le notaba satisfecho:

—Con eso basta. Le aseguro, señor, que si no han pasado, no pasarán...

—¿Y si ya han pasado? —inquirió David con un hilo de voz.

—En ese caso... ¡Grande es África...!

Lamento comunicarle coincidencia huellas Stop Su esposa cruzó río Chari miércoles noche Stop Sigo pista Stop Teniente Lodé.

Arrugó el papel y estuvo a punto de arrojarlo a un rincón, pero quedó con él en el puño apretado. Durante largo rato permaneció apoyado en el pequeño mostrador contemplando como idiotizado los casilleros de las llaves.

El recepcionista le observó entre confuso y preocupado:

—¿Malas noticias, señor?

Salió de su abstracción, agitó la cabeza y se encaminó al jardín. Se detuvo a contemplar el río que fluía más calmoso que nunca, oscuro y opaco, roto tan sólo su silencio por un chapoteo inquieto, quizá de un pez que huía, quizá de un caimán que le perseguía.

Las infinitas estrellas de un cielo como no había visto nunca otro, iluminaban apenas la corta playa de fango, las mimosas y las achaparradas acacias, y jugueteaban a reflejarse en los charcos, en los que, de tanto en cuanto, croaba una rana gigante.

Pero no vio ni escuchó al río, porque su mente vagaba muy lejos y sentía una especie de increíble vacío en el estómago. Era miedo, y lo sabía, pero no miedo físico por él, sino una especie de terror mental ante el convencimiento de que nunca lograría recuperar a Nadia.

«Grande es África.»

Las palabras del teniente resonaban en su mente como una sentencia definitiva, pronunciada por alguien que conociera bien los hechos. «Grande es África», era como decir «cadena perpetua»; como decir «pena de muerte».

Una risa femenina resonó a su derecha, viniendo del rincón más oscuro del jardín y unas voces agitadas se acallaron en leves murmullos.

Tomó asiento en una mecedora, encendió un cigarrillo, se balanceó levemente e intentó poner en orden sus ideas.

Poco podía esperar del teniente Lodé, ni aun de las fuerzas que el coronel pusiera a su disposición. Se limitarían a rastrear el terreno unos cuantos días, tranquilizar sus conciencias y regresar pacíficamente a sus cuarteles con la satisfacción del deber cumplido.

Tampoco cabía esperar mucho de Thor Ericsson ni de aquel inexistente «Grupo Ébano», y lo que tuviera que hacer, debería hacerlo solo.

Le hubiera gustado que Jojó estuviera allí. Jojó siempre encontraba el modo de atacar los problemas, fueran éstos entrevistar a un presidente sudamericano, o conseguir un transporte que los llevara al frente de batalla.

Borrachín, pendenciero y brusco, Jojó poseía, sin embargo, aquel don, que a él le estaba negado, de ganarse a la gente, resolver los más enredados problemas y salir con bien de los más extraños líos, en los que, al propio tiempo, era siempre el primero en enredarse de la forma más inverosímil.

Como gacetillero, como reportero de sucesos o como corresponsal de guerra cuando subió de categoría, Jojó Salvador era de aquella clase de «hombres ardillas» capaces de enfrentarse a todo y zafarse de todo, y durante el tiempo en que viajaron juntos, David se sintió feliz porque nunca tuvo que preocuparse más que de apretar el disparador en el momento en que Jojó decía.

Formaron juntos un tándem perfecto: uno con su arte, y otro con su ingenio; uno demasiado alto y otro demasiado bajo; uno serio y callado, y el otro extrovertido y parlanchín.

Fue ese mismo Jojó Salvador el que, a la hora de conocer a Nadia, pronosticó: «Te casarás con ella. Te conozco y lo harás...», y el primero en enviarle un telegrama el día de la boda.

Si estuviera allí, ya habría ingeniado cien formas, absurdas o factibles, de encontrar a Nadia; ya habría puesto en movimiento a tres presidentes y cinco Ejércitos; ya tendría patas arriba a media África y a toda Europa, aprovechando, además, para ganar una fortuna con el relato del rapto, persecución y rescate de una esclava africana.

Verdaderamente, en ciertos aspectos David envidiaba a Jojó Salvador, aunque no hubiera deseado ser como él, y ahora, más que nunca, necesitaba de sus cualidades; de su sentido de lo práctico; de su capacidad organizadora.

Jojó ya habría hecho amistad con una veintena de los mercenarios que vagaban por las calles de Fort-Lamy, o que bebían cerveza tras cerveza en la terraza del «Chari» y el «Chadiaenne», y con su cháchara y su entusiasmo contagioso, los habría convencido para que les acompañaran a la aventura de recuperar de manos de los cazadores de esclavos a una dama en peligro.

Ésos, y los borrachos, los chulos, los cargadores de muelle, los campesinos peruanos, los pescadores noruegos, o los coolíes chinos, eran su gente, con los que se sentía a gusto y ellos con él; sus amigos de siempre y del instante, a los que se metía en el bolsillo con su risa espontánea y sus diez idiomas chapurreados.

Aún le costaba trabajo admitir que hubiese cometido el estúpido error de pisar una mina y saltar por los aires en las colinas de Golán... Aún le costaba admitir que no existía ya la posibilidad de ponerle un telegrama dondequiera que estuviese y decirle: «Ven. Te necesito.»

Ya estaría a su lado; ya estaría maquinando mil planes distintos.

—¿Monsieur Alexander?

—¿Sí...?

El negrito hizo un gesto con la cabeza hacia el hotel.

—Le solicitan en la puerta, Monsieur...

—¿Quién?

—No lo sé, Monsieur... Me envía el recepcionista.

Le siguió hasta la entrada. No había nadie en el *hall* y desde el mostrador el negro de la recepción alzó el rostro e indicó hacia la calle.

Se asomó. El jardín aparecía solitario y en penumbras, pero desde el rincón más apartado, los faros de un vehículo parpadearon. Era un jeep fuerte y macizo, de color arena. Había alguien al volante, y se aproximó a la ventanilla.

—¡Buenas noches! ¿Me buscaba?

—Si quiere venir, tiene que ser ahora y sin avisar a nadie... Lo mismo podemos estar fuera una semana que un mes, y no le garantizo el resultado.

—¿Pretende que me lo juegue todo a esa carta?

—Es la única que le queda...

—¿Y la Gendarmería? ¿Y las tropas francesas...?

—¡Olvídelas! No conseguirán nada, y Ericsson puede ocuparse de ellas en su ausencia...

—Tendré que avisarle.

—Mañana temprano le avisarán. Me he ocupado de ello.

Aún dudó unos instantes.

—¿Por qué lo hace?

—Usted mismo lo dijo... —su voz denotó impaciencia—. ¿Viene o no? El viaje es largo...

Dio la vuelta al vehículo, abrió la portezuela y subió:

—¡Vamos!

Al prender el contacto, las luces del tablero iluminaron fantasmagóricamente el hermoso rostro de Miranda Brehm. Caló la marcha, las ruedas resbalaron un segundo sobre la gravilla del paseo, el jeep enfiló la salida del hotel y tomó hacia el Norte.

Diez minutos después volaban sobre la carretera de Abeché.

No cruzaron palabra durante largo rato. Cada cual hundido en sus propios pensamientos, observando las tinieblas que se abrían ante los focos. Fue David quien rompió el pesado silencio.

—Admito que logró engañarme... Salí de su casa con la impresión de haber hecho el ridículo...

—Me alegra haberlo conseguido... —replicó—. No me explico cómo pudo llegar a sus oídos esa información... Estaba convencida de que había sabido guardar el secreto...

—Siempre existe un vecino indiscreto... Por cierto: Ericsson está convencido de que usted mentía...

—Supongo que sabrá ser prudente. Me juego mucho en esto...

—Lo imagino... Antes no respondió a mi pregunta: ¿Por qué lo hace?

—Usted lo dijo: ninguna mujer sería capaz de dejar a otra en una situación semejante... Llegué a la conclusión de que nunca volvería a dormir en paz...

—¿A dónde vamos?

Miranda Brehm ladeó ligeramente la cabeza para mirarle de soslayo, sin perder por ello de vista la carretera. Sonrió:

—Daría cualquier cosa por saberlo. No tengo la menor idea...

—¿Entonces...?

—En el desierto, ellos tienen amigos, y confío encontrar a uno que siempre sabe dónde hallarlos.

—Empezaba a estar convencido de que eran una leyenda...

—En muchos aspectos lo son... —Hizo una pausa—. O lo serán algún día —añadió amargamente—. Cuando los aniquilen.

—¿Por qué supone que van a aniquilarlos...?

—No lo supongo. Estoy segura...

Con un gesto señaló hacia la trasera del vehículo, y su voz no admitía réplica cuando señaló:

—Es mejor que duerma. Luego tendrá que relevarme al volante... Abatiendo su asiento, puede convertirlo en una cama bastante cómoda... Si tiene hambre o sed, ahí hay de todo...

—Ya lo veo... Vamos pertrechados como para atravesar África.

—Al desierto, el que no va prevenido, nunca vuelve... Aun así, muchos se quedan en el camino...

Acomodó el asiento y advirtió que, en verdad, se obtenía una cama bastante aceptable. Se tumbó en ella y cerró los ojos.

—¡Buenas noches! —se despidió.

—¡Buenas noches!

La carretera continuó abriéndose ante ellos durante kilómetros y kilómetros, negra y solitaria.

Le despertó un brusco salto que estuvo a punto de enviarle contra el techo.

—¡Diablos!

—Lo siento. No pude evitarlo...

Somnoliento aún, consultó su reloj y luego su vista se fijó en el camino.

—¿Dónde quedó la carretera?

—La dejamos... Tendrá que acostumbrarse: daremos saltos durante el resto del viaje...

—Las cuatro y media... Debió despertarme antes. Debe de estar agotada...

—Ya que lo dice, lo admito.

Disminuyó la marcha hasta detenerse en un ensanchamiento del camino. Se apeó sin apagar las luces, y paseó con las manos en la cintura, estirando las piernas.

David la observó en silencio. Era una bella mujer, aunque la camisa de hombre y los pantalones tejanos no la favorecían. Tenía un hermoso cabello castaño que le caía hasta media espalda, agitado constantemente con un movimiento muy femenino y nada afectado. Había encendido un cigarrillo y parecía disfrutarlo mientras observaba las estrellas.

Descendió a su vez, y le sorprendió advertir que hacía frío.

—¡Caramba! —exclamó—. Nadie diría que estamos en el centro de África.

—Pronto amanecerá, y los amaneceres aquí son fríos... En el desierto, tendremos que abrigarnos... A menudo, hay una diferencia de cuarenta grados entre la hora de máximo calor y el frío de la madrugada...

Fumaron en silencio. Se habían convertido en los únicos habitantes del mundo, y ni un solo rumor rompía el inquietante silencio de la estepa. El motor del jeep crujió al enfriarse y fue como si hubiese estallado una bomba en medio de la noche.

Cuando todo volvió a la quietud, David Alexander agitó la cabeza.

—Este silencio impresiona.

—Me gusta...

—Preferiría que algún grillo cantara a lo lejos... Parece como si estuviéramos en la Luna... ¡Mire al cielo...! Se comprende que seamos un objeto flotando en el infinito...

—¿Le asusta?

—En cierto modo... Siempre asusta nuestra propia pequeñez. —Hizo una pausa y arrojó al suelo su cigarrillo aplastándolo con el pie—. Quizás,. en alguna parte, no muy lejos, mi esposa esté contemplando estas mismas estrellas, esperando que yo acuda a rescatarla... —Guardó silencio—. Y no sé cómo hacerlo —añadió con amargura.

—Encontrará el medio.

—¿Lo cree...? Empiezo a dudar... Cuando estudio un mapa, me digo: «No debe ser tan difícil: tienen que estar por aquí...» Pero cuando miro hacia fuera y comprendo que cuanto alcanza mi vista no es ni la punta de un alfiler en ese mapa, me invade el desaliento...

—¿Alguna vez jugó al escondite...? —inquirió ella de improviso.

—Sí, desde luego... De niño...

—Recordará, que cuando alguien se escondía y permanecía inmóvil, resultaba imposible encontrarlo... Era el movimiento el que acababa por denunciarlo. Y ellos tienen que moverse. Lo hacen siempre en una dirección precisa: hacia el Nordeste. Aunque tracen curvas o intenten zigzaguear, su rumbo es siempre el mismo: Nordeste.

Lanzó una última mirada a las estrellas y se encaminó al vehículo.

—Ayúdeme a llenar el tanque, y continuemos... Hay una brújula junto al volante. Procure seguir siempre hacia el Nordeste.

Mientras llenaba el depósito con uno de los bidones de repuesto, David insistió:

—¿No piensa decirme quiénes son...?

Tardó en responder.

—Aún no —dijo al fin. Luego ajustó la tapa de la gasolina, rodeó el jeep y se tumbó en la improvisada litera—: No se preocupe por los baches —advirtió—. Cuando duermo, duermo.

A los cinco minutos, dormía, y David sentía su respiración casi junto a su oído, tan pausada y tranquila, como si se encontrara en su casa de Fort-Lamy.

Media hora después, una claridad apenas perceptible comenzó a invadir el cielo por el Este, y la raya que diferenciaba el cielo de la tierra se fue marcando más y más hasta convertirse en una quebrada línea que dibujaba, contra un cielo rojizo, la silueta de las ceibas, las acacias y los infinitos matorrales espinosos de la estepa.

Luego, cuando el sol comenzaba a hacer su aparición justo ante sus ojos, un antílope cruzó en un brinco increíble, para perderse rápidamente de vista hacia la izquierda. Como si hubiese sido una señal, docenas de ellos surgieron casi bajo las ruedas, y se alejaron a saltos en los que parecían rebotar contra el suelo como pelotas de goma. Se creería que no llegaban a tocar tierra cuando ya estaban de nuevo en el aire.

Algunos corrían trocha adelante durante un rato hasta apartarse a un lado, y tuvo la impresión de que se habían reunido allí los veinticuatro géneros de antílopes africanos: desde el altivo impala de cuernos de lira, a la gacela de Thompson, pasando por el *reedbuch* y el *Orix cimitarra*.

Le hubiera gustado conocer a cada uno por su nombre, y conocer, también, el de las infinitas aves que alzaban el vuelo con pesado aleteo o correteaban en bandadas: gallinas de Guinea; rojos faisanes; perdices oscuras; veloces avestruces; escurridizos calaos; carroñeras cigüeñas marabú, y docenas de especies que jamás había visto, y que distraían su atención haciéndole apartar la vista del camino.

Éste no era, en realidad, más que una trocha abierta por el paso de otros vehículos, a punto siempre de desaparecer entre una hierba cada vez más reseca.

Ya entrada la mañana, hicieron su aparición los ñus de cola blanca, algunas cebras, e incluso un pequeño rebaño lejano, del que no pudo distinguir si se trataba de búfalos o grandes vacas de enormes cuernos.

Un desvío conducía a un puñado de chozas indígenas levantadas sobre una loma, muy a lo lejos, y más allá adelantó a un pastorcillo que empujaba ante sí a un puñado de sucias cabras.

El calor iba en aumento y la vegetación raleaba a ojos vistas. Transcurrió una hora sin distinguir un solo árbol, ni la más triste acacia, y cada minuto era más espesa la nube de polvo que iba dejando a sus espaldas.

Sobre las diez, el camino desapareció en una vasta llanura sin horizontes; sin un solo accidente ni matojo, y entre las piedras pudo distinguir, a trechos, montoncillos de arena que el viento arrastraba muy a ras del suelo.

La aguja que marcaba la temperatura del motor se inclinó peligrosamente, y eso le hizo detenerse. Descendió, buscó uno de los bidones de agua, y llenó el radiador. Cuando regresaba, encontró fijos en él los ojos de Miranda.

—Olvidé advertirle que para el radiador emplee siempre agua de pozo o riachuelo —dijo—. De la que traemos, puede depender nuestra vida...

—Hace horas que no se ve un riachuelo... Creo que hemos llegado al desierto...

Estudió el paisaje con ojo crítico.

—Aún falta, pero de ahora en adelante, tendremos que valernos por nuestros propios medios... ¿Tiene hambre?

—Bastante.

—Bien... Vaya sirviéndose algo, y, por favor, no se vuelva... En esta maldita llanura no hay un solo lugar donde una mujer pueda sentirse a salvo de miradas indiscretas...

Saltó a tierra, estiró brazos y piernas, y se alejó

perdiéndose de vista por la trasera del vehículo.

Al regresar, aceptó de buena gana el sandwich y la taza de café que David le ofrecía.

—Disfrutémoslo —dijo, animosa—. Probablemente será nuestra última comida sin arena... En ese desierto la arena es como polvo, capaz de meterse hasta en el interior de un termo.

—¿Lo conoce bien...?

—Lo suficiente como para perderme igual que cualquier otro... —Bebió un largo sorbo y agitó la cabeza—. No, la verdad es que no lo conozco bien, pero confío en encontrar a nuestro hombre. Sin él, no hacemos nada.

—¿Quién es?

—Un targuí. Le llaman Malik *el Solitario*... En el desierto todos le conocen.

—¿Y él sabe dónde está el «Grupo»?

—Si no lo sabe, lo averiguará...

David permaneció unos instantes en silencio. Cuando habló, su voz denotaba una cierta amargura:

—Parece el cuento de nunca acabar... Tuve que buscarla a usted para que me ayudara a buscar a un tal Malik, que nos ayudará a buscar al «Grupo», que tal vez me ayude a buscar a mi esposa... ¿Cuánto tiempo puede llevarnos...?

—Días... Tal vez semanas... Ya se lo advertí.

—Sí... Ya sé que me lo advirtió. Pero todo parece tan absurdo... Tan... —dudó— primitivo. En la era del radar y los aviones de reacción, andamos a ciegas.

—Estamos en África... Ni el radar, ni los aviones de reacción, le servirían de nada... El rapto de su esposa ha sido un acto «primitivo»... Tenemos que combatirlo con los métodos que se emplearían hace mil años.

—¡Es como para volverse loco...!

—Tal vez. Pero no ahora... ¡Déjeme el volante y descanse sin pensar en nada...! Su esposa le necesita entero...

Durante largo rato marcharon en silencio por la vasta llanura sin accidentes.

El sol llegó a su cenit, y se diría que amenazaba derretirlos, convirtiendo el vehículo en un horno de panadero.

—No se sabe qué es peor: asarse encerrado, o bajar el parabrisas y dejar que el polvo nos coma...

Había recogido su larga cabellera bajo un sombrero de ala ancha, de tipo australiano, y David pudo admirar la esbeltez de su cuello. Su piel era muy blanca, con algunas pecas, y admitió que jamás podría gustarle ya una piel semejante, tras haber conocido la de Nadia. «Es como si estuviera desteñida o muerta, y tengo la impresión de que si la tocara me parecería helada».

—¿En qué piensa?

Le sobresaltó la pregunta.

—No... No lo sé... —tartamudeó.

—¿Me estaba comparando con su esposa...?

—¿Cómo puede creer eso...?

—Es lógico... —sonrió sin mirarle—. Y no me ofende... Si la ama, es porque la considera superior a todas... ¿Sabe una cosa? Llevo tiempo en África y empiezo a creer que, en muchos aspectos, su raza es superior a la nuestra... No es tan sólo físicamente más hermosa... Tienen virtudes que los blancos nunca poseeremos, porque no hemos aprendido a apreciarlas.

—¿Por ejemplo...?

—Su inocencia... Su alegría de vivir... Su bondad...

—Muchos opinan que los negros son malvados y crueles. Que les gusta hacer daño.

—No es cierto. Únicamente el negro corrompido por el blanco y que ha sufrido a manos de éste, es capaz de hacer daño sin razón... Llevamos tanto tiempo martirizándolos, que resulta difícil saber quién sufrió por culpa nuestra, y quién no...

—¿Es de las que creen que los blancos tenemos la culpa de cuanto ocurre en África?

—En gran parte... Recuerde que arrancamos de aquí quince millones de esclavos que jamás volvieron a ver su tierra ni su gente... ¡Quince millones...! Sin contar los caídos en las guerras que los traficantes provocaban... ¿Se imagina lo que eso representó para un Continente que estaba naciendo a la Historia...? Lo traumatizó de tal forma, que cualquier esfuerzo que se hiciera más tarde resultaría inútil... Por si fuera poco, llegó la colonia...

—Me parece estar oyendo a Nadia... Es su tema

favorito... La explotación del negro por el blanco...
—Buscó un paquete de cigarrillos, encendió dos y le
ofreció uno, que aceptó agradecida—. Claro, que Nadia añade la explotación del blanco por el blanco,
y la del negro por el negro... Ella reconoce que su
propia gente es más racista que la nuestra. No sólo
se odian entre naciones, sino entre razas, tribus, e
incluso familias... ¿Cree que eso también lo han aprendido de nosotros...?

—No lo sé... Necesitaríamos remontarnos a la historia primitiva del negro, pero, por desgracia, está es-
crita por blancos.

Se hizo el silencio. Delante, rompiendo el horizonte,
había surgido una línea ondulada, muy suave, como
un mar petrificado que se perdiera de vista en el
infinito.

—¡Ahí está...! El desierto del Sáhara... ¿Sabe lo
que significa «Sáhara»?

—No —admitió.

—«Tierra que sólo sirve para cruzarla...» Ese desierto que ve es: «La deshabitada tierra que sólo sirve
para cruzarla...» ¿No le impresiona el nombre?

—Un poco... Pero no pretendemos quedarnos a vivir en ella... Únicamente, cruzarla...

Sonrió y se volvió a mirarle. Sus ojos chispeaban.

—¿Quién iba a imaginar que alguien acostumbrado
a la nieve como usted, se iba a encontrar de pronto
aquí...? Lo lógico es que se hubiera casado con una
muchacha muy rubia y de piel muy blanca, con la
que ir a esquiar los fines de semana...

—¿Y usted? ¿Qué hace desasnando niños en el último rincón del mundo...? Debería estar...

—...en un cabaret de Trípoli —le interrumpió—.
O de Roma... O de París, Barcelona, Beirut, o cualquier otro lugar del mundo... Noche tras noche de
cantar cancioncillas ramplonas; de convencer a «clien-
tes» para que me invitaran a una botella de cham-
paña que arrojar en el florero; de escapar a escon-
didas por la puerta trasera porque el tipo que se
gastó su dinero exigía un supuesto derecho a llevarme a la cama... ¿Cree que es mejor que mi casita
de Fort-Lamy, el medio centenar de mocosos, y los
atardeceres sobre el Chari...?

—¿Realmente le gusta?

—No puede imaginar cuánto. ¿Ha leído *Las raíces del cielo*...?

—Hace mucho...

—En cierto aspecto soy como Minna, que fue capaz de dejarlo todo por seguir a Morel en su lucha en favor de los elefantes... Ella amaba el aire libre, los espacios abiertos, los animales salvajes... Cada viernes, cuando cierro la escuela, subo al jeep y me adentro por estas praderas, las estepas, o las lindes del desierto, a observar las manadas de elefantes y antílopes; los rebaños de cebras y búfalos; las bandadas de aves que cruzan el cielo de África en un trajín inacabable... Y me apena que no exista un Morel al que unirme en defensa de los animales...

—¿Viaja sola por estas regiones?

—Casi siempre...

—¿Y no es peligroso...?

—Aquí estoy, ¿no es cierto? He corrido mucho menos peligro que en cualquier gran ciudad. En el Central Park de Nueva York ya me habrían asaltado tres veces. O en las afueras de Roma, o en los muelles de Hamburgo...

—Sin embargo, a mi esposa la raptaron... Aquí, en esta misma África... ¿Sabe que más al Sur, en el Camerún, las tribus caníbales aún celebran festines? Y que en Dahomey cada año desaparecen centenares de mujeres sacrificadas a Elegbá, la diosa de la fertilidad...

—También sé que estamos en guerra. Y que, a veces, un león devora a un turista, pero aun así, muere más gente de forma violenta en un solo día de Nueva York, que en todo un mes del Chad... Y si no mueren violentamente lo hacen asfixiados por el humo, comidos por el cáncer de pulmón, destrozados por los nervios o fulminados por un ataque al corazón...

—¿Piensa quedarse en África para siempre?

—¿Por qué no? Mientras sobrevivan los elefantes, los pájaros y los antílopes, continuará siendo el lugar más hermoso de la Tierra...

—Pero ya se acaban... Entre la sequía, los cazadores y la superpoblación, casi no quedan verdes colinas en África... Pronto no quedarán más que desiertos, ciudades y campos yermos.

—El día que eso ocurra en África, el resto del mundo habrá dejado de existir...

No estaba de acuerdo, pero no respondió. África desaparecería antes que Sudamérica y sus grandes selvas amazónicas. Había estudiado a fondo el tema en otro tiempo, y le constaba que el tanto por ciento de crecimiento y capacidad destructiva del Continente negro era superior al de Sudamérica pese a su alta tasa demográfica. Sin embargo, no era aquél el momento de iniciar una discusión sobre ecología y conservacionismo. Prefirió, como siempre, callar.

Se hundió en sus propios pensamientos, contemplando a través de la ventanilla la inhóspita planicie que se aproximaba, y en la que iban a sumergirse como en un pozo sin fondo con la remotísima esperanza de encontrar una pista que les condujera a Nadia.

Se esforzó por alejar su pesimismo, consciente de que era uno de sus peores enemigos. Pesimismo al límite o exagerada euforia, habían constituido siempre los dos extremos de su temperamento; extremos que se tocaban a menudo, pues saltaba de un estado de ánimo al contrario con tanta facilidad como si se encendiera o apagara una luz.

«Inestable e inseguro, como la sombra del baobab...»

Sonrió levemente y trató de imaginar lo que estaría pensando Nadia en aquellos momentos y si lo creería o no capaz de recuperarla.

En el fondo, estaba convencido de que Nadia siempre lo consideró como a un niño grande al que se había impuesto el deber de proteger contra un mundo demasiado hostil, y se había sentido cómodo en ese papel, dedicado a sus fotos y a su arte, dejando que ella resolviera los mil pequeños detalles de la vida práctica cotidiana.

Fue como un juego en el que cada vez se dejaba llevar más, y ella cada vez tomaba más las riendas. Pero ahora...

Ahora Nadia tendría que hacerse a la idea de que su única posibilidad de salvación estaba en manos de aquel a quien había acostumbrado a no plantearse problemas. Primero Jojó, y luego ella, le permitieron liberarse poco a poco de responsabilidades, y no obstante, se encontraba de improviso frente a la mayor responsabilidad que hubiera podido imaginar nunca.

—Si no logro recuperarla; si no sé hacerle frente a la situación y resolverla..., ¿qué concepto tendré de mí el resto de mi vida?

Era en verdad una amarga pregunta, pero más amargo resultaba preguntarse qué concepto tendría Nadia el resto de su vida.

Casarse con un niño grande está muy bien mientras no se necesita que ese niño grande se enfrente súbitamente a una situación en la que tenga que comportarse como un hombre, y no sepa hacerlo.

Sentado allí, pasando calor en un jeep traqueteante, David cavilaba sobre todo ello, y comprendía, una vez más, que, como siempre, no le daba miedo el desierto que se aproximaba, sino el hecho de poder llegar a tenerle miedo a ese desierto.

Era la más grande y ruidosa libélula que hubiera sobrevolado jamás aquellos cielos.

A su paso, los animales escapaban despavoridos en loca carrera sin destino, y las aves emprendían vuelo perdiéndose entre las nubes, o arrojándose de cabeza a tierra, a esconderse entre los matojos.

Junto al piloto, el teniente Lodé, grande, fuerte y sudoroso, procuraba no dejarse distraer por el hermoso espectáculo de una manada de elefantes trotando con las trompas en alto, o un centenar de ñus perdiendo el rabo en desesperada estampida.

Los últimos vestigios de la vida del África de sus antepasados pasaban bajo él, pero se esforzaba por penetrar más allá de su belleza, e intentar distinguir en la inmensidad de la llanura un detalle que le pusiera sobre la pista que venía buscando.

—Tienen que estar por aquí... —le repetía una y otra vez al sargento-piloto, un francés pequeño y escuálido, de mirada de halcón—. Tienen que estar por aquí. Ésta es su ruta, y no pueden haber llegado lejos...

—Observe la altura de esa hierba... —le señalaba el otro—. Y esos bosquecillos... Y las quebradas y colinas... Tienen un millón de sitios donde esconderse... Un Ejército podría camuflarse aquí...

—Algo les delatará...

—Está loco... —Se encogió de hombros—. Por mí,

mientras tenga combustible, continúo volando... Me pagan por ello...

—¡Mire allí...!

—Ya lo veo... Un sendero de ganado... ¿Qué hay con él?

—Acérquese... Veamos si hay huellas...

Descendieron hasta quedar suspendidos a menos de ocho metros sobre un caminillo que serpenteaba entre la maleza. Lo estudiaron con detenimiento, y el teniente Lodé enfocó con cuidado sus pesados gemelos de campaña.

—Hay huellas de gente... —señaló.

—¿Bajamos?

Asintió con un gesto, y el ligero «Alouette» se posó suavemente haciendo volar una nube de polvo y hojarasca.

El teniente saltó con una agilidad insospechada en su constitución, y corrió hacia el sendero. Se arrodilló y revolvió la tierra, palpándola y haciéndola volar en la palma de la mano. Cuando regresó al aparato sonreía, y le guiñó un ojo a su compañero.

—¡Son ellos! —le gritó al oído, venciendo el fragor del motor que rugía al elevarse—. Y me dejo cortar las bolas si esas huellas tienen más de un día...

—¿Qué hacemos ahora...?

—Siga el sendero... ¡Siga el sendero...! Tengo ganas de echarle las manos al cuello al que violó al niño... Y al que estranguló a los viejos... ¡Vamos! ¡Vamos!

Entre los arbustos de la falda de una colina, a no más de tres kilómetros de distancia, Suleiman R'Orab, el negro Amín, y Abdul, el libio, observaban las evoluciones del helicóptero que runruneaba en la llanura.

—Nos buscan... —señaló el libio.

—¿Pero, por qué...? —protestó Suleiman—. ¿Qué tenemos que ver con el Ejército? Andarán a la caza de guerrilleros...

—Es a nosotros —insistió Abdul—. No debimos matar a los viejos... —Miró con dureza a Amín—. Ni al chiquillo...

—¿Cuándo se ha preocupado el Ejército por eso...? Te repito que buscan guerrilleros...

—Pero acabarán encontrándonos a nosotros —señaló Amín—. Creo que Abdul tiene razón... Nunca hubo guerrilleros por esta parte del Chad... Nos buscan...

—Estamos buenos, si por culpa de dos viejos y un niño se dedican a utilizar aparatos de ésos...

—Puede que haya otra razón —aventuró el libio.

—¿Cuál?

Señaló con la cabeza al grupo de esclavos que habían obligado a acurrucarse en una quebrada. Su mirada fue directamente a Nadia.

—¿Ella? —se asombró el sudanés—. ¿Por qué ella?

—Lo dijo. Su padre es importante... Y basta con verla: No es como las otras; no es una simple negra...

—No hay una sola negra en este mundo por la que el Ejército francés haga tanto escándalo...

—Mientras discutimos, acabarán por encontrarnos —señaló Amín—. Vienen hacia acá... ¿Qué hacemos?

—Escondernos... Y si se ponen a tiro, disparamos... Al piloto... Al piloto, ¿entendido?

Asintieron en silencio. Abdul transmitió la orden al resto de los hombres y dos de ellos quedaron junto a los prisioneros, con las armas apuntándoles a la cabeza para hacerles desistir de cualquier intento de atraer la atención. Los restantes se desperdigaron por los alrededores, escondiéndose entre la alta maleza, las rocas y los arbustos.

El zumbido fue ganando en intensidad, y el aparato, rojo y brillante, se aproximó despacio. Una manada de gacelas pasó corriendo, y era tanto su espanto ante la presencia del monstruo volador, que estuvieron a punto de derribar al sudanés, que se había interpuesto en su camino.

El helicóptero se detuvo y quedó de nuevo suspendido en el aire casi a ras de tierra. El teniente Lodé escudriñó el sendero con sus potentes prismáticos, y ni la última brizna de hierba escapaba a su examen.

—No andan lejos —exclamó—: Algo me dice que no andan lejos...

—¿Olfato de policía? —rió el sargento.

—¡Llámelo como quiera...! Le juro que los presiento... Si no fuera por esa maldita hierba...

—Podemos prenderle fuego...

El negro le miró asombrado:

—¿Cómo dice...?

—Que le prendamos fuego... Si andan escondidos, saldrán corriendo como conejos chamuscados... Es una forma de cazar guerrilleros...

—Pero no son guerrilleros... ¿Qué pasa si achicharramos a los cautivos...?

—¡Eso también es verdad...!

—Adelante —le animó—. Avance despacio. Las huellas aún se distinguen en el sendero... Se dirigen a aquella colina.

El francés presionó apenas la palanca de mandos, y el frágil «Alouette» reanudó la marcha, mientras el teniente Lodé continuaba con la vista fija en tierra.

Llegaron a la falda de la colina, y comenzaron a deslizarse con mucha suavidad, pendiente arriba, mientras las aspas creaban un remolino que inclinaba la alta hierba reseca, empujándola contra el suelo.

—¡Ahí están! —gritó el piloto cuando un negro armado quedó de pronto al descubierto entre la maleza, pero no tuvo tiempo de señalarlo, porque dos disparos cruzados atravesaron al unísono el cristal del parabrisas, abriéndole el pecho.

Su mano aflojó los mandos, y el aparato se tambaleó. Aún hizo un esfuerzo por recuperar el control, pero todo se nubló ante su vista y se deslizó a un lado mientras el helicóptero se precipitaba a tierra.

El teniente Lodé, que apenas había tenido tiempo de comprender lo que ocurría, intentó apoderarse de la palanca y remontar el vuelo, pero ya era tarde.

Una nube de polvo se alzó a su alrededor, y el motor se detuvo instantáneamente, por lo que un extraño silencio pareció llenar el espacio que ocupaba el estruendo de los rotores.

Permaneció unos instantes desconcertado, incapaz de comprender lo sucedido, y se sorprendió de su propio lamento cuando se llevó la mano a la cabeza y advirtió que manaba un hilo de sangre.

—*Merde!* —exclamó—. Nos cazaron, sargento...

Pero el sargento no le respondió. Comprendió que estaba muerto, y extrayendo de su funda el pesado revólver de reglamento, abrió la portezuela y salió al exterior dando traspiés.

Le recibió una lluvia de balas; sintió que una de ellas le quemaba el muslo y, renqueando, echó a correr colina abajo.

Fue como una cacería de conejos.

Al fin, quedó tumbado boca arriba, jadeante, y con el cuerpo atravesado. El revólver había escapado de su mano, e hizo un último esfuerzo para tomarlo cuando vio que un negro de mirada huidiza se le aproximaba.

—¡Hijo de puta! —masculló—. ¡Puerco...!

Se fueron reuniendo en torno suyo, a observar, en silencio, cómo agonizaba. Primero varios negros, luego dos árabes, y por último un grupo de hombres, mujeres y niños encadenados, que le observaban con infinita tristeza y desaliento.

Su mirada corrió de rostro en rostro, hasta detenerse en el de la muchacha que ocupaba la cabeza de la fila.

—¿Nadia? —inquirió con un hilo de voz.

Ella afirmó en silencio, sorprendido.

El teniente Lodé intentó sonreír con un supremo esfuerzo.

—Él te encontrará —suspiró—. Sé que te encontrará...

Inclinó la cabeza y quedó muerto.

Rodaban por una llanura pedregosa y polvorienta, bajo un sol que amenazaba con ablandarle las ideas. El calor se hizo insoportable y tuvo la sensación de que llegaba a faltarle el aire, o de tan caliente, acabaría por abrasarle los pulmones.

—¿Qué temperatura hará? —preguntó, desfallecido.

—No lo sé... Pero no lejos de aquí, en Azizia, se registró la más alta de la tierra: Sesenta grados centígrados...

—Deberíamos darle un descanso al motor... Se va a derretir en cualquier momento... —Intentó sonreír—. Y si no es él, seremos nosotros...

Detuvo el vehículo junto a una alta duna, y con ayuda de una ancha lona y tubos de aluminio, montaron un toldo cuya sombra acertaba a proteger del sol del mediodía.

—Está usted bien organizada... —comentó cuando la vio extraer de un rincón una pequeña bombona de gas y una minúscula cocina.

Ella alzó la vista y sonrió mientras comenzaba a abrir latas.

—Aun así, convendrá buscar caza —señaló—. Al atardecer se pueden ver algunas liebres, perdices y gacelas...

Fue a añadir algo, pero se detuvo con la vista fija en un punto del horizonte, tan minúsculo, que podría haberse confundido con un arbusto. Pero el

92

punto cambiaba de lugar, desplazándose hacia ellos, de modo que pronto se distinguió que se trataba de un hombre.

—Alguien viene —dijo—, y no sé cómo no lo mata ese sol en la cabeza.

Lo observaron mientras el almuerzo se calentaba, y aguardaron su llegada. Miranda fue hasta la trasera del vehículo..., extrajo un pesado «Remington» 30/06, y una escopeta de caza de dos cañones, los cargó y le dio a escoger:

—¿Cuál prefiere?

Se encogió de hombros.

El caminante había llegado a su altura, y avanzaba con cierta timidez hacia el vehículo, contemplándolo entre curioso y asustado.

Era un negro con el rostro marcado de cicatrices paralelas, alto y escuálido, y pese a su juventud, se inclinaba al andar como si cargase un pesado fardo a la espalda. Vestía unos sucios harapos de color indefinido, hechos jirones, y de su hombro colgaba un destrozado «Khoorgs» para el grano y una arrugada «girba» de piel de cabra, casi vacía y rezumante.

—*Sallam aleikum wa Rahmat Allah* —murmuró, deteniéndose bajo el sol.

—*Aselam aleikum* —replicó Miranda Brehm, indicándole con un gesto que tomara asiento junto a ellos, a la sombra.

El indígena permaneció en pie, inmóvil y un tanto desconcertado.

—¡Siéntate...! —insistió David.

El otro dudó, y, al fin, respondió con naturalidad:

—No puedo. Soy «bellah».

Fue ahora David el sorprendido, y se volvió, interrogador, a Miranda.

—Raza de esclavos... —señaló ella—. No pueden sentarse con los señores.

—¿No lo habías notado? —inquirió el negro, extrañado.

—Todos los hombres son iguales —replicó—. En mi país no hay diferencia.

El indígena no pareció darle crédito. Por fin, ante una nueva invitación, tomó asiento a la sombra. Tras un corto silencio, inquirió:

—¿En tu país yo sería igual a ti?

—Desde luego... Allí todo hombre es libre.

—¿Y no hay esclavos?

—No.

—¿Ni amos?

—Naturalmente.

—¡Eso es imposible! —negó, convencido.

Miranda había repartido las porciones, y le tendió un plato de latón.

—Sí es posible —intervino—. Lejos del desierto, no hay amos ni esclavos... No existe la raza de los «bellahs».

Permaneció con el plato en la mano, porque el negro no se atrevía a tomarlo.

—¿No te gusta la carne?

—Nunca la he probado. Y nunca he comido con los señores...

—Nosotros no somos tus señores —indicó Miranda en un tono que no admitía réplica—. ¡Come!

El negro obedeció y comenzó a engullir con rapidez, tomando los alimentos con la mano, y abriendo los ojos como platos cada vez que le ofrecían algo nuevo.

Cuando se sintió satisfecho —y no fue fácil— soltó un sonoro eructo de agradecimiento y comenzó por presentarse:

—Yo soy Mohammed, y mis padres y todos mis antepasados fueron esclavos de los tuareg —dijo—. Me cuesta admitir que en algún lugar no sea así.

—Podrías comprar tu libertad y ser igual a tu amo, ¿verdad? —señaló Miranda—. En nuestro mundo, es como si todos hubiesen comprado su libertad.

—¿Quién hace entonces los trabajos duros? —se extrañó.

—Los ricos tienen criados a los que pagan para que trabajen. Pero si no les pagan lo suficiente o los tratan mal, pueden irse con otros patrones.

El negro meditó un instante; se hurgó los dientes con un largo palito que llevaba escondido en el turbante, y se podría asegurar que estaba realizando el mayor esfuerzo mental de su vida.

—Mi amo es pobre —comentó luego—. Por eso me envía a Aveché, a buscar trabajo. Me enseñó alfarería, y tal vez pueda ganar para enviarle su dinero, y vivir yo.

—¿Tendrás que trabajar, y lo que ganes será para él? —se sorprendió David.

Mohammed asintió convencido:

—Es mi dueño.

—¿Y no piensas rebelarte...?

—Si lo hiciese, su tribu me perseguiría y me obligaría a volver. Entonces, tal vez me matase...

—Pero si le denuncias a las autoridades, te protegerán y te declararán libre.

—Mi amo iría a visitar a un Morabito, y éste, con su poder mágico, me enviaría la muerte. El «gri-gri» de los amos es capaz de matar, aunque un esclavo huya a cien días de distancia.

—¿Qué es el «gri-gri»?

—El «gri-gri» es magia —susurró el negro como si alguien más pudiera oírle en aquella inmensa soledad—. Magia terrible, que tan sólo poseen los amos...

—Es una especie de pacto que existe entre los tuareg —aclaró Miranda—; cuando un esclavo huye de su amo, cualquier otro amo que lo encuentra, lo asesina y dice que ha sido el «gri-gri». De ese modo mantienen aterrorizada a esta pobre gente... No importa lo lejos que un «bellah» escape; no importa lo que haga: siempre habrá un puñal para acabar con su libertad. Por eso prefieren continuar esclavos, aunque a los ojos de la ley no lo son, sino siervos por su propia voluntad... Es la vieja África, que aún palpita...

Mohammed guardaba silencio. La mente del negro se debatía en un mar de confusiones. Sus más arraigadas creencias acababan de sufrir un duro golpe; el primero en su camino hacia la ciudad y la civilización; una civilización que aun en su más simple escalón —la igualdad de los hombres— resultaba casi incongruente allí, en el corazón del Sáhara, pese a que tan sólo unos cientos de kilómetros les separaban de Fort-Lamy y su aeropuerto internacional.

Cuando alzó los ojos y decidió hablar, lo hizo con estudiada lentitud:

—Si tú me proteges —dijo—, tal vez el «gri-gri» no me alcance y seré libre... ¿Me permites acompañarte?

David consultó a Miranda Brehm con la mirada, pero ésta negó decidida:

—Lo siento —señaló—. Adonde vamos, no puedes venir.

—¿Debo continuar siendo esclavo?

Ella experimentó una desagradable impresión de culpabilidad:

—Puedes dejar de serlo por ti mismo —aventuró.

El indígena negó con un movimiento de cabeza:

—Tengo miedo —aseguró.

Le observaron en silencio: nunca se atrevería a apoderarse de su propia libertad.

David tuvo una idea:

—Escucha —comenzó—. No vayas a Abéché... Sigue hasta Fort-Lamy. Cuando llegues, pregunta por Monsieur Thor Ericsson... Dile que David Alexander te envía, y él te libertará.

—No quiero la libertad de los blancos —negó Mohammed—. Dicen que soy libre, pero mi amo asegura que soy esclavo.

—Pero él no te dirá que eres libre... Te dará dinero para que lo seas.

—¿Dinero? —se asombró el negro—. ¿Por qué?

—Porque yo se lo pido. Le entregarás un papel que te daré, y él buscará dinero, pagará a tu amo, y serás libre.

—Pero yo cuesto mucho —advirtió Mohammed—. Soy fuerte, y joven, y conozco un oficio...

—¿Cuánto vales...?

—Por lo menos cuarenta mil francos antiguos.

—Él pagará —afirmó David con firmeza.

Mohammed nada respondió. Permanecía pensativo, y por su mente cruzaban mil ideas. Tal vez recordaba su vida anterior; tal vez intentaba imaginar su futuro como hombre libre.

De pronto, con un ademán inesperado, se lanzó a los pies de David y comenzó a besarlos, murmurando una y otra vez cuantas alabanzas conocía, pidiendo que las gracias de Alá cayesen sobre ellos y sus descendientes, a los que Alá protegería sobre todas las cosas.

—Tendréis hermosos hijos —concluyó—, y serán la alegría de vuestra vejez.

Miranda y David se miraron confusos y divertidos, y con grandes trabajos obligaron a erguirse al indígena, cuyos ojos aparecían empañados de lágrimas.

—Ahora cálmate —pidió ella—. Y dime si sabes dónde puedo encontrar a un targuí, al que llaman Malik *el Solitario*.

Mohammed pareció impresionado ante el nombre de Malik.

—¿Cómo puede un «bellah» saber el paradero de un famoso «inmouchar», de la gloriosa raza del Kel-Talgimuss, que se puso a sí mismo el triste nombre de «Malik...?

David agitó la cabeza, confuso:

—No entendí una palabra —confesó.

—«Inmouchar» es un noble —le aclaró Miranda—, la raza del Kel-Talgimuss es «el Pueblo del Velo», es decir, los tuareg, y «Malik» significa para ellos «siervo», el nombre que él mismo se impuso, olvidando el que tenía antes.

—¿Por qué...?

—Cuentan que una noche los cazadores de esclavos atacaron su «jaima», mataron a su esposa, y se llevaron a sus hijos. Desde ese día, avergonzado de no haberlos podido defender, renunció a su tribu, a su nombre, al velo —que es lo más importante de un targuí— y se autodenominó «el Siervo», nombre que no abandonará hasta que recupere a sus hijos o consiga la cabeza de sus raptores...

—Malik *el Solitario* siempre viaja por el desierto... —señaló Mohammed—. Es como las sombras de la noche, siempre al acecho de las caravanas de tráficantes...

—¿Cómo encontrarle entonces?

—Siguiendo por donde yo he venido —indicó el negro—. A tres días de marcha, se alza un campamento de los Kel-Talgimuss. Puede que allí sepan algo.

—¡Tres días! —se asombró David—. ¿Tres días más...?

—Tranquilícese —le recordó Miranda—. Habla de tres días a pie... Si salimos ahora, podremos llegar esta misma noche. —Se volvió a Mohammed—. ¿Siempre en dirección a La Meca? —inquirió.

—Siempre en dirección a La Meca —admitió el indígena.

—Con esta gente no hay problema —señaló ella—. Todo es en dirección a La Meca, contra La Meca, a la derecha de La Meca, o a la izquierda de La Meca... —Comenzó a recoger la cocinilla—. Y no sé cómo diablos se las arreglan, pero, hasta con los ojos cerrados, saben en qué dirección queda La Meca...

David rebuscó en el vehículo, consiguió un lápiz y un pedazo de papel, escribió el mensaje para Thor Ericsson y lo entregó a Mohammed:

—Busca en Fort-Lamy a un policía que te lleve a esta dirección... —dijo—. ¿Sabrás hacerlo?

—Sabré hacerlo, amo...

Recogieron el toldo y, trepando al vehículo, David puso el motor en marcha. El negro, aterrorizado, dio un salto y se alejó unos metros. Cuando el jeep se puso en movimiento, pareció no dar crédito a sus ojos, y quedó allí, clavado, mientras se perdían en la distancia, en dirección a La Meca.

Por último, agitó la cabeza y miró a su alrededor tan sorprendido como si acabara de despertar de un sueño. Aquél había sido el día más confuso de su vida, y probablemente sería, también, el que marcara su destino, y el de los hijos de sus hijos.

Contempló absorto el pedazo de papel que tenía en la mano; lo escondió entre los pliegues de su turbante, allí donde guardaba el palito de escarbarse los dientes, y reemprendió la marcha en dirección opuesta a La Meca.

Esclavos y guardianes trabajaban con idéntico ahínco cavando un profundo hoyo con ayuda de improvisadas palas y estacas de madera.

Ni las mujeres se libraban del esfuerzo, y Nadia sentía el sudor correr por su espalda, mezclado con la tierra que caía del borde a la enorme fosa.

Fueron tres horas angustiosas, en las que el sudanés utilizó más que nunca su látigo, maldiciendo a los que se detenían a tomar aliento, ansioso por acabar cuanto antes y escapar de allí.

—¡Vamos, vamos! —gritó al fin—. Ya es bastante... ¡Todos fuera...!

Treparon pisoteándose los unos a los otros, enredándose con las cadenas y cayendo de nuevo al fondo, para reiniciar la ascensión entre tierra y polvo.

Cuando estuvieron arriba, el sudanés los condujo tras el retorcido armazón del helicóptero.

—¡Fuerza! —ordenó—. ¡Todos a una...! ¡Ahora!

Pero el aparato no se movió ni un milímetro, y había que empujarlo más de un metro para hacerlo caer.

—¿Qué pasa? —rugió—. ¿Qué clase de esclavos sois? —El látigo golpeó las negras espaldas obligando a sus dueños a tirarse al suelo—. ¡Fuerza he dicho, hatajo de inútiles!

Buscaron troncos para hacer palanca, y dos de los

guardianes se colgaron por el lado interior actuando de contrapeso.

—¡Uno...! ¡Dos...! ¡Tresss...!

Todos los brazos y todos los hombros; todas las piernas y todas las cinturas; todas las manos y todos los dedos, lograron que el pesado aparato de voltease, precipitándose en la fosa.

Se escuchó un alarido.

Cuando la polvareda cedió, pudieron advertir que uno de los guardianes que hacía contrapeso había caído bajo el elicóptero y gritaba como un endemoniado, intentando levantar el enorme monstruo de acero que le aprisionaba las piernas:

—¡Mis piernas...! ¡Me atrapó las piernas, patrón...! ¡Ayúdeme...!

El sudanés hizo un gesto a Abdul y Amín, que saltaron a inspeccionar la situación del herido. Apoyaron la espalda contra el armazón del helicóptero, haciendo presión, pero no consiguieron moverlo.

El negro continuaba gimiendo y llorando.

—Me destrozó las piernas... ¡Me quedaré cojo para toda la vida...! —se lamentaba.

Amín saltó al exterior, aproximándose a Suleiman:

—Tendremos que cavar por abajo para sacarlo... La tierra es dura ahí.

—¿Cuánto tardará?

—Tres o cuatro horas...

—¿Estás loco? No podemos perder ese tiempo .. ¡Eh! ¡Ustedes...! Traigan los cadáveres. ¡Y tú, calla de una vez, maldita sea tu alma...!

—Me duele, patrón —gimió el infeliz—. Me duele mucho...

—Pronto dejará de dolerte... ¡Abdul!

Abdul trepó por el armazón de hierro:

—Sí, patrón...

—Ocúpate de cubrirlo todo con tierra... Luego disimulas la fosa con ramas y matojos. Que nadie sospeche que aquí hemos enterrado un cacharro de éstos.

El libio hizo un gesto con la cabeza hacia el herido.

—¿Y él?

—Ése ya está muerto. Con las piernas quebradas no llegaría lejos... Entiérralo también.

El de abajo oyó la orden, y comenzó a dar alaridos.

—No, Suleiman! —rogó—. Por Alá te lo pido, Suleiman... ¡No me entierres...!

Dos negros habían llegado arrastrando los cadáveres del teniente Lodé y el sargento, y Suleiman hizo un gesto seco con la cabeza, indicando el hoyo. Los arrojaron dentro.

El herido apartó el cuerpo del policía, que se le había venido encima, y continuó dando alaridos:

—Recuerda que una vez te salvé la vida, Suleiman. Recuérdalo, por la gloria de Alá... Si no me devuelves ese favor ahora, tu ingratitud te llevará al infierno...

Suleiman sonrió con cinismo:

—Son muchas las cosas que me llevarán al infierno, negro... —Hizo un gesto autoritario—. ¡Tápalo para que se calle de una vez!

Fue Amín el primero en obedecer, y guiñándole un ojo al de abajo, le lanzó a la cara una paletada de tierra.

—Mala suerte... —rió—. Hay que saber perder... ¿Recuerdas la targuí que cazamos...? Le enterraste la cabeza en una duna, con el resto al aire... «Ahora lo puedo hacer tranquilo», dijiste mientras se asfixiaba tragando arena...

—¡Hijo de puta! —le escupió el otro—. Tuya fue la idea... Y también la usaste...

—Pero ya muerta, negro... Ya muerta...

Los guardianes comenzaron a palear tierra a su vez, y poco a poco el hombre fue enterrado. Los esclavos asistían sobrecogidos a la escena, y algunas mujeres se tapaban los oídos y desviaban la vista.

Suleiman había ido a sentarse bajo un arbusto, secándose el sudor con la punta de su turbante, y bebiendo cortos sorbos de agua de una «girba».

—Que Alá me acoja en su seno —sollozó el herido—. Que se apiade de mí y perdone todas mis maldades.

Se escuchó un seco disparo y quedó muerto, de cara a la arena.

El sudanés contempló con un ligero gesto de burla a Abdul, que era quien lo había matado.

—¿Te estás ablandando, libio? —inquirió.

—Quizás algún día todos necesitemos alguien que

nos haga un favor semejante —replicó.

Continuaron paleando tierra, y cuando ya cadáveres y máquina quedaron por completo cubiertos, lo cubrieron todo con yerbas y matojos.

Un silencio que podía sentirse se apoderó de la llanura, y todos —esclavos y captores— se tumbaron a descansar, desfallecidos.

Permanecieron así unos minutos, cada cual hundido en sus ideas, hasta que Suleiman se puso en pie e hizo restallar su látigo:

—¡Andando! —ordenó—. El camino es largo...

La protesta fue unánime, y nadie se movió.

—¡He dicho que en pie! —aulló el sudanés—. No podemos quedarnos aquí.

—Están agotados —medió Abdul—. Tienen que descansar...

—¿Descansar...? ¿Para que llegue otro aparato siguiéndonos las huellas...? ¡Vamos! Amín, busca el rumbo... Nosotros te seguimos...

El guía obedeció, se irguió de un salto e inició la marcha con paso elástico, como si acabara de despertar de un largo sueño.

—Si él puede, todos pueden... —señaló el sudanés.

Los guardianes comenzaron a levantarse. Recogieron sus armas, y con el mango de sus látigos pincharon a los cautivos, pero éstos se mantuvieron obstinadamente sentados.

—¿Qué pasa?

Los esclavos se miraron entre sí, atemorizados, pero decididos. Al fin, uno de ellos, un negro enorme, de raza ashanti, al que llamaban Mungo, tomó la voz cantante:

—Hoy no caminaremos —dijo—. Puedes matarnos a palos, pero preferimos terminar así antes que reventar por esos caminos...

El sudanés recorrió el grupo con la vista. Comprendió que estaban decididos a no moverse, y agitó la cabeza:

—¡Bien...! ¡Bien...! —comenzó—. Son como los asnos... Cuando deciden no andar, nadie los obliga a andar... —Hizo una pausa—. ¡Excepto yo, Suleiman *el Cuervo*! ¡Abdul! El saco...

Abdul resopló con fuerza.

—No hagas eso —rogó—. Déjalos descansar... Se lo merecen...

—¡El saco he dicho...!

Abdul se alejó hasta donde habían quedado las provisiones y regresó con un saquito de cuero, que entregó a su patrón.

Éste paseó la mirada por el grupo de cautivos y fue señalando con el dedo:

—¡Tú, Mungo!, por haber hablado... Y tú... Y la mayor de las hermanitas... Y aquel de allá.

Luego hizo un gesto a tres de sus hombres:

—Mungo el primero... ¡Sujétenlo!

Los hombres se lanzaron sobre el negro, que intentó resistir, aterrorizado, pero pronto cayó al suelo y le obligaron a permanecer inmóvil boca abajo.

—¿Qué vas a hacer? —gritó cuando sintió que Suleiman le bajaba de un manotazo los pantalones—. ¿Qué vas a hacer, hijo de puta?

—¡Tranquilízate! —rió el otro—. No es lo que piensas.

Parsimonioso, metió la mano en el saco y extrajo un largo y delgado pimiento de color rojo fuego. Lo olió de lejos, y dos lágrimas corrieron de inmediato por sus mejillas.

—¡Por las huríes que prometió el Profeta! —exclamó—. Jamás cultivó nadie pimienta tan exquisita...

Sin más, abrió con una mano las nalgas del ashanti, y le introdujo la pimienta en el ano.

Mungo soltó un alarido bestial y, con una brusca sacudida, lanzó al suelo a los que le sujetaban y comenzó a dar saltos.

El sudanés se revolcaba por el suelo, llorando de risa.

—¡No falla nunca! —exclamó—. ¡No falla nunca! Con eso en el culo correrá hasta el desierto... ¡A ver! El siguiente...

Dos negros se lanzaron sobre la mayor de las hermanas, que comenzó a llorar, pero Mungo, que no cesaba de saltar, aullar y retorcerse, alzó los brazos:

—¡¡No!! —gritó—. No dejen que lo hagan... ¡Caminen...! ¡Caminen...! ¡Basta conmigo! Ya basta conmigo —sollozó—. ¡Esto es un infierno...! Un infierno...

El grupo de esclavos se puso en pie, impresionado,

y no se hizo repetir la orden. Iniciaron la marcha a toda prisa, en pos de Amín, seguidos por las carcajadas de Suleiman, que tuvo que sentarse bajo un árbol, a sostenerse la barriga agitada de convulsiones.

—Nunca falla... —repetía—. Nunca falla...

Sobre las cuatro de la tarde alcanzaron a un jinete que marchaba sin prisas bamboleándose en lo alto de un hermoso mehari.

—*Aselam Aleikum* —le saludaron.

—*Aselam Aleikum* —les saludó.

—¿Vamos en buena dirección al campamento de los Kel-Talgimuss?

—La dirección es buena —admitió—. El campamento es de mi primo, el Caíd Alí, al que voy a visitar... Yo soy Mulay, del Pueblo de la Lanza. Si podéis seguirme con ese vehículo, llegaremos antes de oscurecer.

—Nuestro vehículo es más rápido que tu camello —señaló David, imprudente.

El llamado Mulay, del Pueblo de la Lanza, rió divertido y espoleó a su mehari, que inició un rápido trote sorteando entre dunas y matojos por los que no pasaba el jeep, que se veía obligado a dar largos rodeos para alcanzar al jinete, que de tanto en tanto se perdía de vista.

Cuando había transcurrido ya media hora sin distinguir el polvo de las patas de su animal, lo encontraron sentado bajo una mata, fumando una larga y delgada cachimba.

No dijo nada: volvió a trepar a lomos del mehari, y reanudó la marcha al trote corto, buscando ahora un camino cómodo para el jeep.

—Un caballero... —comentó David—. No se ha vanagloriado de su triunfo.

—Los tuareg son todos caballeros —señaló Miranda—. La más altiva, noble y orgullosa de las razas de África, y aun del mundo. Los últimos caballeros andantes del planeta; los únicos que continuarán siendo libres cuando el resto de la Humanidad no sea más que una masa de gente numerada.

—Creí que eran salvajes.

—¿Salvajes? —se asombró ella—. Es salvaje y primitivo el ambiente en que vive, pero nunca el targuí. En todas las ciudades africanas encontrará negros que conducen taxis o trabajan en una oficina, y son, sin embargo, realmente prehistóricos en su mentalidad... Pero los tuareg, no. Pueden plantear problemas filosóficos e incluso captar la más sutil argumentación teórica. Si se les traslada a la capital, al primer golpe de vista se adueñan de la situación, y de inmediato se desenvuelven con la misma naturalidad que en el desierto...

—Nunca lo hubiera imaginado

—Son sorprendentes, y hay quien asegura que descienden de los Cruzados europeos, que se perdieron en el desierto después de una batalla en Tierra Santa.

—¿Usted lo cree?

—¿Por qué no...? ¿Prefiere creer que son cartagineses, escapados de la masacre de Escipión? El desierto es tierra de misterios... ¿Por qué extrañarnos del origen de los tuareg...?

Guardó silencio. Mulay había llegado a la altura de un pequeño rebaño de cabras y camellos, cuidado por un diminuto pastorcillo negro, de raza «bellah». Hablaba con él sin apearse de su montura, y el chicuelo señalaba hacia el Sur.

Se detuvieron, y el chiquillo, sorprendido por la presencia del monstruo de hierro que caminaba solo, dio un salto y salió huyendo. Se detuvo a unos cien metros, y desde allí los observó.

El targuí reía:

—Dice que ya está cerca el campamento de mi primo... Pero dice, también, que en aquella «grara», tras las dunas, apacienta un rebaño de gacelas... Las esposas de mi primo prepararían un magnífico «cuscús» con una gacela. Por desgracia, agoté las municiones de mi rifle... ¿Tienen armas?

Apagaron el motor, saltaron a tierra y Miranda desenfundó el «30/06». Lo tendió a David, que lo rechazó con un gesto:

—Él lo hará mejor —señaló.

Mulay tomó el rifle, lo sopesó con mano experta y asintió satisfecho.

Caminaron durante unos diez minutos, y al fin, el chicuelo se llevó un dedo a los labios y señaló la duna más cercana.

—Cuando dispare, no se muevan —rogó Mulay—. Así podremos cazar más de una...

Treparon el repecho de arena casi arrastrándose, y al coronarlo pudieron verlas: un hermoso macho de metro y medio del cuerno a las pezuñas, y siete hembras más pequeñas, tres de las cuales alimentaban crías.

Permancieron inmóviles, como estatuas de mármol, mientras el targuí, con la paciencia de un camaleón a la caza de una mosca, se llevaba el rifle a la cara y apuntaba calmoso.

Retumbó el disparo, y una de las hembras sin cría cayó con el cuello roto. El estampido atronó la llanura, rodó sobre las piedras y la arena, saltó sobre tarfas y matojos, y se perdió a lo lejos, llevándose su mensaje de sangre.

La quietud del desierto estaba rota; el equilibrio de la Naturaleza se había deshecho; el ruido y la muerte invadieron la «grara», pero, aun así, las gacelas permanecieron estáticas e indiferentes, como si nada hubiese sucedido.

Dejaron de pastar y alzaron la cabeza, pero no demostraron miedo alguno: el disparo no tenía significado para ellas; no estaba relacionado con la muerte o el peligro. Mientras no vieran directamente al enemigo o no sintieran su olor, no existía razón para alertarse.

La que estaba más próxima se aproximó a la muerta. La olfateó, pero lo mismo podía estar dormida que descansando. La sangre que manaba de su cuello no le decía gran cosa.

Cuando volvieron a pastar, Mulay descorrió el cerrojo, cargó de nuevo y susurró:

—¡Ésta es la nuestra! La necesito viva.

Se repitió la escena, y podría haberse repetido diez veces, si Mulay no se hubiese puesto en pie de un salto, echando a correr hacia el segundo animal que había derribado, esgrimiendo en la mano su afilada «gumia».

El resto del rebaño escapó al primer movimiento humano, y se perdió saltando sobre las piedras y la arena, sobre las tarfas y los matojos, como si intentara alcanzar el último disparo, conocedoras ya para siempre del ruido de la muerte y el olor de la pólvora.

Y también Mulay saltaba con su chilaba al viento, para caer como un halcón sobre el animal herido, voltearle el cuello en dirección a La Meca y degollarle de un tajo, rito sin el cual, su religión le prohibía comer carne.

El chiquillo brincaba a su alrededor en desenfrenada danza, se lavaba las manos con la sangre y la bebía formando cuenco con éstas, tomándola del caño aún caliente en la abierta garganta.

Una hora después, ya con el sol a punto de ocultarse a sus espaldas, avistaron media docena de «jaimas» que se alzaban —sin razón aparente— en el centro de la llanura. Nada diferenciaba aquel pedazo de desierto de cientos de kilómetros en derredor, pero era aquel lugar, y no otro, el que el Caíd Alí, de los Kel-Talgimuss, había elegido para quedarse. Y allí se quedaría hasta que pasara una nube y se fuera tras ella, o hasta que le diera la gana de mudarse a otro rincón de la inmensa planicie sin horizontes.

El mismo Caíd Alí salió a recibirles a la entrada de la mayor de sus tiendas:

—*Aselam Aleikum* —saludaron.

—*Rashinat ullahi Allahín... Keif halah* —respondió, deseando que la Paz de Alá fuera con ellos y entregándoles desde ese instante cuanto guardaba en su casa.

La hospitalidad constituía la base de la vida del targuí, que ofrecía al visitante cuanto tenía, y lo tomaba bajo su protección desde el momento mismo en que penetraba en los límites de su territorio.

Mandó servir de inmediato el tradicional té hir-

viendo con galletas y dátiles, y agradeció con genti-
leza el obsequio de la gacela degollada.

Durante largo rato, la conversación giró sobre temas intrascendentes. Los tuareg desconocían la prisa
y consideraban de pésimo gusto tratar directamente
los asuntos sin una previa introducción.

A la hora de la cena, entró a servir una muchachita negra. No tendría más de doce años, pero ya se
advertía su próxima maternidad.

—¿Tu nueva esposa? —inquirió Miranda con fingi-
da inocencia.

El targuí la miró sorprendido, casi escandalizado:

—¡Oh! No... —protestó—. El hijo es mío, desde
luego, pero ella es... —dudó—. Bueno..., es «bellah»...
—Hizo una pausa—. Una sirvienta —añadió.

—¿Esclava?

—Sierva... —puntualizó el Caíd—. Está aquí por
su gusto, y si te la llevaras, volvería siempre... Éste
es su hogar; el único que conoce, y también fue el
hogar de sus padres y abuelos...

Miranda sonrió con picardía:

—Y si no volviera, la traería el «gri-gri». ¿No es
cierto...?

—El «gri-gri» no es más que superstición de negro... —replicó el targuí—. Los «bellahs» son siervos
porque así lo prefieren. Forman parte de nuestra
comunidad desde hace miles de años, y no saben vivir en libertad... Pero los europeos acaban de llegar
al desierto, y ya quieren cambiarlo todo... —Encendió la cazoleta de su narguilé, y fumó con delectación—. Yo cuido de mis siervos, porque su salud y
bienestar es parte de mi riqueza —añadió—. No dejaré que mueran de hambre, aunque tenga que darles
la mitad de lo mío, y cuando sean viejos, pertenece-
rán a mi familia igual que ahora...

—Pero eso no te da derecho a tomar por la fuerza
a una niña de esa edad...

—¿Tomarla por la fuerza? —se sorprendió—. Desde el día en que se convierte en mujer, una saharauí
sabe que su destino es ser tomada de inmediato por
un hombre... De no ser yo, sería un criado, o el primer caminante que pasara... Así, tiene la alegría de
saber que su hijo es mi hijo, será libre, y tendrá parte de los privilegios de mi sangre...

Había llegado el momento de cambiar la conversación, y Miranda lo comprendió:

—Necesitamos encontrar a Malik *el Solitario* —dijo de improviso, tras un corto silencio que había empleado en sorber su té procurando no abrasarse la boca.

El Caíd Alí la observó, y había algo extraño en su mirada profunda e inquisitiva. Se entretuvo más tiempo del necesario en beber, y depositó luego el vaso vacío en la gran bandeja de cobre repujado.

—¿Por qué? —quiso saber.

—Conoce el paradero de un buen amigo mío —señaló Miranda—. Deseamos que nos lleve hasta él.

El targuí se sirvió más té. Sus ojos fueron ahora, de Mulay, que había permanecido en silencio casi toda la noche, a Miranda, y luego a David. Su expresión había cambiado. Ya no era el hombre afable que discutía sin alterarse sobre los «bellahs»: era un saharauí desconfiado.

—¿Por qué? repitió.

Ahora fue David el que consultó con la vista a Miranda. Comprendieron que era preferible decir la verdad:

—Necesito recuperar a mi esposa —dijo—. La capturaron los cazadores de esclavos en Camerún, y creemos que su amigo me ayudará.

El Caíd agitó la cabeza:

—Conozco a tu amigo —señaló al rato—. Hace tres noches, sentado en ese mismo lugar, me hablaba de ti, y de cómo cuidas niños en Fort-Lamy. Mencionó tu nombre...

—Miranda...

—Miranda, sí... Me resulta difícil recordar los nombres europeos... En verdad, jamás les presto atención. ¡Miranda...! —repitió como para sí.

—¿Cómo está él...?

—¡Oh! Bien. Muy bien... Me contaba que hace ya cuatro meses que no se encuentra contigo... —sonrió—. Mucho tiempo para dos enamorados... Mucho tiempo para que una mujer aguarde sola en Fort-Lamy.

—Estoy acostumbrada —replicó con suavidad—. Mi vida es una constante espera.

—Scott murió —anunció el targuí—. Hace un mes,

110

en una escaramuza...

—¿Scott...? ¡Oh, Dios! Era su mejor amigo, y su más antiguo compañero...

—Estaba triste... —admitió el Caíd—. Muy triste... Empieza a preguntarse si no estará cometiendo los mismos errores que llevaron a tantos a la muerte...

—Intenta no cometerlos...

—Lo sé. Pero aun así, va perdiendo sus hombres. ¿Cuánto durarán?

Miranda no respondió. Tal vez se había hecho muchas veces la misma pregunta. David advirtió que la muerte de Scott la había afectado. La vio encender un cigarrillo y fumar nerviosa por primera vez desde que la conocía. Se esforzaba por serenarse, pero no lo consiguió.

—¿Hacía dónde fueron? —preguntó al fin.

—Al Suroeste... Supongo que mañana llegarán de aguada al pozo de Emi-Hazaal. Tal vez con ese vehículo puedas alcanzarlos, si se detienen a pasar allí la noche... Uno de mis siervos te guiará... ¿No necesitas ya a Malik...?

—Malik siempre es necesario... ¿Sabrán ellos dónde encontrarlo...?

—Malik es difícil de encontrar para cualquiera —señaló el Caíd—. Como tu amigo, libra su propia batalla, pero ama hacerlo a solas, porque ha renunciado a cuanto es querido de los hombres: esposa, hijos, afectos; la comodidad de un hogar... Su sed de venganza es justa, pero el odio ha arraigado demasiado profundo en un corazón que siempre fue generoso.

—Nadie tiene derecho a destruir así la obra de Alá —intervino Mulay—. Demasiados años alimentando únicamente un sentimiento... Malik debería retornar al seno de su pueblo, recobrar su nombre y su rango de «inmouchar», y fundar un nuevo hogar que dé guerreros fuertes a nuestro pueblo... Su valía no debe continuar desperdiciada en una cacería inútil.

—Es fácil decirlo —admitió el Caíd—. ¿Pero, cómo juzgar a un hombre que pasa sus noches en vela pensando que sus hijos sirven de diversión a un sodomita...? ¿Qué rencor puede acumularse imaginando el día que los castraron...? ¿Cuántas veces se habrá colocado el cañón de un arma en la boca, dispuesto a terminar para siempre, frenado tan sólo por la necesidad de vengarse?

—¿De qué sirve ya esa venganza...? —quiso saber Mulay—. Entiendo a este hombre, que busca a su esposa mientras aún está a tiempo... Pero después de tantos años... ¡Es inútil...!

—No podemos juzgar, Mulay... —sentenció el Caíd—. Sumergirnos hasta lo más profundo del sufrimiento, revolcarnos en el dolor, es, a menudo, el único placer que nos queda...

—Se convierte en un vicio abominable a los ojos de Alá.

—Es cierto... Pero gracias a Malik y a su vicio, los esclavistas respetan más que nunca a los tuareg, y raramente se atreven a cruzar su territorio. Entre Malik y el «Grupo» nos han librado de esa plaga y podemos dormir tranquilos...

Miranda se irguió, hizo un leve gesto con la cabeza, disculpándose, y salió de la amplia «jaima». Encendió un nuevo cigarrillo, y paseó despacio, alejándose hacia una pequeña duna iluminada por los millones de estrellas de un cielo por el que jamás parecía haber cruzado una nube.

Sentía una urgente necesidad de estar a solas, de pensar en la muerte de Scott y en lo que habría significado para él, que tanto lo amaba.

Deseaba, también, hacerse a la idea de que, tal vez, la noche siguiente estaría a su lado, y harían el amor allí, sobre una duna, bajo las mismas estrellas.

¡Cuatro meses sin verle! Cuatro meses, y tal vez hubieran pasado otros cuatro, porque nunca podía predecir cuándo aparecería una noche cualquiera golpeando los cristales de su ventana.

Había esperado cientos de noches esa llamada, contemplando el techo en la oscuridad, rogando al cielo que llegara de pronto, la tomara en brazos y la hiciera olvidar en unos minutos los meses de espera.

¿Por qué no podían pasar juntos todas las noches del año, todas las de la vida...?

Sería tan feliz acompañándole; recorriendo la llanura; durmiendo libre bajo las estrellas; preparando su cena...

Sabría soportar el sol abrasador de los mediodías; el cansancio de las galopadas de los meharis; la molestia de los días sin lavarse; la sed, el hambre, e incluso la muerte de los compañeros... ¡Todo!, con tal de estar a su lado; de vivir cada minuto que él viviera hasta que una bala se lo llevara, como se llevó a Scott, como se llevó a tantos; como se llevó al «Escuadrón», allá en Libia.

¡No había sido culpa suya!

¡Oh, Dios! Se lo repetía mil veces... No había sido culpa de ella, ni de él, ni de nadie... El «Escuadrón» estaba condenado, porque eran demasiado buenos, demasiado nobles y generosos... Uno tras otro, iban cayendo en emboscadas y escaramuzas; en batallas o traiciones, y nunca había nadie para sustituir a los muertos... ¿Quién, que tuviera fortuna para pagarse sus armas, su camello y su manutención, pensaría en marcharse al desierto, a jugarse la vida contra los traficantes de esclavos, pudiendo quedarse en una playa de Saint-Tropez o Mallorca? ¿Quién sería tan loco como aquellos maravillosos locos que iban desapareciendo sin remplazo posible?

Siempre recordaría la frase de Brigitta, cuando los vio entrar una noche en el «Golden Door».

—Mira bien a esos cuatro, porque están muertos —le dijo—. Pertenecen al «Escuadrón Blanco».

Acababa de llegar a Trípoli, y no sabía lo que era el «Escuadrón Blanco». En realidad, a sus veinte años, apenas sabía nada de nada, excepto que se encontraba cantando para una clientela de marinos borrachos, prospectores de petróleo, ingenieros italianos, militares desvergonzados, funcionarios ladrones y jeques con arena en las orejas.

—Diez dólares diarios y porcentajes sobre las ventas. Unos quinientos mensuales... Más los «extras»...

—¿Extras? ¿Qué «extras»?

—Los que puedas conseguirte, niña... No te hagas la estrecha...

Es verdad, no valía la pena hacerse la estrecha. Quinientos dólares no daban para mucho.

Hasta aquella noche.

—«Míralos bien, porque están muertos.»

Y el resto de su vida se había ido en mirarlo; en esperar el día, sin escape posible, en que lo trajeran muerto.

Y es que si existía un Destino, el Destino de Alec

Collingwood era morir en el desierto, luchando contra una sucia banda de cazadores de esclavos.

—Tenía una cita allí, aquel maldito día, junto a ellos, y no me dejaste —decía siempre—. Pero me esperan... Me esperan, porque desde niños están acostumbrados a esperarme... Yo era el «lento»... El que les hacía llegar tarde al cine; el culpable de los castigos por entrar a clase después de hora; el eterno perdido... —sonreía—. Me caían a cocotazos, pero yo nunca aprendía... Cuando me reúna con ellos, volverán a aporrearme, por pesado...

—¿Cómo puedes hablar así de la muerte?

—Porque ya estoy muerto, nena... ¡«Debería» estar muerto! Éramos cuatro... Los cuatro Collingwood: Aldous, Albert, Alfred y Alec, y jamás recuerdo haber ido a parte alguna, que no estuviera con mi hermano y mis primos... «Quédate con ella —me dijeron—. Quédate, pero recuerda: la cita es en el Adrar, el jueves... Lleva las municiones, y por favor, esta vez no llegues tarde...»

Escondía la cabeza en la almohada y la empapaba en llanto:

—Y también llegué tarde... Allí estaban, cara al cielo, comidos por los buitres, sin un solo cartucho en las recámaras... ¡Y yo tenía diez mil...! ¿Comprendes por qué te digo que estoy muerto...? La cita era en el Adrar hace ocho años...

El campamento del Caíd Alí había quedado atrás con las primeras luces del amanecer, y a lo lejos, a la izquierda, dominando toda la línea del horizonte, comenzaron a distinguirse altas dunas —algunas de más de trescientos metros—, duras y amarillas como montañas de arena petrificada. Sus laderas, suaves y sinuosas, surcadas de caprichosas curvas que hacían pensar en una gigantesca ola cristalizada, invitaban a deslizarse por ellas en un increíble «slalom».

Apareció luego una llanura, lisa e interminable, y el jeep se lanzó por ella a cuanto daba, permitiéndoles descansar de los mil saltos, piedras, matojos y baches a que venían acostumbrados.

Planicie en todas direcciones, como si rodaran sobre un mar helado, sin más asomo de vida que «las piedras que andan», rocas de cien kilos de peso que avanzaban dejando tras sí un ancho surco en la arena, como monstruosos caracoles animados por alguna extraña vida interior.

—¿Cómo es posible? —inquirió David, sorprendido—. Se mueven, y ni tres hombres serían capaces de arrastrarlas.

—Es uno de los misterios del desierto —admitió Miranda—. Algunos científicos creen que se debe al magnetismo de la tierra; otros, que las empuja el viento. Pero nadie está seguro...

—Son las almas de los que nunca fueron enterra-

115

dos —afirmó el «bellah» que les acompañaba—. Tienen que arrastrar esas piedras hasta donde se encuentra su esqueleto, y cubrirlo con ellas para formar una colina. Tan sólo entonces se les concede el descanso eterno.

Se detuvieron a observar con detenimiento la mayor de todas. Medía casi un metro de alto y no era ni siquiera redonda, pero el surco que dejaba tras ella, hacia el Suroeste, tendría una profundidad de unos cinco centímetros y casi cien metros de longitud.

—Duro trabajo tienen las almas en pena, o el viento, o el magnetismo —comentó—. Sería capaz de quedarme un mes por verla moverse...

Poco después, la calina comenzó a desdibujar las altas dunas del horizonte, y, al mediodía, el sol jugaba a convertir el desierto en una plancha de asar.

—Éste es el lugar y el momento ideal para un espejismo —señaló Miranda.

—Más adelante, allá, a la izquierda, acostumbra verse una pequeña isla —confirmó el negro—. Una vez, hace años, mi amo jura que incluso pasó un barco... ¿Qué es un barco? —inquirió.

—El barco es como este auto, pero más grande y navega por el mar.

—¿Qué es el mar?

Resultaba inútil enfrascarse en una explicación que nunca entendería, y tuvieron la suerte de que el espejismo acudió en su ayuda. Desviándose a la izquierda, distinguieron a lo lejos una mancha gris que tomó el aspecto de una diminuta islilla o una enorme roca que surgiese —casi fantasmal— de una ancha banda de calina azulosa.

A medida que se aproximaba pudieron advertir que no descansaba sobre el horizonte, sino que parecía flotar a unos cuantos metros sobre el suelo, pero cuando quisieron comprobarlo, desapareció, y de nuevo la larga llanura de «las piedras que andan» se extendió infinita.

—Jamás saldremos de aquí. ¿Cuánta gasolina queda?

—Suficiente para llegar al mar Rojo —rió—. Le dije que cuando vengo al desierto, lo hago prevenida...

—Dos días tardo en cruzar esta llanura cuando nuestro pozo se agota y tengo que llevar el ganado a abrevar a Emi-Hazaal... —comentó el «bellah»—. Ya hemos pasado la mitad...

—¿Quieres decir que atraviesas este infierno a menudo? —se asombró.

—Tres a cuatro veces al año —admitió el negro—. No es malo. Malo, cuando también Emi-Hazaal se seca...

—¿Qué ocurre entonces...?

El otro hizo un gesto con la mano como queriendo desechar los recuerdos.

—Feo. Muy feo... —masculló—. Días enteros sin beber; la boca como arena, y todo seco aquí dentro —se señaló la cabeza—. El ganado muere, y mi amo se enfada. Cuarenta días caminando hasta el lago Chad y esperar allí que acabe la sequía.

—¡Cuarenta días...!

No podía menos que asombrarse, aunque ya Nadia le había hablado de la vida de los «hijos de las nubes».

—Tras ella marchan siempre —decía—, y su existencia es una constante expectativa de que en alguna parte, no importa lo lejos que sea, llueva lo suficiente como para plantar cebada y aguardar una cosecha que siempre resulta espléndida.

—¿Espléndida?

—Espléndida —repitió—. Con agua, el Sáhara sería un vergel. La tierra es increíblemente fértil, salvo en las zonas invadidas por la arena, pero ésta no ocupa más que extensiones muy limitadas. Existen ríos de arena, como en otros lugares hay ríos de agua, y se conoce de antemano su situación, longitud, anchura e itinerario. Por eso, en el desierto encontrarás a menudo familias de nómadas vagando por la llanura, con los ojos puestos en una nube baja que amenaza reventar. La siguen durante días y semanas, hasta acabar por perderla de vista una noche en que la brisa se la lleva para siempre...

«Hijos de las nubes»; hombres que se aferraban a la tierra que tenían bajo los pies, y que no la cambiaban por ninguna otra, así les ofrecieran el Paraíso. Les hubiera bastado con encaminarse al Sur para encontrar las grandes estepas amarillas, las verdes praderas de antílopes y cebras; más allá, los húmedos bosques, pero ellos preferían continuar en su mundo de arena y sed.

¿Por qué?

Ella había sonreído.

—Sería como preguntarle al mar por qué es azul; a las nubes por qué son blancas, o a las montañas por qué son altas...

Así eran, y eso bastaba.

¿Cuándo acabaría aquella llanura...?

Apretó a fondo el acelerador y el vehículo voló por la más increíble pista que nadie hubiera conocido nunca.

Ante ellos apareció una especie de ancho matorral de delgado tronco, inexplicable hasta que el «bellah» gritó:

—Naama!

—¿Qué diablos es naama...?

Como el indígena continuaba haciendo grandes aspavientos, giró levemente el volante para aproximarse al extraño arbusto que de improviso se irguió y salió corriendo como si llevara el diablo en su ridículo cuerpo emplumado.

—¡Un avestruz!

Lo siguieron durante un trecho, agotándolo, hasta que el animal dio un brusco viraje y se perdió hacia el Sur.

Más allá de la calina surgió al fin una nueva línea de dunas, y el negro indicó un paso entre ellas.

—Por allí...

Y por allí siguieron, dando ahora saltos y tumbos sobre piedras, baches y matojos, echando de menos la cómoda monotonía de la llanura sin polvo ni accidentes.

Declinaba la tarde cuando vislumbraron en la distancia un puñado de palmeras que destacaban sobre unas dunas bajas, y era noche cerrada cuando penetraron en el oasis y se detuvieron junto a la diminuta laguna.

Apagaron el motor y se apearon. El lugar estaba vacío y en silencio, y ni el más leve soplo de brisa agitaba el penacho de las palmeras.

Miranda hizo un gesto de contrariedad, soltó un taco y golpeó furiosa el capó del vehículo.

—¡Ya se han ido! ¡Maldita sea...!

El «bellah» avanzó hasta la orilla del agua, estudió

con detenimiento las huellas que se distinguían profusamente y palpó los excrementos de dromedario que aparecían por todas partes:

—No hace mucho —dijo—. Una hora. Tal vez menos...

Miranda se encaminó al auto haciendo sonar el claxon insistentemente.

—¡Alec! —gritó hacia la noche—. ¡Alec, soy yo...! ¡Miranda...!

No hubo respuesta. Malhumorada, fue hasta la trasera del vehículo y desenfundó la escopeta, disparando sus dos cañones.

Los estampidos se perdieron en la distancia, y en la quietud de la noche debieron asustar a los merodeadores de las tinieblas del Sáhara; del astuto fenec de largas orejas, a la maloliente hiena cojitranca, pasando por liebres, ratones, serpientes y musarañas.

Pero tampoco llegó respuesta.

Miranda escuchó un largo rato, y por último, decepcionada, guardó el arma.

—Bien... —se resignó—. Será mejor que montemos el campamento.

—Mañana podemos seguir esas huellas —ofreció el negro.

David y el «bellah» encendieron el fuego y se ocuparon de llenar los bidones de agua, mientras Miranda preparaba la cena. Después se bañaron por turno.

Miranda fue la primera y apareció a la inquietante luz de la hoguera con el pelo húmedo y brillante, ropa limpia, y una ancha sonrisa de satisfacción:

—Al menos he podido quitarme la mugre —señaló—. Tenía tierra suficiente para secar la fuente.

Le correspondió la pastilla de jabón a David, que por unos instantes se consideró casi en otro mundo, lavándose el cabello sin más luz que una fogata lejana, sintiendo a su alrededor la inmensidad del desierto y su silencio, y sobre la cabeza el abanico de plumas de las palmeras y un cielo infestado de estrellas.

Le vino a la memoria una frase: «En el desierto, las estrellas están tan cerca, que los tuareg las pinchan con sus lanzas y las clavan en tierra para alumbrar con ellas los caminos...»

No podía recordar quién la escribió, pero ahora,

allí, en el oasis de Emi-Hazaal, en el corazón mismo del Sáhara chadiano, le pareció que, realmente, podía ser cierta.

Evocó otra noche semejante, allá en Canaima, en la Guayana venezolana, cuando Jojó y él se bañaron desnudos en compañía de un par de muchachas caraqueñas, al pie de la gran catarata y a la luz de una inmensa fogata que ahuyentaba los mosquitos.

No recordaba haberse reído tanto nunca, ni haber bebido nunca tanto ron, ni haber hecho el amor de un modo tan salvaje, sobre la blanca arena, con los pies en un agua tibia y negra, libre, feliz y satisfecho.

Fue, quizá, su última «gran juerga» de soltero.

Al regresar, los enviaron a Munich; allí conoció a Nadia, perdió todo interés por quien no fuera ella, y más tarde, el pobre Jojó, cómplice de mil travesuras semejantes, voló para siempre.

Fue una gran noche aquélla, como lo habían sido tantas en el transcurso de años de viajar y ver mundo; de compartirlo todo con un auténtico amigo; un amigo como no creía que pudiera volver a tener nunca.

A menudo se preguntaba si, hasta cierto punto, no había intentado que Nadia sustituyera a Jojó en ciertos aspectos.

Durante un tiempo, al principio, llegaron a formar un trío inseparable, y él pudo seguir teniendo en uno al amigo y en la otra a la amante, y luego a la esposa. Pero al morir Jojó, se sintió desamparado, e incluso llegó a pensar que su carrera periodística concluía allí.

Le ofrecieron buenas oportunidades en el terreno de la fotografía publicitaria y la moda, y estuvo tentado de quedarse en un ambiente donde se ganaba más dinero más cómodamente. Fue necesaria la presión del redactor-jefe por un lado, y de Nadia por otro, para que se decidiera a volver a su mundo del reportaje.

¡Cómo echó de menos a Jojó! ¡Qué complicado se le antojaba todo...! De nuevo tenía que enfrentarse a los mil enredos de la vida diaria y tuvo que acudir Nadia y su empuje; su sentido práctico; su crítica aguda y justa.

David había tenido siempre hacia su propio trabajo idéntica actitud que ante la vida: entusiasmo desmedido, seguido de profunda desilusión. Podía extasiarse ante una fotografía nueva que consideraba maravillosa, y al día siguiente la tiraba a la papelera porque alguien no la había considerado tan perfecta como él supuso en un principio.

En eso, como en tantas otras cosas, Jojó fue durante años su fiel de la balanza; el que le bajaba de la noria cuando se había subido mucho; el que le sacaba del fondo del pozo cuando se encontraba decepcionado.

Y es que, en su arte, David buscaba siempre la perfección, ansiaba encontrarla, y cuando descubría los defectos de su obra, renegaba de ella.

Con la pérdida de Jojó, Nadia tuvo que llenar aquel hueco; servir de balancín; convertirse en el crítico objetivo, en el amigo sincero que tiene siempre a punto la palabra justa.

¡Oh, Nadia, Nadia...!

El «bellah» surgió de las sombras y se sentó a esperar paciente a que terminara de lavarse.

Salió del agua y le tendió el jabón al negro, que se sumergió, a su vez, riendo feliz como un chiquillo con un nuevo juguete. Mientras se vestía lo observó —extraña figura negra salpicada de blanca espuma en la noche de luz rojiza— y fue luego a sentarse contra el tronco de una palmera, a esperar una costilla de gacela y una lata de judías rehogadas.

El negro regresó y comieron con hambre devoradora. El «bellah» admitió que el islamismo le tenía sin cuidado, y no le preocupaba que las judías tuvieran chorizo, ni que aquella gacela hubiera sido muerta sin respetar los ritos tradicionales.

—La religión es cosa de amos... —sentenció—. Los «bellahs» no tenemos nada que agradecer a Dios, ni razón para guardarle consideración. Si comer cerdo ofende a quien permitió que naciera esclavo, me alegra comer cerdo...

Una voz ronca surgió de lo más espeso de la noche:

—¡No se muevan, o les levanto los sesos!

Permanecieron inmóviles, sin atreverse a iniciar gesto alguno, conscientes de que una sombra había abandonado la protección de la noche y se aproximaba con infinitas precauciones.

El cañón de un fusil fue lo primero que penetró en el círculo de luz, y tras él unos brazos como mazas, una negra capa que contrastaba con el blanco de la camisa y el ancho pantalón camellero y, al fin, la totalidad de un hombretón de casi dos metros, oculto el rostro tras una negra barba y el cabello bajo un revuelto turbante.

Miranda, que había quedado con el plato en una mano, la cuchara en la otra, la boca semiabierta, y los ojos fijos en la oscuridad, soltó un resoplido:

—¡¡Mario...!! *Ma chi cosa fai, cretino...?* Me asustaste.

El llamado Mario la observó unos instantes, como si le costara trabajo reconocerla.

Luego dejó caer el arma y corrió hacia ella alzándola como a una niña:

—¡Miranda...! *Sei tu...?*

Se besaron con afecto y la dejó en tierra.

—¿Qué haces aquí...? —quiso saber.

—Es largo de explicar... ¿Dónde está Alec?

El italiano señaló hacia el Sureste:

—Cerca... Oímos los disparos y me envió a averiguar... —tomó su arma, apuntó al cielo, disparó tres veces, dejó pasar un instante y repitió la operación:

—Ahora vendrá —explicó—. ¡Qué sorpresa va a llevarse...! —Luego se volvió a David con gesto interrogante, y cuando Miranda fue a decir algo, la interrumpió con un gesto—. No... —pidió—. Déjame adivinar... El señor... —hizo memoria— Alexander. ¿No es eso?

—¿Nos conocemos? —se extrañó David.

—Personalmente no, pero admiraba sus fotos en *Tempo, L'Europeo* y *Paris-Match*... Siento lo de su esposa —añadió.

—¿Cómo lo sabe?

—*La Voz de Chad* dio la noticia. Fort-Lamy está revuelto. El único helicóptero de que disponía el Ejército, desapareció como si se lo hubiera tragado la tierra.

Sintió que el corazón le daba un vuelco:

—¿Se sabe algo de Nadia?

—Nada. Pero se la relaciona con la pérdida del helicóptero.

Tomaron asiento. Mario señaló con la mano hacia la sartén:

—¿No quedará algo? Lo vengo oliendo hace media hora.

Se volvió al «bellah»:

—Hazme un favor —pidió—. Ve a buscar a mi «arregan». Está por ahí, detrás de las dunas... Se llama *Salomé* y es bastante pacífico...

El negro desapareció en la oscuridad: lo vio marchar y alargó su mano sonriente:

—Mario del Corso —se presentó—. Cuarto en la línea jerárquica del «Grupo», y segundo en el corazón de Miranda —bromeó—. Me ha prometido que cuando se canse de Alec se casará conmigo... ¿No es cierto, linda?

—Tendrías que afeitarte esa mata de pelo que te cubre el cuerpo...

—A muchas les gusta... —se rascó el costado—. Y a las pulgas y piojos también, ¡malditos sean...! —Sonrió a David—. No necesitaba venir —dijo—. Desde que oímos la noticia, nos pusimos a la búsqueda de su esposa...

—¿Cómo puede desaparecer un helicóptero...?

—Ésa es hoy, en Chad, la pregunta del millón de liras... Todos los aviones de la Fuerza Aérea lo andan buscando. Y lo extraño es que su radio de acción no le permitía llegar a las selvas del Sur...

Su mirada recayó en el montón de comida que Miranda estaba preparando.

—¡Oye! No voy a comerme todo eso... —protestó.

—No te hagas ilusiones. Sé de más de uno que viene galopando al olor de esas judías...

—¡Y yo sé de uno que vendría volando, si imaginara quién le espera junto a las judías...! *Mamma mia!* Por favor: esta noche os vais bien lejos, que en el desierto, besos y suspiros es lo que mejor se oye...

—¡Vete al infierno...! —rió, sonrojada.

Se escuchó el berrido de un camello y Mario prestó atención:

—Están llegando. Ése es *Marbella*, el mehari de Cristóbal...

—¿Un camello que se llama *Marbella*?

—Cosas del niñato andaluz. Cuando el calor aprieta y el suelo se recalienta hasta los ochenta grados, bromea: «No sé de qué me quejo —dice el muy cabrón—, si estoy tomando el sol en *Marbella*...»

Llegó claro el rumor de voces; el jadear de monturas y el tintinear de arreos. Luego, de la noche surgieron seis jinetes montando altos dromedarios de fina estampa.

A la voz de mando los obligaron a tumbarse al unísono, y saltaron al suelo. El que encabezaba el pelotón cayó casi en brazos de Miranda que había corrido a su encuentro. Se besaron en silencio, mientras los restante acudían como aves de rapiña al guiso de la sartén.

Cada cual se armó de un plato de latón y una cuchara. Comenzaron a repartirse equitativamente la fuente de judías y los pedazos de gacela.

—¡Esto es comer —masculló un gordo con la boca llena—, y no lo que prepara este judío turco...! ,

—¡Cabrón! —replicó otro de enormes bigotes—. Ya me contarás cuando te toque hacer cocina...

Mario, que había terminado y los observaba sonriente, los fue señalando con el dedo:

—Ése, el gordo tripón y calvito, es Cristóbal Pisaca, señorito andaluz y médico del Grupo... *El Turco* que lleva quince días envenenándonos, Razman *el Bienparido*... La nariz que se asoma bajo el turbante, Howard *el Gringo*, aunque todo parecido con un gringo, e incluso con un ser humano, es mera coincidencia...

Cada uno de los señalados levantaba la cuchara o hacía un gesto amistoso con la mano sin dejar de comer, y sin denotar molestia por las bromas de su compañero, que continuó:

—Aquí, a mi derecha, Hugh M'Taggart, Lord de la Corona y fullero empedernido, y este otro «O Excelentísimo y Reverendísimo Senhor, Don Paulo Augusto do Nascimento Vargas da Costa», aclamado como el cretino de nombre más largo y picha más corta de todo Brasil.

Se interrumpió al ver que Miranda se aproximaba estrechamente abrazada al cabecilla del grupo, un hombre rubio, de piel tostada y estatura media, que se presentó a sí mismo:

—Alec Collingwood —dijo—. Y siento las circunstancias de su visita... Cuente con nuestra ayuda... Algunos de los muchachos ya están en camino intentando cubrir el mayor territorio posible...

Tomó asiento cruzando las piernas al estilo targuí, y agradeció con un gesto el plato que Miranda le ofrecía. Había algo que denotaba de inmediato que Alec Collingwood pertenecía a la más alta aristocracia inglesa, no sólo por lo depurado de su acento y su cuidado bigote color mostaza, sino por cada uno de sus ademanes, más propios de un club privado de la City, que de un oasis del Sáhara.

Extrajo un mapa de un ancho bolsillo y dejó que Miranda lo extendiera sobre la arena, cerca del fuego. Señaló con el dedo:

—Éste es el arco máximo que podremos cubrir: unos trescientos kilómetros de desierto, a caballo sobre la frontera sudanesa. Extendernos más, significaría arriesgarnos a que se nos infiltren de noche. —Hizo una pausa que aprovechó para tragar un bocado y limpiarse los labios con un pañuelo—. Si pasan por aquí, los interceptaremos —añadió—. Si lo hacen al Norte o al Sur, tendremos que perseguirles Sudán adentro, lo cual siempre entraña peligro y pocas posibilidades de éxito.

—¿Qué esperanzas tengo de recuperar a mi esposa? —quiso saber.

El otro negó con un gesto:

—No quiero hacerle abrigar ilusiones —admitió—. Llevamos años en esta lucha, y son más los negreros que escapan, que los apresados. El desierto es inmenso y nosotros muy pocos. Los que ve aquí, y otros tantos... —Se volvió a Mario—. Nos haría falta Malik —señaló.

—¡Ah, Malik, Malik! —suspiró el italiano—. Ese targuí maldito anda como siempre, puteando el desierto por su cuenta. Le dejaremos la noticia en los pozos y esperemos que le salga de los cojones reunirse con nosotros.

—Lo vi de lejos hace diez días —gruñó Howard, bajo el turbante que le cubría casi la cara—. Me dio la impresión de que se dirigía a Orba.

—En diez días, Malik llega a Orba, vuelve, mata a cuatro, se da un paseo hasta Roma, se toma una pizza en Via Veneto y desayuna con Moshe Dayán, en Tel Aviv... Ese sucio «arregan» suyo, no para ni un minuto, y él puede dormir noches enteras sobre la silla... —comentó Pisaca, el médico—. Podría escribir una tesis de resistencia humana sobre ese tipo.

—Debería darme la receta —masculló Paulo Augusto do Nascimento Vargas da Costa—. Cada vez que me duermo, caigo de cabeza... —abrió la boca y mostró la dentadura—. La otra noche me partí este diente...

—Hay que haber nacido sobre un camello para poder dormir sobre un camello —sentenció Alec.

El sol estaba muy alto, y recalentaba el fondo de la cañada por la que no corría un soplo de aire.

Miles de insectos cantaban al unísono en la pesadez del mediodía, subiendo y bajando de tono en perfecta sincronización —«el ruido de la muerte»—, y gruesas gotas de sudor se deslizaban por los cuerpos inmóviles, pegados al talud de tierra, buscando la protección de cualquier asomo de sombra.

Intentó dormitar un rato y olvidar su sed, su hambre y su desesperación. A su lado, una mujer roncaba, más allá Mungo permanecía con la vista clavada en un cielo tan brillante que hacía daño alzar el rostro, y desde lo alto de la cañada, Amín, con el fusil entre las piernas, dejaba pasar las horas observándola.

Le inquietaba Amín. Cada día aumentaba aquella sensación de sentirse espiada, como si una fiera observara con infinita paciencia todos sus movimientos.

Le había visto estrangular a los viejos, suponía lo que habría hecho con el chiquillo, y cada una de sus miradas parecía querer advertirle que le reservaba el mismo fin. Las palabras y los gestos del negro rezumaban crueldad, sexualidad y violencia, y a su lado, el mismo Suleiman R'Orab y su látigo, parecían humanos y hasta bondadosos.

«Si no me consigue, acabará matándome —se repetía una y otra vez—. Lo hará, aun a costa de enfrentarse al sudanés».

Tenía que cuidarse de Amín. Se había propuesto continuar con vida, convencida ya de que David la buscaba. Viviría hasta el último momento; hasta cruzar el mar Rojo, y cuando las costas de África se perdieran en la distancia y no quedara esperanza alguna, se lanzaría al agua. Pero hasta ese día, hasta ese momento, sobreviviría como fuera; y se enfrentaría a Amín y al mismísimo demonio mientras quedara una posibilidad entre un millón de regresar junto a David.

—«Él te encontrará —había dicho el teniente en el momento de morir—. Sé que te encontrará...»

Se repetía aquellas palabras intentando convencerse de que los moribundos ven cosas vedadas a los vivos, y quizás aquel pobre hombre tuvo en su último instante una premonición.

El mismo Suleiman pareció entonces impresionado, porque casi al instante señaló al muerto con su látigo:

—¿Qué ha querido decir? —inquirió—. ¿De qué te conoce? ¿Quién te encontrará?

—Mi padre me encontrará; eso es lo que ha querido decir... Te advertí que es hombre importante, amigo del presidente de Costa de Marfil y de todos los políticos de África. El Ejército manda tras de mí sus helicópteros y no parará hasta dar contigo y fusilarte si no me dejas en libertad...

El sudanés permaneció en silencio, pensativo, y Nadia comprendió que aquélla era su oportunidad:

—Si me dejas libre, regresaré con los míos y seguirás tu camino. Olvídate de mí, y salva el pellejo. Incluso ganarías esos diez mil dólares... ¿Sigues creyendo que mi padre no los tiene? ¿No los tendría quien puede enviar al Ejército en mi busca?

Suleiman R'Orab se despojó del turbante y comenzó a aplastar piojos ensimismado en sus ideas. La miró fijamente:

—¿Cómo obtendría ese rescate? ¿Dónde lo pagarían?

—En Fort-Lamy. Yo te daré una carta, y en una semana tendrás la respuesta y el dinero. Conseguiré también que te paguen por cada uno de esos esclavos.

Ganarás más que llevándolos a Arabia, y te evitarás cruzar el desierto, enfrentarte con los que me buscan, o perder gente en el camino... ¡Piénsalo!

—¡Ya lo pienso! ¡Ya lo pienso! —se impacientó el otro—. Si pudiera creerte... ¡Este maldito viaje empieza a fastidiarme! Se está complicando... —aplastó con furia una costura que crujió—. La muerte del niño y los viejos, y ahora el extraño aparato... ¡Me gustaría acabar con todo...!

Amín se había aproximado y escuchaba en silencio. Miró a Nadia fijamente, y ésta comprendió que el negro nunca la dejaría escapar.

—No puedes devolverla —intervino con voz cortante—. Contaría que derribamos ese trasto y matamos a un teniente de la Gendarmería, y un sargento del Ejército francés... Nos perseguirían hasta el mismísimo fin del mundo. Antes de dejarla marchar, mátala.

—¡Hijo de la gran puta! —le escupió—. Si me matan me seguirán buscando y al fin darán con todos...

—Entonces, lo mejor es que continúes —sentenció el negro, y se volvió luego a Suleiman—. Nunca nos encontrarán —añadió—. No, mientras yo sirva de guía...

El sudanés concluyó su tarea de aplastar piojos, se anudó de nuevo el turbante a la cabeza y afirmó con un gesto:

—Tienes razón —admitió—. Sabe demasiado sobre Suleiman R'Orab...

Ahora, tres días después, el mercader roncaba bajo un matojo, agitándose cada vez que a lo lejos resonaba el motor de un avión.

Corría entonces al borde de la cañada y hacía restallar el látigo:

—¡Ocúltense! —gritaba—. ¡Ocúltense, cerdos, que ya están ahí otra vez...!

Y el avión llegaba trazando círculos como un ave de presa, buscando y rebuscando sobre la pradera, mientras Nadia pedía a todos los santos que el piloto se fijara en el fondo de aquella quebrada.

Estuvo a punto de trepar por el repecho y correr por la llanura agitando los brazos para llamar su atención, pero una gruesa cadena la unía al resto de la columna, y hubiera sido necesario que todos se pusieran de acuerdo para saltar al mismo tiempo.

El calor aumentaba. Parecía imposible, pero aumentaba a cada instante, y también aumentaba el zumbido de los insectos, subiendo de tono hasta herir los tímpanos, para enmudecer de improviso, como si el mundo se hubiera paralizado y el cataclismo final fuera a caer sobre la tierra.

Cuando el canto era más fuerte daban ganas de taparse los oídos o gritar para que cesara, y cuando se apagaba, la sensación de angustia era tan fuerte, que se sentía un inmenso alivio en el instante en que el runruneo recomenzaba.

Espantó un grueso moscón posado en las llagas que le habían formado los grilletes, y su vista recayó en algo que se movía entre las piedras, cerca de Mungo.

Prestó atención y comprendió que se trataba de una «mapanare» de color verdoso. Quiso gritar advirtiendo el peligro, pero no tuvo tiempo; Mungo había saltado hacia delante, y con un gesto rapidísimo atrapó al ofidio por el cuello y lo alzó, firmemente apretado.

Se escuchó un siseo, y el cuerpo del animal se enroscó en el brazo del ashanti, que no demostró temor alguno. Cuando se convenció de que su presa era perfecta, dio un nuevo salto, se colocó junto a Nadia, la aferró por los cabellos y le inclinó la cabeza hacia atrás:

—¡Suleiman! —gritó—. ¡Suleiman, hijo de perra, ven acá...!

El sudanés apareció en lo alto de la quebrada, captó la situación de un solo golpe de vista, y detuvo con un gesto a Amín, que había amartillado el arma.

—¡Quieto! —ordenó—. Ese loco es capaz de matarla aunque sea lo último que haga... ¿Qué vas a conseguir? —inquirió dirigiéndose a Mungo—. Si la lastimas, te juro que te arrepentirás mientras vivas...

El ashanti agitó la «mapanare» en el aire. Se había protegido con el cuerpo de Nadia, y sus ojos no perdían de vista a Amín, Abdul y los guardianes, listos todos a lanzarse sobre él.

—No viviría mucho —replicó—. Es una «mapanare»... Si dejo que nos muerda en el cuello estaremos muertos en un minuto...

—¿Qué quieres...?

—Quítame las cadenas y déjame ir.

El otro negó con la cabeza:

—No puedo... —señaló—. Irías a denunciarnos y nos cazarían. Prefiero que la mates...

Dio media vuelta y desapareció.

—¡Espera! —gritó el negro—. ¡Espera, Suleiman!

El mercader reapareció con aire de fastidio:

—¿Qué quieres ahora? Estoy harto de vosotros. Mátala y acabemos de una vez... Esa mujer no trae más que problemas, y ganas me dan de enterraros ahí mismo, y volverme a casa a descansar... ¡Condenado viaje!

—Déjame ir, y juro que no te denunciaré... —prometió el negro—. ¿Qué me importa toda esta gente? ¿Crees que perdería mi tiempo viajando hasta Fort-Lamy...? Yo no valgo nada —suplicó—. No valgo nada... Apenas mil dólares...

Amín se aproximó al sudanés y le habló al oído. El otro escuchó con atención e hizo un gesto de asentimiento:

—¡Está bien! —admitió—. ¡Júrame que no irás a denunciarme...!

—¡Lo juro! ¡Lo juro! —gritó el ashanti.

Suleiman descolgó de su cinturón su grueso manojo de llaves y se las tendió a Amín.

—¡Suéltalo! —ordenó.

—¡No! Él no... —se apresuró a negar Mungo—. Que me suelte Abdul... No me fío de Amín...

Abdul tomó las llaves, saltó al fondo de la cañada y se aproximó.

—Con cuidado... —le advirtió el ashanti—. Con mucho cuidado, Abdul, o te morderá también.

Abdul se aproximó y extendió la mano lentamente hacia la cerradura de las rústicas esposas, mientras Mungo le vigilaba sin dejar de aferrar la «mapanare» con una mano y el cabello de Nadia con la otra tratando de no perder de vista al propio tiempo a Amín y al mercader.

—¡Vamos! —se impacientó.

Abdul probó una llave que no entró en la cerradura. Nervioso, seleccionó otra y lo intentó de nuevo. Tampoco encajaba. Mungo agitó la mano intentando hacerla entrar, y los colmillos de la «mapanare» rozaron el cuello de Nadia.

—¡Cuidado, hijo de puta! —gritó Suleiman—. ¡Vas a matarla!

Nadia, que había sentido a unos centímetros de su oído el leve silbido del animal, cerró los ojos y advirtió cómo cada vello de su piel se erizaba. Nunca temió a la muerte, pero ahora, al notar sobre la espalda el coleteo de la serpiente y sus colmillos junto al cuello, experimentó tal sensación de pánico que estuvo a punto de perder el sentido.

Sabía lo que significaba una picadura de «mapanare». Había oído hablar de gente que murió con el cuerpo putrefacto, cayéndose a pedazos, mientras la sangre escapaba a través de los poros, con los ojos fuera de las órbitas y la lengua colgando.

—¡Oh, David, David! ¿Dónde estás...?

El libio intentó tranquilizarse; eligió una tercera llave y probó nuevamente, pero fue necesario repetir el intento cuatro veces, hasta encontrar la justa.

Ya con las manos libres, Mungo ganó confianza. Hizo un gesto para que Abdul se apartara, y aferró con más fuerza a Nadia, obligándola a ponerse en pie:

—¡Arriba! —gritó—. ¡Arriba todos!

Amín amartilló su arma de nuevo.

—No pretenderás llevártelos... —inquirió.

—Me acompañarán un trecho —señaló Mungo—. Hasta que pueda correr sin miedo.

Trepó por el terraplén, tirando de Nadia y el resto de los cautivos, y llegaron arriba a trompicones. Ya en lo alto, el ashanti giró la vista a su alrededor, buscando un lugar para escapar.

—Dile a tu gente que descargue sus armas y dejen caer las balas —ordenó—. Sobre todo tú, Amín... ¡Tíralas lejos!

Suleiman hizo un gesto de asentimiento y sus hombres obedecieron.

Satisfecho, Mungo comenzó a retroceder, llevando al grupo de esclavos, que parecían hipnotizados por la escena, mientras los guardianes permanecían inmóviles rodeando a su patrón.

Al fin, Mungo se detuvo, giró la vista a su alrededor y reparó en una zona de altas gramíneas capaces de cubrir a un hombre.

—¡Vamos allá! —ordenó, y todos le siguieron.

—¡No dejaré que los lleves más lejos! —le gritó

Suleiman—. ¡Lárgate, o comienzo a disparar...!

El ashanti se detuvo. Quince metros le separaban de la protección de la espesura. Calculó sus posibilidades, y aflojó la presión sobre el cuello de Nadia, que agitó la cabeza cuando se sintió libre, llevándose las manos al dolorido cuello.

—Lo siento —se disculpó Mungo—. No quería lastimarte... —Comenzó a desenroscar cuidadosamente la «mapanare»—. Buscaré ayuda... —prometió.

—Recuerda mi nombre... —suplicó Nadia—. Alexander... Nadia de Alexander... Localiza a mi esposo...: David. Él te recompensará. Te dará muchísimo dinero...

—¡Lo haré! Lo haré, te lo juro —repitió el negro—. Tú eres ashanti... No permitiré que esos cerdos esclavicen a una ashanti...

Con un brusco movimiento, lanzó lejos la serpiente, dio un salto y echó a correr.

Suleiman gritó, y todos sus hombres, excepto Amín, se lanzaron sobre sus armas. Las cargaron con rapidez y se las llevaron al rostro, pero ya Mungo se había perdido de vista.

El sudanés soltó un reniego, dio una patada a un montón de tierra, y ordenó a Abdul que hiciera regresar a los cautivos.

Amín continuaba buscando con calma sus municiones. Cuando las tuvo, cargó el arma, se ajustó el cinturón del que colgaba el largo machete, bebió un trago de agua de una cantimplora e hizo un leve gesto de despedida.

—Continúa hacia el Norte —señaló al mercader—. Sobre el amanecer, alcanzarás una planicie de termiteras, y más allá unas rocas lisas y oscuras... Espérame allí.

Luego, echó a correr con paso elástico en pos del fugitivo.

Contempló los estrellas, más brillantes que nunca, y escuchó los primeros gemidos del viento que madrugaba más que el día.

El viento era siempre la primera señal de vida en el desierto, y su llanto, la voz que despertaba cada amanecer a hombres y bestias. Contaban que el viento del desierto arrastraba los lamentos de todas las madres que perdieron sus hijos en las guerras tribales, y cuando lanzaba sobre las jaimas puñados de arena, era la arena que esas madres arrojaban sobre las tumbas de sus hijos.

¡Había tantas leyendas en el Sahara...!

¡Y tantas guerras tribales...!

Con el día, la tierra se recalentaba de tal forma, que incluso el viento parecía incapaz de moverse, y ni un soplo de aire levantaba la arena. Luego, con la puesta del sol, una suave brisa agitaba los matojos, y a las cuatro de la mañana, con los primeros fríos, el viento se adueñaba de la llanura, y jugaba a cambiarla a su gusto, trasladando dunas, cubriendo rocas y matojos, anegando pozos y oasis, o dejando al descubierto zonas que cubrió la arena durante siglos.

En el desierto, el día era del sol, y la noche, del viento.

El sol era callado, pero el viento gemía, lloraba, ululaba, suspiraba, chillaba, tosía, rugía o tronaba, y por el tono de su voz podía saberse si el día sería caliente o abrasador; soportable o insufrible, y si con las primeras luces llegaría el siroco, el harmatán o la furiosa y temible tormenta de arena.

Aquélla era para él la peor hora del insomnio.

Sabía, por cientos de otras noches, que cuando el viento comenzaba a quejarse, y aún no había conseguido conciliar el sueño, ya éste no vendría y vería amanecer un nuevo día agotador, hundido en sus recuerdos.

¿Arrastraría aquel viento los lamentos de su madre?

¿Y los de tía Clara...?

Ambas perdieron a sus hijos sobre aquellas arenas, y bajo ellas estaban enterrados.

No habían caído en guerras tribales, pero sí en una lucha tan inútil y absurda; tan igualmente carente de sentido.

A menudo, en noches semejantes, intentaba ordenar sus ideas y recordar, paso a paso, las circunstancias que le habían llevado hasta la soledad del desierto y el insomnio.

Allí estaban —los cuatro— en el caserón de Escocia, disfrutando un verano apacible y bien ganado, cabalgando por praderas de un verde teñido de mil matices, pescando en un mar bravío, cazando en bosques lluviosos, correteando por los mismos senderos que corrieron de niños, cuando tenían la mente repleta de fantasía, y la imaginación influida por P. C. Wren, y su *Beau Geste, Beau Ideal, Beau Sabreur...*

¿Cuántas veces habían jugado al entierro del vikingo? ¿Cuántas noches pasaron en vela, discutiendo si el Sáhara de la Legión Extranjera, los espahís y los guerreros tuareg perduraba aún...?

Ya los cuatro eran hombres; ya tenían un pie en la Universidad, y pronto, juntos —porque no concebían la vida de otro modo— establecerían una elegante oficina en el corazón de Londres: «Aldous, Albert, Alfred y Alec Collingwood, Abogados», y contarían con la mejor clientela de la City, porque aún en los tiempos que corrían, el apellido Collingwood significaba mucho en Inglaterra.

Los Collingwood habían sido ministros, arzobispos, generales, banqueros, abogados y médicos importantes desde doscientos años antes; desde que el famoso capitán Luke Collingwood, fundador de la dinastía, amasara su fortuna «navegando por los siete mares».

En el castillo del abuelo podían verse los retratos de todos los antepasados famosos, desde el Gran Luke, orgullo de la familia, al tío Alejandro, muerto en Normandía.

Allí estaban los cuatro, en el caserón de Escocia, disfrutando de sus bien ganadas vacaciones, cuando apareció Sir George convaleciente de un balazo en el pecho, regalo de un negrero en la frontera libio-sudanesa.

Fue Sir George quien comenzó a hablarles del «Escuadrón Blanco», del que formaba parte; de los días de patrulla en el desierto a la caza de caravanas de esclavos; de la camaradería entre hombres de todo el mundo que se reunían en Trípoli para ofrecer su vida por la libertad de unos pobres negros.

Fue Sir George quien resucitó las fantasías de *Beau Geste*, quien sacó a la luz nuevamente todo lo que el tiempo había dejado dormir en sus corazones infantiles; quien les descubrió que continuaba existiendo el Sáhara de las leyendas, tan fabuloso como el de la Legión o los espahís.

Fue Sir George quien les contó de las noches a la luz de la hoguera en compañía de los tuareg del «Pueblo del Velo», «El Pueblo de la Lanza», o «El Pueblo de la Espada»; de las largas caravanas de trescientos camellos que cruzaban el desierto de Tanezruft al Tibesti; de los millones de estrellas y el viento que lloraba en los amaneceres...

Fue Sir George quien les metió aquel veneno en la sangre, y les abrió los ojos al tráfico de esclavos que continuaba en pleno siglo XX, y así, al volver a Londres, su primera visita no la dedicaron al Club, sino a la sede de la Sociedad Antiesclavista, en el 49 de Vauxhall Bridge.

Y allí se enfrascaron en el mundo de los negreros, con tanto o más ardor que lo hicieran antaño con el mundo de P. C. Wren, hasta que una lluviosa tarde de setiembre, Aldous soltó de pronto una exclamación, y trepado en lo alto de una escalera donde hojeaba una *Historia de la trata de negros*, comentó:

—¡Eh, chicos! ¡Escuchen esto...!

Cada cual levantó el rostro del libro o las fotos

que examinaba, y Aldous, nervioso, comenzó a leer:

—«El caso más famoso de matanza de esclavos en un buque negrero tuvo lugar en setiembre de 1781, a bordo del *Zong*, de matrícula de Liverpool, que había zarpado de São Thomé con un cargamento de cuatrocientos cuarenta esclavos y dieciséis tripulantes. Una calma chicha inmovilizó el barco, que se vio afectado por una enfermedad que mató a siete marineros y sesenta negros, quedando la mayoría de los supervivientes tan debilitados por la disentería, que se dudaba que nadie diera algo por ellos en Jamaica. El 29 de noviembre, a la vista ya de las Indias Occidentales, el capitán, Luke Collingwood, anunció a sus oficiales que únicamente quedaban doscientos galones de agua, lo que no bastaba para concluir el viaje. Si los esclavos morían de sed o enfermedad, la pérdida recaería sobre los armadores del buque y sobre él. Pero si eran arrojados al mar, el seguro pagaría lo que se consideraba "Echazón legal".

»El primer oficial manifestó su total desacuerdo, señalando que aún quedaba agua suficiente y tal vez pronto llovería, pero el capitán Collingwood desoyó todos los pedidos de clemencia que se le hicieron, y según documento oficial: "Ordenó apartar ciento treinta y dos esclavos, y obligó a su tripulación a que, por turnos, los fueran arrojando al mar. Un primer 'fardo' de cincuenta y cuatro esclavos fue lanzado a los tiburones ese mismo día. El segundo, de cuarenta y dos, el 1 de diciembre, y aunque esa noche descargó un fuerte chaparrón y recogieron agua suficiente para llegar a puerto, el capitán continuó con su plan, y una semana más tarde veintisiete negros fueron maniatados, obligándoseles a avanzar por la pasarela y caer al agua. Diez más saltaron ellos mismos por la borda, sin permitir que los marineros se les aproximaran."

»El 22 de diciembre, el *Zong* llegó a Kingston. Luke Collingwood vendió el resto de sus esclavos, y aquellos que nadie quería comprar, los abandonó en los muelles, encadenados y dejando que murieran allí, de hambre y sed. Más tarde, durante el último día de su estancia en Kingston, envió a la mayoría de sus marineros a tierra y levó anclas sorpresivamente, acusándolos de deserción, con lo que se evitaba tener que pagarles el sueldo de casi un año. Collingwood se vanaglorió siempre de haber engañado a los compradores de sus esclavos afectados de disentería, por el simple procedimiento de hacer que su cirujano taponara con estopa el ano de los negros enfermos.

»Una vez en Liverpool, Luke Collingwood reclamó a la Compañía de Seguros treinta libras por cada uno de los ciento treinta y dos esclavos que había arrojado al mar.»

Se hizo un largo silencio, en que todos habían quedado como anonadados, con la vista fija en el libro que Aldous sostenía en las manos.

—¡No puede ser! —protestó Alfred—. ¡No puede ser «nuestro Luke Collingwood»...!

Aldous comenzó a descender los peldaños, y dejó el libro sobre la mesa:

—¿Pueden existir muchos capitanes Luke Collingwood que amasaran una fortuna en el siglo XVIII «navegando por los siete mares...»? —Hizo una pausa y agitó la cabeza—. Siempre me pregunté qué podía significar ese epígrafe a la cabeza de nuestro árbol genealógico: ...«Navegando por los siete mares», quiere decir asesinar y robar de la forma más cruel y rastrera que nadie haya podido imaginar nunca...

—¡Me niego a creerlo...! —insistió Alfred—. No es posible que la fortuna y la respetabilidad de nuestra familia estén basadas en algo tan nefasto... No se puede mantener un engaño así durante doscientos años... ¡No en Inglaterra!

—Me temo que Aldous está en lo cierto —intervino Albert, que raramente abandonaba el placer de chupar su cachimba por el de hablar—. Nuestro admirado tatarabuelo está resultando un canallita. —Hizo una pausa, lanzó al aire una nueva bocanada de espeso humo, señaló a su hermano con la embocadura de su pipa, y añadió—: Si te molestas en buscar la lista de propiedades que alguna vez pertenecieron a los Collingwood, verás que, entre muchos castillos, mansiones, haciendas, empresas y barcos, figura, casi encabezando la lista, un buque cuyo nombre recuerdo perfectamente: el *Zong*, matrícula de Liverpool.

Conocían la memoria de Albert, ratón de biblioteca capaz de leer cuanto libro, legajo, documento o papelucho cayera en sus manos, y capaz, también, de recitar de carretilla el Código Penal y las Ordenanzas Militares.

—¡Vamos a tener más de un infarto en la familia! —señaló Alec—. ¡Me descojono al pensar en el soponcio de la tía Francis...!

—No es para tomarlo a broma —cortó Aldous—. Ciento treinta y dos crímenes sobre una familia, son demasiados crímenes...

—...Incluso para una familia inglesa —admitió Albert.

Eran, en efecto, demasiados crímenes, y parte de la familia se negó a admitirlos, pese a las pruebas que Aldous y Albert consiguieron más tarde.

Las más terribles amenazas —incluida la de desheredarlos— recayeron sobre los cuatro primos, que se vieron obligados a callar para siempre el sucio secreto del «Viejo negrero».

—«Los actos heroicos y la nobleza de espíritu del resto de nuestros antepasados borró cualquier mancha que pudiera existir en el inicio de nuestro linaje —sentenció el abuelo Arnold, patriarca actual de la Casa Collingwood—. No se hable más del asunto.»

De nuevo a solas, malhumorados y cabizbajos, Aldous señaló que tal vez resultaría conveniente investigar «los actos heroicos y la nobleza de espíritu del resto de sus antepasados», pero Albert negó convencido:

—Más vale «no meneallo» —opinó—. No podemos devolver la vida a ciento treinta y dos esclavos, pero si descubriéramos que otro abuelo, lo que hizo fue robar, tal vez tendríamos que empezar a reintegrar castillos y haciendas a media Inglaterra.

Pasó el tiempo. Volvieron a la Universidad, pero pronto comprendieron que todo había cambiado. Los «cuatro Collingwood» habían perdido su orgullo de casta, su espíritu de camaredería; incluso su capacidad de divertirse.

Durante años, le habían machacado las narices a cientos de muchachos, porque ellos eran los «primos Collingwood», los de la cabeza en alto —aunque más de una vez se la partieran al doblar la esquina—, herederos de una tradición al estilo de los clanes escoceses, criados en el espíritu de *Beau Geste*, y las hermosas acciones que reclaman la nobleza de sangre.

¿Dónde habían quedado todas aquellas paparruchadas? ¿Cómo llevar la cabeza en alto, si en cualquier librería podía encontrarse la repugnante historia del «Viejo negrero»?

Fue Alfred el de la idea, una tarde que regresaban a casa:

—No podemos hacer más que una cosa —dijo—: Libertar a ciento treinta y dos esclavos negros.

—¡Eso es una estupidez!

—¿Por qué? Ya escuchaste a Sir George. En el «Escuadrón Blanco» de Libia luchan tipos de todo el mundo, que arriesgan su vida en favor de los esclavos sin razón para hacerlo. Nosotros tenemos una razón: devolver el buen nombre a nuestra familia, entregando una vida por cada una de las que aquel viejo asesino lanzó al mar.

—¡Eso es una estupidez!

¿Lo era...? Probablemente sí, pero lo cierto fue, también, que al terminar el curso quisieron pasar las vacaciones en el norte de África, y una tarde de julio recalaron inesperadamente en el Cuartel General del «Escuadrón Blanco», en Trípoli, rogando al oficial de guardia que inscribiese a Aldous, Albert, Alfred y Alec Collingwood, voluntarios sin sueldo para luchar contra el tráfico de esclavos en el desierto del Sáhara.

¿Qué ocurrió luego?

Resultaba todo tan confuso... Se entremezclaba todo tan desordenadamente en su memoria...

Sólo algo estaba claro: la muerte y las noches de insomnio. Infinitas noches de insomnio contemplando las estrellas, intentando comprender cómo habían permitido aquellas muertes.

El viento lloró más fuerte; más triste; más angustioso.

Amanecía.

Arreciaba el frío, y cubrió con su capa el cuerpo de Miranda, que dormía cara al cielo con la sonrisa de quien se ha desquitado de cuatro meses de abstinencia.

Se puso en pie sin ruido y paseó despacio hasta donde Cristóbal Pisaca montaba la última guardia junto a los camellos.

—Vete a dormir —dijo—. Yo haré el resto.

—Ya no vale la pena. Prepararé café... —señaló con la cabeza hacia el jeep en que dormía David—. ¿Crees que la encontraremos?

—No. No lo creo. Tienen mil quinientos kilómetros —de Libia al Zaire— para cruzar al Sudán... ¿Por qué iban a hacerlo justamente por donde patrullemos nosotros...?

El español sonrió.

—...Tal vez porque seamos capaces de adivinarlo y estemos patrullando justamente allí.

—Es como jugar al escondite...

Vio cómo Pisaca se alejaba hacia la hoguera, avivaba los rescoldos y llenaba en la fuente una enorme cafetera que puso a calentar.

Acarició la cabeza de su hermoso mehari, *Zong*, y sacando de su funda labrada el largo fusil, comenzó a limpiarlo como cada amanecer, cuando apenas la primera luz permitía distinguir el gatillo del cerrojo.

Había aprendido a hacerlo a oscuras, y le gustaba desmontarlo a aquella hora, sentir su duro contacto desde muy temprano, acariciar la culata como si se tratara de un viejo amigo al que dedicar el primer saludo, abrigando la esperanza de que el día que llegaba le permitiría usarlo contra los que fueron capaces de asesinar a un puñado de valientes que se quedaron sin municiones.

Miranda surgió de las sombras, se apretujó contra él, pese a la celosa protesta de *Zong*, y le obligó a compartir la capa.

—¡Estás helado! —protestó—. Cogerás una pulmonía...

—Sería gracioso —bromeó—. «Aquí yace Alec Collingwood, muerto de una pulmonía en el Sáhara...»

—¿Has dormido esta noche?

—Un poco —mintió.

—Tienes mal aspecto. Si no descansas, esto acabará para ti... —señaló con la cabeza al puñado de cuerpos arrebujados en torno a la hoguera—, y el día que tú faltes, no seguirán.

No respondió. Alzó el rostro y la miró de frente:

—Scott murió —dijo de improviso.

—Lo sé... —le acarició el cabello con ternura—. ¿Quieres hablar de él?

Se encogió de hombros.

—Es todo tan confuso. Mueren; desaparecen de mi lado, y es como si nunca hubieran existido. Pero a veces, me sorprendo hablando con ellos. —Se interrumpió en su tarea de limpiar el arma, y observó el horizonte, por el que comenzaba a distinguirse la primera claridad—. A menudo me asalta la sensación de que galopan a mi lado. Me llega el olor de la pipa de Albert, tan claro, que me pongo a buscar en el desierto alguien que fume, aunque sé que no hay nadie en cien kilómetros a la redonda. Otro día, es la risa de Alfred..., y ahora Scott se ha unido a ellos. ¿Por qué? —La miró con gesto interrogante y angustiado—. ¿Por qué, si él no murió por mi culpa...?

Lo atrajo hacia sí, y le apoyó la cabeza en su pecho, abrazándolo como a un niño perdido:

—Tienes que olvidar... —rogó—. Tienes que dejar este maldito desierto que te abrasa de día, te hiela de noche, y acabará contigo... Vuelve conmigo, Alec... Por favor; vuelve para siempre.

Negó suavemente:

—No puedo.

Surgió de pronto, como nacido de la misma tierra, sin que nadie advirtiese su llegada, y lanzó al centro del grupo el bulto que traía en la mano, que fue a detenerse a los pies de Nadia.

Los ojos desorbitados y vidriosos de Mungo contemplaron el cielo por última vez, rígido y frío el rictus de la boca; oscura y coagulada la sangre del cuello cercenado.

—¿Alguien más quiere escapar?

Sin aguardar respuesta, fue hasta el árbol del que colgaba una de las «girbas» de agua, echó un largo trago y trepó a la más alta roca, a contemplar la llanura que se extendía hacia el Norte.

Suleiman R'Orab hizo un gesto a uno de sus hombres:

—Entierra esa carroña, que luego los buitres llaman la atención.

Marchó pesadamente tras Amín, y se detuvo jadeante junto a él.

Siguió la dirección de su mirada.

—No me gusta ese llano —dijo—. Demasiado abierto.

—Antes de amanecer alcanzaremos la «Casa de engorde», de Zeda-el-Kebir.

—¿Le conoces bien?

—Diez veces paré en su casa, y nunca tuve problemas... Nos proporcionará camellos y mercancías...

—La chica vale mucho...

—Zeda es de confianza... Paga lo que pida y no tendrás problemas...

Suleiman R'Orab hubiera deseado continuar haciendo preguntas, pero le molestaba demostrarle que se encontraba en sus manos.

Comenzaba a arrepentirse de haber confiado en Amín hasta el punto de aceptar emprender aquel viaje por rutas que no le resultaban familiares. Si el negro decidía traicionarle, si insistía en que le entregara a la muchacha, se encontraría en una posición muy delicada, y Suleiman R'Orab se sentía ya viejo para la lucha.

Veinte años atrás, aquel sucio negro no le hubiera servido ni para limpiarse los dientes, pero ahora... Ahora Suleiman R'Orab soñaba con su retiro en Suakín, sin más preocupación que comprar y vender perlas, ver pasar los barcos y disfrutar de un bien ganado descanso después de tantos años de corretear de una punta a otra de África.

¿Cuántos años?

Resultaba difícil calcularlo, pero eran muchos. ¡Muchos!, y había perdido la cuenta de los esclavos que transportó en ese tiempo. Centenares, quizá, en docenas de viajes que a veces habían sido excepcionalmente rentables, otros tan sólo beneficiosos, y algunos catastróficos, como aquel en que todos los cautivos murieron en el fondo de un pozo seco, a la vista ya del mar Rojo.

Dura forma de ganarse la vida. Un poco menos dura desde que el viaje de regreso, de El Cairo a Lagos, podía hacerse en un cómodo reactor... ¡Pero la ida...!

La ida eran meses de vagar, esconderse y correr por selvas, pantanos, praderas y desiertos, siempre con el miedo en el cuerpo, siempre con mil ojos acechantes, aguardando a cada instante la bala que pusiera fin a su carrera, o la detención que le enviara a presidio para siempre.

Y ahora, Amín venía a unirse a todo ello.

¡Amín!, un simple guía; un mísero negro que en otro tiempo no se hubiera atrevido a levantar los ojos en su presencia, se había convertido en una amenaza; un peligro que él estaba pagando de su bolsillo.

Mucho había cambiado África..., ¡demasiado!, y con la llegada de la independencia, la raza nacida para ser esclava quería convertirse en señora. Hasta un simple pistero como Amín, aspiraba a poseer una joya como Nadia, joya que ni siquiera él mismo, Suleiman, podía permitirse.

¿Por qué evolucionaba el mundo tan aprisa?

Generaciones de sus antepasados habían recorrido África traficando en esclavos, sacándolos de sus pestilentes pantanos y sus húmedos bosques en los que apenas se diferenciaban de los animales, para convertirlos en seres humanos en los mercados de Zanzíbar, Jartum, o La Meca, y a nadie se le había ocurrido pensar jamás que lo que hacían no fuera justo a los ojos de Alá.

Pero ahora, en el simple transcurso de su vida, todo era distinto, y el ilimitado Continente de sus primeras correrías se había convertido en un mosaico de países; un dédalo de carreteras asfaltadas; un sinnúmero de fronteras vigiladas por tropas ferozmente nacionalistas que disparaban contra el extraño y perseguían al que entraba o salía sin permiso.

¡Hasta los negros se creían con derechos!

«Es tiempo de retirarte, Suleiman —se decía cada noche—. Mira a tu alrededor; si los grandes elefantes están desapareciendo de estas llanuras, es porque no se puede luchar contra lo que viene.»

Pero, por otra parte, el negocio resultaba cada vez más productivo. Un esclavo por el que su padre no habría obtenido nunca más allá de doscientos dólares, pasaba ahora de los tres mil, y los jeques del petróleo mantenían en Suakín o Port-Said representantes fijos encargados de comprar a cualquier precio toda la mercancía humana que llegara a sus «Casas de engorde».

Ya no era necesario gritar en una plaza de mercado el precio de una esclava con el temor de no sacar por ella ni el valor de lo que se había comido durante el viaje. Suleiman sabía que todo lo que pudiese obtener en sus *razzias* estaba vendido de antemano, cobrando en buenos dólares, libras o cheques bancarios, y su única preocupación se limitaba a conseguir una mercancía de primera calidad que continuase agradando a su señor, el Jeque.

Le gustaría Nadia. Probablemente le gustaría tanto como aquella yugoslava que le trajeron de Roma y que fue su favorita durante años, hasta que a la muy estúpida se le ocurrió suicidarse.

Suleiman nunca pudo explicarse semejante locura. Jamás había visto a una mujer tan hermosamente enjoyada, y cuyos ridículos caprichos se cumplieran con mayor rapidez y exactitud. Tenía una corte de esclavas y eunucos, y todo un ala del Palacio con aire acondicionado en cada habitación. Ni la favorita del sultán de Constantinopla vivió nunca como ella, y sin embargo, una mañana se ahorcó en su baño de mármol rosa y grifos de oro.

El pobre viejo tardó en consolarse. Tenía demasiados años para resistir una pena de amor, y hubiera acabado mal de no haber aparecido aquel muchachito etíope.

Pero el amor de los mancebos —Suleiman lo sabía— solía durar poco. Es un amor hecho de besos, caricias y nuevos descubrimientos que apasionan por un tiempo, pero pronto hastían. Ni el más dulce, tierno e inteligente de los efebos sostiene su favoritismo más allá de unos meses frente a la competencia de una mujer bella y astuta. Los muchachuelos que se sabían amados, se volvían exigentes y egoístas, duros y tiránicos, y todos, indefectiblemente, se empecinaban en tensar la cuerda hasta que se partía e iban a parar a un pozo sin fondo.

El mancebo desgastado en el harén de un jeque —castrado la mayoría de las veces— pasaba luego de mano en mano, para acabar en un mísero prostíbulo o rondando los puertos más infectos, hasta que una noche cualquier sádico con ansias de sensaciones nuevas lo degollaba en el momento justo, para experimentar el refinado placer de su convulsión postrera.

Sí, Nadia gustaría.

En cuanto pudiera vencer su hostilidad inicial, se acostumbraría a aquella vida, y con su palabra fácil sería capaz de darle a su amo todo lo que en un tiempo le diera la rubia yugoslava, estudiante en Roma hasta el día en que se enamoró de uno de aquellos chulos italianos que acabó convenciéndola para que se enrolara en un *ballet* en gira hacia Beirut y El Cairo.

Resultaba curioso comprobar cuántas de esas muchachas no regresaban nunca a sus hogares y acababan sus días en un harén o un prostíbulo árabe. Resultaba absurdo comprobar, también, cuántas continuaban, pese a ello, dejándose enrolar en tales *troupes* pese a las advertencias de la Policía...

Como Amín predijera, antes de amanecer llegaron a la «Casa de engorde» de Zeda-el-Kebir, quien, pese a su nombre, tenía más cara de comadreja que aspecto de león.

Recibió a Suleiman y Amín con toda clase de zalemas y reverencias, y se apresuró a ordenar a dos escuálidos «bellahs» que apartaran el pesado arcón y la raída alfombra que ocultaban una trampa muy bien disimulada, que conducía —por un largo y oscuro corredor— a tres amplias estancias subterráneas a prueba de ruidos y curiosos.

La humedad mantenía el ambiente fresco, y un complicado sistema de ventilación proporcionaba aire suficiente para medio centenar de cautivos.

—No tendrás queja... No tendrás queja... —repetía una y otra vez Zeda-el-Kebir—. Tus esclavos descansarán tranquilos, y los verás engordar y fortalecerse día a día... El agua del pozo es buena, y la comida, excelente...

—No podremos quedarnos más de dos semanas... —señaló el sudanés.

—¡Paciencia! Paciencia... —recomendó la comadreja—. Cada día de descanso aquí, es tiempo que ganas en el desierto. ¡Y dinero! Ningún esclavo flaco y débil soportó nunca la travesía del desierto... —Hizo una pausa y sonrió enseñando los dientes—. ¿Y quién paga los muertos? —concluyó.

Cuando dejaron a los cautivos instalados —hombres en una estancia y mujeres en otra— regresaron a la casa de adobes, donde una mujerzuela triste y harapienta había preparado el almuerzo a base de carne de cabra, mijo y té dulce y pringoso. Comieron en silencio y se centraron en concretar el negocio.

—Tres dólares por kilo —comenzó pidiendo Zeda-el-Kebir, pero inmediatamente Suleiman R'Orab los bajó a dos, con lo que se entabló un inútil pero acalorado debate, en el que ambos sabían que el precio quedaría establecido en dos dólares y medio el kilo.

Puestos de acuerdo, enlazaron su mano derecha aferrándose las muñecas, al estilo beduino, dando por cerrado el trato.

—Mañana, cuando todos hayan evacuado, los pesaremos —indicó Zeda—. El día de tu marcha, volveremos a pesarlos.

—Te daré cuatro dólares por cada kilo que engorde la muchacha ashanti —ofreció Suleiman espontáneamente—. Pero tendrás que prepararle comida especial... Vale mucho dinero.

—Lo había advertido —admitió el otro—. La más hermosa negra que haya pasado nunca por mi casa... ¿Cuánto pides por ella?

—Diez mil dólares. Y quiero advertirte que si tú, o uno de tus hombres, se atreve a ponerle la mano encima, te cortaré el cuello, prenderé fuego a tu casa, y me llevaré como esclava a tu familia... ¿Está claro?

—Es norma de mi negocio que toda mercancía que se me confía, es sagrada... Doce años llevo en la ruta de las caravanas, y jamás tuve queja.

—¿Y en doce años no has levantado sospechas?

—Nunca permito que los cautivos entren o salgan de mi casa a la luz del día... Eso no sólo evita que alguien pueda verlos, sino, sobre todo, que los esclavos lleguen a reconocerla si escapan. Para todos soy simplemente Zeda, un pobre campesino que, de tanto en tanto, invierte sus ganancias en el comercio de pieles, telas, o marfil.

—¿Y el «Grupo»?

—Está lejos, al Norte. Prefieren patrullar el desierto. Cuando me visitan, los acojo con cariño y respeto, y los envío tras la pista de alguna caravana que me parece «sospechosa» pero que desgraciadamente, nunca lleva nada malo.

Suleiman sonrió, se recostó en la pared, y aspiró, goloso, de su largo narguilé. Recorrió la estancia con la vista y agitó la cabeza con gesto aprobatorio.

—Estaré bien aquí —dijo—. Mis piernas ya no son lo que eran, y necesito, más que nadie, un buen descanso.

Pasaron los «bellahs» portando grandes calderos de comida en dirección al sótano. El mercader olió su contenido y pareció satisfecho. Se recostó nuevamente y se quedó dormido chupando su narguilé.

Los «bellahs» descendieron los empinados escalones precedidos por Zeda-el-Kebir. Un caldero fue colocado en el centro de la estancia de los hombres, y otro en el de las mujeres. No había platos ni cucharas, y cada cautivo tenía que comer introduciendo la mano en forma de cuenco en el guiso denso, caliente y pringoso.

Zeda dio una orden a una mujeruca que regresó al poco con una escudilla de madera. Se la ofreció a Nadia.

—Mañana te darán mejor comida —prometió—. Tu amo quiere cuidarte...

No respondió. Le hubiera gustado rechazar el ofrecimiento, pero comprendía que día a día se iba debilitando, y su estómago se negaba a admitir lo que para los cautivos —pobres campesinos— constituía una comida aceptable.

La mayoría de sus compañeros de infortunio parecían capaces de alimentarse de cualquier cosa, incluidas raíces, frutos silvestres, lagartijas y ratas de la pradera, pero por más que Nadia se esforzara, su estómago se negaba a admitirlo, y a menudo devolvía cuanto había comido, o le asaltaba una súbita diarrea que convertía la caminata en un infierno.

Era una esclava más junto a otros veinte esclavos, pero no podía olvidar que era una esclava educada en Francia, que había cenado en «Maxim's», «La Tour d'Argent» y «Chez Nicole». Por mucho que lo deseara no podía sentirse solidaria —al menos en lo que se refería a comida— con aquel puñado de aterrorizados selvícolas, cuya dieta no había ido nunca más allá del maíz, la mandioca y los plátanos.

A menudo, cuando trataba de analizar sus sentimientos con respecto a los cautivos, se mortificaba por el hecho de no haber logrado compenetrarse con ellos. Todos eran negros, todos africanos, y todos esclavos, y, sin embargo, nada tenía de común con ellos. La mayoría, aceptaban ya el cautiverio como un hecho definitivo, tal vez porque desde su más remoto origen, les venía transmitida la idea fatalista de que ser libre o esclavo era tan sólo una cuestión de suerte.

Desde niños escucharon a los ancianos relatar viejas historias de negreros cuyas *razzias* se contaban antaño por miles de individuos.

Los abuelos habían oído a sus padres referir una y otra vez el horror de las incursiones de los reyes costeños, que, con ayuda de traficantes blancos, arrasaban el Continente en busca de los doscientos mil esclavos que anualmente exportaban hacia las plantaciones de América.

Cincuenta millones de africanos habían sufrido, de un modo o de otro, las consecuencias del tráfico. Quince millones, definitivamente esclavizados en tierras americanas; otros tantos, muertos durante las *razzias* o en la travesía del Océano, y muchos más viendo cómo se llevaban a sus padres, sus hijos, sus hermanos...

Tribus enteras tuvieron que emigrar a lo más profundo de la selva donde nadie se atrevería a buscarlas, y en sus migraciones se vieron obligadas a enfrentarse con nuevos enemigos. África entera, de costa a costa, se convulsionó, y fue entonces cuando nació en el ánimo de los africanos aquella idea de que ser libre o esclavo era únicamente cuestión de suerte.

Pero ella, Nadia, era distinta. Para Nadia, la esclavitud no era un estado de ánimo heredado, sino un fenómeno histórico que debería haber desaparecido el día en que desaparecieron sus causas. Para Nadia —cuyo padre había sido líder de la Independencia—, los africanos tenían más derecho que nadie a ser libres, porque nunca habían conseguido serlo realmente.

Sabía que no lograría resignarse a su suerte; que jamás compartiría el sentimiento de fatalidad de sus compañeros, como tampoco lo habían compartido sus antepasados, los ashantis, cuyo valor llegó a ser legendario entre los traficantes de esclavos.

«Coromantos» los llamaban, y se aseguraba que despreciaban la muerte y los castigos. Importar coromantos a América exigía un impuesto adicional de diez libras esterlinas, dada su belicosidad y espíritu de rebeldía, pues todas las revueltas de esclavos fueron capitaneadas por ellos, que, por último, se independizaron en Haití. Cuando un coromanto se veía encerrado y encadenado en un barco que lo alejaba de su patria, sin posibilidad alguna de luchar o rebelarse contra sus captores, era tradición que, a veces, lograba poner fin a su vida por el sobrehumano esfuerzo de contener la respiración hasta asfixiarse.

Los ashantis se mataban a sí mismos, con pleno conocimiento de su impotencia, a diferencia de ibos y gaboneses, que se dejaban morir de «melancolía fija», la más terrible de cuantas enfermedades atacaban a los esclavos durante su viaje a América. Se sentaban con las piernas encogidas y el mentón sobre las rodillas, y de ese modo permanecían horas, hasta que morían inexplicablemente ante la desesperación de capitanes y médicos de a bordo.

Cuando se veía a un esclavo sentado de aquella forma, era deber del capitán obligarle a levantarse y correr por cubierta, dándole de beber un poco de ron y distrayéndolo hasta que volviese a su estado de normalidad.

Ella, Nadia, era ashanti, «coromantina», y no dejaría que la «melancolía fija» la venciera. Lucharía por su libertad hasta el último momento; hasta que no quedara oportunidad de escapar, y sólo entonces pondría fin a su vida, aunque fuera por el sistema de contener la respiración hasta asfixiarse.

¿Cómo podría hacerlo? ¿Qué increíble fuerza de voluntad y dominio de su propio cuerpo necesitaría para que el aire no invadiese sus pulmones cuando hubiera perdido el conocimiento...?

A solas, de noche, hizo la prueba, pero resultó inútil.

«No estoy preparada —se dijo—. Aún no lo estoy, porque aún deseo vivir y me quedan esperanzas... Pero algún día lo estaré.»

¿Llegaría a estarlo?

Le aterrorizaba la pregunta. A los veinte años la

muerte es algo muy lejano.

¿Le faltaría valor en el último momento? Le atormentaba saber que no lo averiguaría hasta que ese momento llegara, y para entonces sería demasiado tarde. Resultaba fácil decidir quitarse la vida antes de entrar a formar parte de un harén del que no saldría nunca, pero hacerlo, era algo muy distinto.

Había leído mucho sobre el valor o la cobardía de los suicidas, sin imaginar que algún día pudiera encontrarse en ese caso.

¿Valor para poner fin a una vida desgraciada, o cobardía ante unos hechos contra los que no se podía luchar? ¿Qué era lo que sentía realmente?

Miedo.

Miedo, eso era todo.

Pese a su frialdad aparente; pese a hacerle frente al sudanés, a Amín y a cuantos habían intentado aproximársele; pese a su decisión de morir antes de llegar a su destino, el miedo, un terror frío y callado, era el dueño absoluto de cada uno de sus actos, en cada minuto de sus días y de sus noches.

Y era miedo, sobre todo, a aquella decisión que nadie más que ella podía tomar: suicidarse; poner fin a todos los sueños que había abrigado durante años; a todas las ilusiones que se había hecho desde que conoció a David; dejando en nada los hijos que había imaginado; pasando fugazmente por el mundo sin imprimir la menor huella...

Morir cuando todo empezaba a ser hermoso; cuando acababa de convertirse en mujer; cuando esperaba comenzar a dar los frutos para los que había venido preparándose durante tanto tiempo. Morir a los veinte años porque un viejo mercader quería ganar diez mil dólares y un jeque enriquecido necesitaba carne fresca.

Morir oscuramente y en silencio, para servir de pasto a los tiburones del mar Rojo, y quedar para siempre como una incógnita en el recuerdo de David, que podría vivir cincuenta años preguntándose noche tras noche dónde la ocultarían.

¡Oh, Dios! ¿Dónde está el Siglo Veinte? ¿Dónde está cuanto aprendí en la escuela y la Universidad; cuanto me dijeron que constituía diez mil años de civilización?

¿Podía haber estudiado en la Sorbona y ser esclava; hablar cinco idiomas y verse engordada como animal de matadero?

¿Es que no había una sola voz que se alzase contra el destino de los millones de seres que aún vivían peor que las mismas bestias?

Recostó la cabeza en la pared de tierra endurecida y cerró los ojos. No podía quejarse. ¡No tenía derecho a quejarse! Lo que le ocurría, había ocurrido a miles de africanos antes que a ella, y ella, Nadia, jamás se había preocupado de alzar la voz en su defensa.

Sabía que la esclavitud continuaba en el Continente. Había leído informes, datos y cifras, pero nunca quiso conocer a fondo lo que existía de verdad tras todo aquello. Para ella, los problemas de África habían sido siempre los problemas de la «Nueva África», y no los que perduraban arrastrados por una tradición de siglos.

Comprendía ahora que sabía mucho sobre el sindicalismo negro, pero poco sobre la vieja esclavitud; mucho sobre la reacción del nativo frente a la ciudad ultramoderna, pero poco sobre el canibalismo del Camerún; mucho sobre el movimiento de la «negritud», su arte, su música y su literatura, pero poco sobre los «hombres-leopardo», la diosa Elegbá, o el poder de los hechiceros.

Tal vez, inconscientemente, se había negado a admitir que existiera «aquella otra África» de la que cabía avergonzarse, como se avergüenzan los hijos del origen de sus padres.

Lo quisiera o no, ahora debía admitir que ella, Nadia, aún ashanti y universitaria, era nieta de la selva y el tam-tam; de la piel de león y las caravanas de esclavos; de la diosa Elegbá y los caníbales del Camerún...

Era africana, y el Siglo Veinte se resistía a aceptarla. Era negra.

Concluido el desayuno, extendió el mapa sobre el jeep, y dejó que sus hombres le rodearan, atentos a sus órdenes.

—Howard y Mario se abrirán hacia el Noroeste, buscando enlazar con los muchachos que cuidan el pozo Sidi-el-Numia —comenzó—. Vargas y Pisaca cubrirán el ala sur, y Alexander, Miranda y yo, el centro... —Señaló con el puño de su fusta a Razman—. Tú irás con M'Taggart a echarle un vistazo a las «Casas de engorde»...

—¿Todas...? —se asombró *el Turco*.

—Tienes tiempo... Si esa caravana viene desde tan lejos, se tomará un buen descanso antes de adentrarse en el desierto. Atentos, sobre todo, a las casas de Al-Goz, el prostíbulo sospechoso de las afueras de Guereda y la plantación de Zeda-el-Kebir.

—Nunca hemos encontrado nada donde Zeda...

—Es astuto ese «cara de ratón» —intervino M'Taggart—. Pero creo que oculta algo. A nadie se le ocurre establecerse en un lugar tan inhóspito...

—Abastece a las caravanas... —Razman hizo una pausa—. Y se burla de nosotros el muy hijo de puta... La última vez, galopé cinco días tras una pista falsa...

—No le escuches entonces —aconsejó Alec Collingwood—. Limítate a hacerle una visita de cortesía,

155

pedir hospitalidad por una noche y mantener los ojos bien abiertos...

El Turco hizo un mudo gesto de asentimiento.

—¿Punto de reunión? —preguntó después.

—Aquí mismo lo más pronto posible... —sonrió burlón—. No os dejéis prender demasiado por los encantos de las putas de Guereda...

Se estrecharon las manos, y se abrazaron con afecto, entre bromas y recomendaciones de cuidar el pellejo. Luego, cada cual montó su camello y se alejaron de dos en dos.

Empezaba la caza.

Una hora más tarde, ni siquiera se divisaban entre sí, y no se verían durante mucho tiempo, pese a que desde ese instante toda su atención estaría puesta en distinguir la más ligera señal de vida en la solitaria llanura.

Howard y Mario galoparon durante todo el día, siempre hacia el Nordeste, cenaron juntos, y el italiano mantuvo la acampada, mientras su compañero continuaba hacia Sidi-el-Numia.

Alec Collingwood permaneció en el oasis, junto a Miranda y David, hasta después del almuerzo, y luego comenzó a ensillar su montura.

—Usted usará el jeep —dijo—. Miranda se quedará aquí, como centro del arco y yo cubriré el Nordeste. Aléjese hacia el Sur un par de horas, esconda el vehículo entre las dunas, y trepe a una de ellas. Vigile de noche, y en las primeras horas del amanecer. Luego, recorra los alrededores buscando huellas que no estuvieran el día antes. Duerma desde las once hasta la caída de la tarde, y nunca encienda fuego.

—¿Qué comeré?

—Provisiones frías de ese saco. Cuando se le acabe el agua, venga aquí a por más... Y si en plena noche distingue una caravana en marcha, venga corriendo. Ninguna caravana decente camina de noche...

—¿Y si camina de día...?

—No se aproxime... o Pisaca o yo, la veremos también, y le buscaremos para interceptarla juntos...
—Le tendió el «Remington»—. Si se ve obligado a usarlo, no lo dude... Casi medio centenar de miembros del «Escuadrón Blanco» fueron asesinados de noche y por la espalda, así que mantenga los ojos

bien abiertos y el dedo en el gatillo. A la hora de dormir, asegúrese de que no hay nadie cerca, y busque un buen escondrijo...

—¿Esta es su vida siempre...?

—Cuando tenemos noticias de una caravana y queremos interceptarla...

David agitó la cabeza como si le costara trabajo comprenderlo.

—¿Pero por qué lo hacen? —insistió—. ¿Por qué?

—Cada cual tiene sus razones —respondió el otro—. Para Howard, es una forma de amar a Dios... Para Mario, una aventura. Y quizá también para M'Taggart... Yo cumplo una promesa... Pisaca huye de unos enfermos que le aterran... Y si usted no logra recuperar a su esposa y llega a sentirse solo y hastiado de la vida, vendrá a luchar por impedir que otras mujeres corran el mismo destino...

—Entiendo... ¿Seré una especie de Malik-el-Fasi...?

—Malik es, en parte, uno de nosotros... —Le tendió la mano—. ¡Suerte...! —Montó en su «arregan», le obligó a ponerse en pie y se dispuso a partir.

David señaló a Miranda:

—¿Va a quedarse aquí sola, sin camello ni vehículo...?

—No se preocupe... Sabe cuidarse... Vendré a verla de vez en cuando, y usted cada dos o tres días; cuando necesite agua...

Golpeó el «arregan» con el talón del pie desnudo —se había descalzado al montar— y emprendió un corto trote alejándose hacia el Nordeste, tras las huellas de Howard y Mario.

—Deben de estar todos locos —comentó David. Permaneció unos instantes pensativo, como recordando algo—. ¿Qué es eso de las «Casas de engorde»?

El turco Razman y el inglés M'Taggart tardaron dos días en llegar a la vista de los sucios muros de adobe de Al-Goz.

Hicieron alto en un campo de dunas a media hora de distancia de las primeras casuchas, y Razman sustituyó sus ropas por una simple chilaba descolorida, tocándose la cabeza con un ancho turbante y cubriéndose el rostro con el velo azul del Pueblo de la Lanza.

Con la caída de la tarde se alejó hacia el poblacho, que se alzaba al borde de una «sequía» sin rastro de agua la mayor parte del año. Dos asnos daban vueltas a una noria, y media docena de chicuelos desnudos y con el vientre hinchado jugaban a perseguirse entre las patas de los burros.

Al-Goz apenas era algo más que un amontonamiento de chozas de barro, tan apretujadas las unas a las otras, que se diría que el terreno debía de costar fortunas, cuando, en realidad, la inmensidad del desierto libre y sin dueños la circundaba.

Concluidas las casas, se alzaba el campamento de los nómadas —tuareg y tebas—, la mayoría de los cuales se habían establecido allí muchos años atrás, pero continuaban prefiriendo la transitoriedad de sus jaimas de piel de camello a la perdurabilidad de las chozas.

Razman avanzó sin prisas por entre el dédalo de callejas, esperó a que las sombras de la noche cayeran por completo, y fue a golpear levemente una puerta más entre las puertas, en una casa idéntica a cualquiera de las casas.

Un hombrecillo de nariz aguileña y ojos llorosos asomó por un ventanuco.

—Está cerrado —dijo.

Razman dejó caer el velo de su cara, al tiempo que respondía en voz alta:

—Se rompió la tira de mi sandalia, y necesito que la repares.

El aguilucho avanzó su rostro de miope, estudió sus rasgos, y abrió la puerta para dar paso a un taller de zapatero, sucio y lóbrego, en el que una triste vela maloliente apenas bastaba para alumbrar los rincones.

—*Aselam aleikum* —saludó el *Turco* al entrar.

—*Aselam aleikum* —replicó el zapatero—. Me alegra verle, efendi...

El otro se dejó caer en un taburete frente al banco de trabajo, estiró las piernas, sacó de algún lugar un cigarrillo y una larga boquilla de oro, y tomó fuego de la vela.

—¿Fumas? —preguntó.

El viejo cara de águila tomó el cigarrillo con manos temblorosas y gesto ávido y lo prendió a su vez, aspirando con infinita delectación:

—¿Americano? —inquirió luego.

—¿Cómo puedes confundir un cigarrillo turco con esa porquería que fuman los americanos? —se molestó Razman.

—Perdona, efendi, perdona... —se disculpó—. Uno es un pobre zapatero y no entiende...

—¿Alguna novedad? —inquirió *el Turco* de improviso.

El viejo permaneció unos instantes pensativo, y por último agitó la cabeza.

—Nada, efendi, nada... —aseguró—. Hace un mes acampó en las afueras una caravana, pero puedo asegurar que estaba limpia... Tal vez algo de hachís, pero ni un solo esclavo...

—¿Y ahora? ¿Ninguna actividad en las «Casas de engorde»...?

—Ninguna, efendi... Abdalah cerró su negocio y se fue a Abeché... El egipcio pronto hará lo mismo...

Los traficantes saben que vigiláis Al-Goz, y no se arriesgan —carraspeó—. Si me descubrieran, me cortarían el cuello... —Se interrumpió y se inclinó hacia delante con gesto suplicante—. Corro mucho peligro... —añadió—. Demasiado para el dinero que me pagas...

Razman agitó la cabeza negativamente y sonrió:

—No corres ningún peligro, viejo avaro... Hace seis meses que no me das una información que valga nada... Estoy tirando mi dinero a la basura...

—¡No tengo la culpa de que los traficantes desvíen su ruta! —se lamentó el zapatero—. ¿Qué más desearía yo que darte buenos informes...? Ya viste que en cuanto llegó aquel traficante etíope yo te...

—¡Oh! Llevas dos años viviendo del recuerdo de la caravana del etíope —protestó *el Turco*. Luego se inclinó hacia delante, aplastó el cigarrillo contra el banco de madera y apuntó con la boquilla de oro a su interlocutor—. Ahora puedes ganarte un buen dinero... —prometió—. Tienes que abrir bien los ojos, e investigar no sólo aquí, sino en todo el territorio... Aguardamos el paso de una caravana que trae una cautiva importante... Una hermosa ashanti de Costa de Marfil... —Hizo una pausa y dejó caer suavemente su promesa—. Si consigues la información, te ganarás quiuientos dólares...

—¿Quinientos dólares? —se asombró el zapatero—. Quinientos dólares... ¿Cuántos «Francos-Cefa» son quinientos dólares...?

Razman comenzó a echar la cuenta mentalmente, pero al fin desistió, e hizo un gesto con la mano.

—Más de lo que has visto en tu vida —dijo al fin—. Suficientes para comprarte tres esposas jóvenes —rió.

—¿Para qué quiero yo esposas jóvenes...? —masculló el viejo aguilucho—. Prefiero una bicicleta...

—¿Una bicicleta?

—De esas que les echas gasolina y corren solas... El «majarrero» tiene una...

Razman *el Turco* se puso en pie y se encaminó a la puerta... Se volvió desde allí.

—Tendrás tu bicicleta si encuentras a la chica... —prometió—. Sabes cómo avisarme...

Salió a la noche y cerró a sus espaldas. Se cercioró de que no había nadie por los alrededores, y emprendió, con paso vivo y el oído atento, el camino de regreso hacia donde le esperaba M'Taggart.

El inglés se limitó a alzar la vista.

—Prepara jabón y desinfectante —bromeó Razman—. Vamos a visitar las putas de Guereda...

Contempló absorto el lagarto indeciso. Se movía intermitentemente, de la sombra al sol y del sol a la sombra, tratando de regular la temperatura de su cuerpo. Era un animal de sangre fría, sin sistema orgánico de refrigeración, y su vida transcurría, por tanto, en aquel ininterrumpido trajín, de un suelo candente a un precario refugio.

Pronto, el sol alcanzaría su cenit, sumiéndole en una densa modorra que no llegaba a ser sueño, agitado y sudoroso, asaltado de pesadillas que, más tarde, le mantendrían desvelado durante horas.

Salvo el lagarto, todo era quietud a su alrededor. Ni un hálito de vida, ni un soplo de viento, ni un rumor que rompiera aquel silencio bochornoso y seco.

Los animales de la llanura habían huido, aunque no podían estar muy lejos. Allí, bajo la arena y las piedras, entre las raíces y los matojos, dejaban pasar el día, aletargados, aguardando la llegada de las horas más frescas, y la noche.

¡La noche!

Horas tumbado sobre una duna golpeada por el viento, temblando de frío, con los ojos doloridos de tanto mantenerlos abiertos intentando distinguir en las tinieblas un movimiento humano que jamás llegaba.

Y en esa noche, el silencio se convertía en mil ruidos: la hiena que reía a lo lejos; el antílope que corría nadie sabía dónde; el fenec que acechaba a su víctima; las serpientes que se deslizaban como un susurro; las aves que se llamaban impacientes; el aletear de los murciélagos...

Y piedras que crujían al enfriarse, y arbustos que murmuraban con voz rasposa al impulso de la brisa, y luego, en la madrugada, las infinitas quejas del viento...

También existían, desde luego, los mil rumores que su imaginación creaba: el arrastrarse de un beduino que viniera a asesinarle; el tintinear de los arreos de los camellos de una caravana; la voz de Nadia.

¿Cuántas noches había jurado oírla? ¡Era ella! No cabía duda de que era ella, e incluso podría asegurar que le llamaba, que corría por alguna parte, allí delante, y le gritaba: ¡David! ¿Dónde estás?

¿Dónde estoy...?

Aquí estoy, amor, con los ojos abiertos a la noche; completamente solo frente al más desolado paisaje de la tierra, manteniendo la inútil esperanza de verte aparecer para poder salvarte.

Aquí estoy, amor, buscando tu cuerpo junto al mío, sintiendo tus labios en mi boca, aspirando tu olor que me confunde.

Aquí estoy, tan abandonado e impotente como no lo estuvo jamás hombre alguno, sintiendo cómo la ira me devora día a día las entrañas de tanto odiar sin saber a quién odio...

Allí estaba: despierto a medias y a medias dormido, como si días y noches fueran un sueño; con la confusa sensación de ser únicamente testigo de cuanto estaba ocurriendo, extraña historia de la que otro era el protagonista: un segundo «yo», al que se limitaba a observar mientras dormía, hacía guardia, o contemplaba absorto lagartos indecisos...

Ni un solo incidente, ni la más leve señal de vida humana, sin más compañía que las estrellas, pues se diría que todo estaba en contra suya, y ni aun la Luna se había dignado aparecer en el cielo africano.

A veces, para vencer el sueño, trataba de imaginar lo que estaría haciendo en aquellos momentos si se encontrara en Roma, París, o Londres, y por más que se esforzaba, le costaba trabajo hacerse a la idea de que las ciudades continuaban existiendo y millones de seres humanos vivían y morían entre automóviles, casas, humo y luces de neón.

¿Era la misma Tierra, o había cambiado sin darse cuenta de planeta?

Tan sólo una noche, una sola, se vio de pronto transportado de nuevo al Siglo Veinte, cuando le llegó, muy alto, un trueno apagado y monótono, y pudo distinguir —entre millones de estrellas— la verde y roja de los extremos de las alas de un inmenso avión.

Ya una vez había hecho ese viaje, en pleno día, contemplando durante horas la inmensidad amarilla y monótona.

—¿Imaginas lo que sería caer ahí?

Nadia miró hacia abajo y sonrió levemente.

—No; no puedo imaginarlo. Me aterra. De niña leí la historia del *Lady Be Good*, un bombardero que se desvió de su ruta y cayó en el desierto durante la guerra. Su tripulación estuvo caminando una semana, siempre de noche, y descansando de día —se interrumpió en un inciso—. Recuérdalo, si alguna vez te pierdes: es la única forma de no deshidratarte...

Un bache del avión impuso un silencio. Al rato, preguntó:

—¿Qué fue de ellos?

—¿Quiénes?

—Los del avión... ¿A dónde llegaron?

—A ninguna parte... Diecisiete años después, encontraron sus restos a más de cien kilómetros del avión, en dirección al Mediterráneo... Pero aún faltaban seiscientos kilómetros para llegar al mar... El Sáhara no perdona. Hace diez años, una caravana de dos mil hombres y mil ochocientos camellos desapareció tragada por la arena...

Contempló una vez más la desnuda y árida llanura sin accidentes. Probablemente, existían regiones de aquella inmensidad que nunca nadie había visitado, y en realidad, el hombre jamás debió poner el pie en el Sáhara desde que se convirtió en desierto. Era absurdo, como absurdo resultaba aquel lagarto que se veía obligado a cambiar de posición a cada instante. Mejor haría en emigrar de una vez por todas.

Nunca comprendió por qué hombres y animales se

aferraban a un lugar para vivir y continuaban en él aun en contra de toda lógica.

—¿Cómo puede saber un animal que existe otro tipo de vida? —inquirió Nadia cuando surgió la discusión.

Tenía razón: un animal no podía saberlo, pero los hombres...

Los hombres seguían allí: en Niger, Alto Volta y Malí. En el mismo Chad en que ahora se encontraba, a caballo entre las arenas y la pradera, muriéndose de sed y hambre, emigrando hacia el Sur cuando ya no quedaba esperanza alguna, pero regresando siempre, como si un imán oculto les atrajera hacia los arenales.

¿Era quizás ansia de sentirse libres? ¿O era, tan sólo, una querencia instintiva, una necesidad de morir donde se nació...? Cuanto más primitivo el hombre; cuanto más cerca está del instinto, más apegado se encuentra a su lugar de origen.

¿De qué otro modo podía entenderse que alguien deseara vivir en semejante infierno...?

Y, sin embargo, al caer la tarde, en la serenidad de la noche o la belleza de los amaneceres, cuando el calor aún no había hecho su aparición, el Sáhara ejercía una extraña fascinación que podía atraer al hombre, llenar su alma como no conseguía llenarla ninguna otra tierra de este mundo, y obligarle a sentir, más tarde, una dulce nostalgia por los espacios vacíos.

Obligarle, sobre todo, a recordar aquella indescriptible sensación de libertad que podía experimentarse al girar la vista alrededor y sentirse completamente solo en este mundo, minúsculo frente a la grandeza del paisaje, pero infinitamente grande al mismo tiempo; único dueño de la planicie sin horizontes.

El lagarto corrió a la sombra, a refrescar su sangre, y David dejó que le pesaran los párpados y una dulce somnolencia se alejara del pesado calor del mediodía.

En el sucio charco al sur de **Guereda** lograron desprenderse del olor a puta.

Era una mezcla de sudor rancio con perfume barato, azafrán de teñirse las palmas de las manos y aceite de ricino.

Hugh M'Taggart regresó de devolver tras un matojo, y se dejó caer pesadamente junto a *el Turco*.

—No sé si fue la bebida, el «cuscús» de mierda, o el recuerdo de esa sucia gorda... —Intentó sonreír—. A veces el deber exige demasiado...

Razman le golpeó afectuoso la pierna:

—No te quejes... —señaló—. Después de tres meses de desierto, una mujer es siempre una mujer...

—¡Ésa, no! —negó convencido.

Terminaron de vestirse y comenzaron a ensillar sus monturas.

—¿Crees que tampoco aquí hay nada...? —inquirió el inglés.

—Al menos, no en el prostíbulo... La vieja tenía auténtico interés en que nos quedáramos toda la noche con sus chicas. De esconder gente, hubiera preferido liquidar pronto el negocio y que nos fuéramos...

—Me cuesta admitir que se dedique a engordar gente...

—¿Por qué no? ¿Te fijaste en la chiquilla del

velo...? Me juego el cuello a que se la compró a un traficante que se detuvo a engordarla en su casa...

Hugh M'Taggart sonrió:

—¿Nunca le has pegado fuego a un prostíbulo? —inquirió.

El Turco se rascó la cabeza.

—No —admitió—. Es lo único que no he hecho en un prostíbulo, pero si te apetece, al regresar, lo hacemos...

Se pusieron en marcha en dirección a la aislada casucha de Zeda-el-Kebir, agricultor, ganadero, abastecedor de caravanas y traficante de marfil, pieles y telas preciosas...

Fue una larga jornada. La sabana había dado paso a una pelada meseta rocosa a la que el sol sacaba destellos, y sobre la que las bestias marchaban incómodas. Paisaje hostil, agreste y desnudo; rojizo y negro; una especie de inmensa caldera apagada, pero que aún conservara el calor de un fuego reciente.

Al otro lado, ya cara al desierto, se abría una vaguada; una mancha de color verde, con una gran casa de adobe de dos cuerpos que se alzaba como un mojón de vaca en la planicie.

La estudiaron en silencio.

—Parece inofensiva —admitió M'Taggart.

—Ya nos han visto —señaló su compañero—. Aquel negro no nos quita ojo y avisó a la casa...

Se aproximaron lentamente y vieron al hombrecillo de cara de comadreja salir a su encuentro con grandes aspavientos y muestras de alegría.

Un negro de rostro huidizo y ojos inquietantes —el primero que les viera— acudió a hacerse cargo de las monturas, que chillaron molestas por la presencia del extraño.

—¡Bien venidos...! ¡Bien venidos! —repetía una y otra vez, empalagoso, Zeda-el-Kebir—. ¡Cuánto honor para mi casa recibir la visita de tan importantes caballeros!

Le siguieron al interior de la vivienda, fresco y umbrío en contraste con el fuego que quedaba fuera, y cuando sus ojos se acomodaron a la penumbra, pudieron distinguir a un hombre que fumaba voluptuoso su narguilé, recostado entre cojines en el rincón más apartado de la estancia.

167

—Permítanme que les presente a mi huésped, el honorable Suleiman Ben-Koufra, comerciante de Al-Fasher, en Sudán, con el que espero asociarme pronto en un negocio de transporte de sosa...

—¿Sosa del lago?

—Naturalmente...

Tomaron asiento. Zeda-el-Kebir batió palmas y al instante apareció una mujeruca con té y galletas que sabían a rancio.

—Nunca imaginé que te interesara el negocio de la sosa —comentó Razman—. Lo tuyo siempre fue marfil, pieles y sedas...

—Los tiempos cambian; los tiempos cambian... Y la proposición de mi amigo Suleiman es buena, muy buena... ¿No es cierto, Suleiman?

—Muy cierto —intervino el otro por primera vez—. El ganado sudanés cada día necesita más sosa...

—Tenía entendido que la última gran sequía había reducido a la mitad el ganado sudanés —intervino M'Taggart—. Lo lógico sería que cada día necesitaran menos sosa...

Suleiman sonrió sin inmutarse.

—Confiamos en Alá, y en que las Naciones Unidas y los norteamericanos nos ayuden a reponer pronto nuestro ganado —dijo—. Entonces necesitaremos sosa... —aspiró una nueva bocanada de humo y agitó la boquilla en dirección a los extranjeros—. ¿Y cuál es su negocio en esta parte del mundo?

Los labios de *el Turco* se apretaron en una sonrisa helada.

—Aplastar cucarachas —susurró.

—¡Oh! Entiendo, entiendo... —admitió el sudanés—. ¿Perteneces a ese misterioso «Escuadrón Blanco»? —inquirió—. Es ése su nombre, ¿verdad?

—«Grupo Ébano»... Sí, pertenecemos a él —aceptó M'Taggart—. Resulta absurdo ocultarlo, puesto que su amigo Zeda lo sabe...

—Curioso, curioso... —El mercader agitó la cabeza pensativo, aceptó la taza de té que Zeda-el-Kebir le servía, y alzó la vista hacia Razman—. Y dígame —añadió—: ¿Qué acostumbran hacer cuando capturan a un traficante de esclavos?

—Antiguamente los entregábamos a las autoridades, pero pronto descubrimos que sobornaban a los jueces. Desde entonces, imponemos nuestra ley.

—¿No resulta un tanto extraño que unos extranjeros puedan imponer su propia ley en un país independiente como el Chad...?

—El presidente tiene confianza en que nuestra ley es justa. Desea limpiar su país de la plaga de los mercaderes de esclavos, y por ello nos deja las manos un poco sueltas...

—Comprendo... ¿Y qué castigo imponen ustedes a un traficante?

Razman le miró fijamente:

—¿Qué castigo impondría a un hombre que hubiera raptado, asesinado, esclavizado, violado y castrado a docenas de hombres, mujeres y niños? —inquirió.

Suleiman R'Orab, alias Suleiman Ben-Koufra, meditó unos instantes, y por último afirmó convencido:

—La muerte.

Se hizo un silencio en el que todos sorbían su té con infinita calma, como meditando en la justicia del veredicto.

El sudanés advirtió que su narguilé se había apagado y se inclinó hacia delante para prenderlo. Descruzó las piernas y uno de los pies, sobre los que estaba sentado al estilo saharauí, avanzó sobre la alfombra.

—Hermosa bota —señaló Razman.

—Sí. Y muy cómoda —admitió Suleiman.

—Hay que admitir que los nigerianos son los únicos que saben haber buenas botas aquí en África...

—La mejor piel de Kano, con suela de caucho de Benín, fabricadas en Lagos y... —se interrumpió ante la expresión de Razman, y rápidamente ocultó la mano bajo un cojín, en procura del arma que allí escondía, pero Hugh M'Taggart fue más ágil y le aferró la muñeca.

Sonó un disparo.

El inglés se inclinó hacia delante, con el cerebro atravesado por una bala que le entró por la nuca y le salió por el ojo derecho. Razman dio un salto y buscó su revólver, pero Amín disparó nuevamente desde la puerta, destrozándole el brazo, que quedó inerme, como una rama tronchada e inútil.

El Turco sintió cómo la fuerza del impacto le empujaba contra la pared, y se deslizó por ella hasta quedar tendido en la alfombra, a los pies del mercader.

El negro avanzó amartillando de nuevo su rifle, pero Suleiman se interpuso:

—¡Espera! —ordenó.

Razman descubrió en los ojos de Amín un destello asesino y un ansia incontenible de apretar el gatillo y se dio por muerto, pero el traficante ya había aferrado el cañón del arma.

Se arrodilló frente al herido:

—¿Dónde está el resto de tu gente? —inquirió.

—Esperándote en el desierto, hijo de puta.

—Eso lo imagino. Pero, ¿dónde?

—Sabes que no te lo diré...

Señaló al negro que aguardaba:

—Amín es capaz de hacerte hablar...

—Probablemente. Pero nunca podrás saber cuándo te diga la verdad. El desierto es muy grande. Mi gente está en todas partes, y en ninguna...

Suleiman guardó silencio. Pareció comprender que el interrogatorio no le llevaría a nada. Amín continuaba con el dedo en el gatillo y Zeda-el-Kebir revoloteaba de un lado a otro como pájaro enjaulado, entre saltos y lamentos.

—La ruina —sollozaba—. Esto puede llevarme a la ruina... ¡Un muerto en mi casa!

—¡Oh, calla! —se impacientó el sudanés—. Déjame pensar... —Se volvió a su pistero—. ¿Cuándo podrá estar lista la caravana?

—Dentro de una semana... Necesitamos por lo menos treinta camellos...

—Bien... Iré a contratarlos a Guereda... —Ahora se dirigió a Zeda—: ¿Cuánto tiempo tardará el «Grupo» en echarles de menos?

El hombrecillo se encogió de hombros.

—No lo sé... No tengo la menor idea. Pero debes irte cuanto antes, llevarte a tu gente, y a estos dos...

—Los enterraremos esta noche en las dunas. —Contempló a Razman, que observaba como hipnotizado el cadáver de su compañero—. ¿Qué se siente al saber que mañana te estarán comiendo los gusanos...? —inquirió.

El Turco levantó la vista hacia él.

—Miedo.

—¿Miedo? —Suleiman rió divertido—. Siempre creí que los miembros del «Grupo» nunca sentían miedo... No puedes tener miedo —afirmó—. No «debes» tener miedo, o me harás perder respeto a tu gente...

—Si estuvieras aquí sentado, con un brazo inútil y tres hijos de puta enfrente, no tendrías miedo... —señaló *el Turco*—. Te andarías cagando, cerdo inmundo... —agitó la cabeza—. Anda, di a ese negro de mierda que dispare de una vez.

—¿Cómo? —rió el mercader—. ¿No te gusta Amín...? Es una pena... Una verdadera pena, porque te aseguro que a Amín le gustas... A Amín le gustan todos: hombres, mujeres, niños... ¿No es cierto, negro? —Tomó a Razman por la barbilla y le obligó a alzar la cara—. ¿Y sabes lo que he descubierto...? Le gusta más la gente cuando sabe que va a morir... Ser el último en disfrutar de alguien, le excita... ¿No es verdad, negro?

Amín no respondió. *El Turco* había palidecido, apretó los dientes y reclinó la cabeza en la pared con un gesto de dolor. De pronto, dio un salto como si un resorte se hubiera soltado en su interior, voló por el aire y su mano izquierda buscó desesperadamente el revólver de Suleiman que había quedado sobre el cojín, junto al cadáver de M'Taggart.

Giró sobre sí mismo con el arma en la mano, pero Amín fue más rápido y apretó el gatillo por dos veces alcanzándolo en el pecho. Razman quedó encogido sobre sí mismo sin fuerzas para alzar el brazo.

Tosió, escupió sangre y miró a Suleiman con un gesto de suprema fatiga.

—Déjame verla —rogó.

—¿A quién?

—A ella... Quiero saber si es como dicen... —tosió de nuevo—. Si valió la pena...

El sudanés se arrodilló frente a él.

—¿Qué tiene? ¿Por qué todos la buscan...?

—Eso es lo que quiero saber, viejo —masculló con un supremo esfuerzo—. Déjame verla...

Suleiman hizo un gesto a Amín, que apartó el arcón, quitó la alfombra y descendió al sótano. Razman, que había seguido con la vista sus movimientos, agitó la cabeza.

—Buen escondrijo, Zeda —admitió—. Buen escondrijo... Pero para ti todo acabó... Te juro que estás tan muerto como yo...

Regresó Amín arrastrando a Nadia. La aferraba por la muñeca, y la llevó frente al herido, que la observó con detenimiento. Sonrió.

—Valía la pena —admitió.

Quedó en silencio, contemplando un punto que se iba alejando, hasta que llegó un momento en que le resultó imposible ver algo más que sombras.

La encontró leyendo tranquilamente al pie de una palmera, como si en lugar de en el corazón del Sáhara estuviera disfrutando unas vacaciones en la Costa Azul.

La saludó con un gesto, se lanzó a la charca a refrescarse, y aún con las ropas empapadas fue a sentarse frente a ella.

—¿Alguna novedad?

—Ninguna... ¿Por su lado?

—Tampoco. Este desierto está realmente desierto —bromeó.

—Aún es pronto —admitió ella—. Si Alec está en lo cierto, los traficantes tardarán una semana en hacer su primer movimiento.

Se diría que esto va a convertirse en una especie de partida de ajedrez...

Miranda cerró el libro, buscó su paquete de cigarrillos, le ofreció uno y encendió ambos. Fumó con delectación.

—Más bien recuerda las «damas chinas»...

Se puso en pie, y se encaminó al pequeño campamento que había montado con ayuda de una lona y palos.

—¿Quiere que le prepare algo caliente?

—¿No sería molestia...? Estoy intoxicado de tanta galleta seca y lata de conserva...

—¿Unos huevos con jamón...?

—¡Dios santo...!

—Es lo bueno de este hornillo de gas... No hace humo...

Se aproximó y tomó asiento al lado de la cocinilla.

—¿No se siente muy sola aquí? ¿No tiene miedo?

—No —replicó—. Alec está más cerca que nunca... Cada dos o tres días viene a verme, y es más de lo que he tenido en mucho tiempo. Daría cualquier cosa por que ésta fuera mi vida siempre... —Señaló a su alrededor—. ¿Qué más puedo desear? Un oasis para mí sola, agua para bañarme y tiempo para leer y pensar...

—¿Pero no le aplasta saber la inmensidad del desierto a su alrededor?

—¿Por qué? Desierto significa que no hay seres humanos, y han sido siempre los seres humanos los que me han hecho daño... Nadie vendrá a molestarme, se lo aseguro... —Señaló con un gesto su arma—. Y si vienen, estoy prevenida... ¿Le conté que a mi compañera de habitación la violaron tres tipos en el ascensor, a una cuadra de Trafalgar Square...? —Cascó un par de huevos en el borde de la sartén y dejó que chisporrotearan alegremente. Sintió que las tripas le daban un vuelco, y la boca comenzaba a llenársele de saliva—. Le aseguro que si preguntáramos a todos los que luchan por subsistir en el tráfico de una capital superpoblada, la mayoría preferirían venirse a este oasis —concluyó—. Sería como una cura de descanso.

No contestó. Los huevos y el jamón estaban ya sobre el plato de estaño, y los atacó con un gran pedazo de pan que Miranda extrajo de una lata de aluminio. Ella le observaba con una sonrisa apenas perceptible, sorbiendo calmosa una taza de café.

Cuando hubo concluido, también aceptó café y un nuevo cigarrillo:

—¿Sabe lo que echo de menos? —señaló—. Mis cámaras... Debió permitirme traerlas... Me ayudarían a matar el tiempo de espera, fotografiando lagartijas, serpientes y matojos. Y el teleobjetivo me serviría de catalejo...

Guardaron silencio largo rato. Concluyeron el café, y contemplaron el imperceptible mecerse de las hojas de la mayor de las palmeras.

—¿Por qué el misterio? —inquirió de improviso David—. Me lo he estado preguntando todo ese tiempo, y no encuentro respuesta... —continuó—. Llegué a creer realmente que el «Grupo Ébano» fuera algo... —dudó—, ilegal. Y, sin embargo, se trata de la empresa más hermosa que haya llevado a cabo jamás ser humano alguno... ¿Por qué ese interés en mantenerla oculta...?

—Prudencia... —agitó la cabeza—. El misterio no es más que una norma de prudencia... Alec es uno de los escasos sobrevivientes del «Escuadrón Blanco»... Y el «Escuadrón» fue aniquilado. Todo el mundo conocía a sus miembros, su Cuartel General, en Trípoli, o la situación exacta de sus puestos avanzados, en Tefusa y Birket... El «Escuadrón» pereció por culpa de las traiciones... Los mejores, más nobles y más valientes hombres que ha dado la Humanidad en este siglo, murieron porque no se mantuvo la suficiente reserva... Por ello, cuando Alec decidió resucitar su espíritu, creando el «Grupo», aquí en Chad, prefirió permitir que se tejieran todas esas historias absurdas sobre espionaje, guerrillas, agentes provocadores, etc.

—Comprendo... —admitió—. Pero es una lástima que el mundo no conozca la realidad...

—Alec odia la publicidad... No tiene espíritu de artista de cine o presentador de Televisión...

—Sin embargo... Tal vez obtendrían más ayuda... Y la gente se enteraría de que existe el tráfico de esclavos...

Miranda agitó la cabeza con gesto pesimista.

—Si la gente no se entera, es porque no quiere —aseguró—. Cada mes, algún periódico, revista o agencia de noticias, publica un amplio estudio sobre el tráfico de esclavos... Es como sembrar en la arena. Apenas pasada la página, se olvida del destino y el sufrimiento de esos millones de seres encadenados... —Hizo una larga pausa—. La Humanidad se ha vuelto insensible al dolor ajeno y se preocupa mucho más por el último amante de Brigitte Bardot o el nuevo diamante de Elizabeth Taylor.

Hizo un leve gesto de asentimiento.

—Lo peor es que no lo comprendemos hasta que nos afecta... —sonrió irónico—. Me pasé la vida fotografiando a la Bardot y la Taylor, pero jamás publiqué una sola foto de un esclavo...

—Nadie es culpable, y nadie inocente...

David señaló con el gesto hacia el Nordeste, hacia donde debería encontrarse Alec.

—Tan sólo ellos están libres de culpa...

—Al menos, en lo que respecta al problema de la esclavitud en África... —admitió Miranda—. Pero para otros, serán cómplices del racismo en Sudáfrica, la destrucción de las tribus amazónicas, o de la aceptación sin repulsa de la dictadura chilena con sus crímenes y torturas... —jugueteó con un puñado de arena que dejó caer en diminuto chorro—. Los problemas son muchos, y si quisiéramos remediarlos todos, acabaríamos por volvernos locos...

Se puso en pie.

—Bien —admitió—. Creo que es hora de llenar el depósito y volver a mi puesto si no quiero que la noche me agarre en el camino...

Miranda le miró con simpatía.

—¿Cómo se siente en el desierto? —inquirió.

Se encogió de hombros.

—No lo sé... Quizá menos solo que si estuviera en la ciudad... Al menos, tengo la impresión de estar más cerca de ella... Sé que se encuentra en algún lugar, contemplando las mismas estrellas y pensando en mí, y es como si habláramos... —Hizo un gesto vago con la mano—. No sé si me explico, pero creo que la gente me impediría concentrarme en Nadia.

—¿No cree que, a veces, sería preferible no quererla tanto...?

—No. No lo creo... Aunque no llegara a encontrarla, mi vida tiene un nuevo valor y un sentido diferente desde que la conocí... De algo estoy seguro: la querré hasta el día en que muera, aunque no vuelva a verla nunca...

—La verá —señaló Miranda, convencida—. Estoy segura de que la verá...

No respondió. Se dirigió al jeep, tomó los depósitos de agua y los llenó en la charca. Luego puso el motor en marcha, y se despidió con un gesto de la mano.

—¡Recuerdos a Alec...!

—¡Suerte!

Le observó mientras se alejaba, encendió un cigarrillo y reanudó la lectura donde la había interrumpido.

David rodó, durante una hora, hacia el Sur, dejando a sus espaldas nubes de polvo y siguiendo las huellas de su propio vehículo, conocedor ya de cada detalle del camino.

Comenzaba a caer la tarde, el calor había aflojado, y las primeras aves, ratas del desierto, liebres y gacelas hicieron su aparición sobre la llanura. Llegaba una nueva y larga noche de vigilia; diez horas de contemplar las estrellas y tratar de penetrar más allá de las tinieblas. Diez horas de ruidos, de rumores, de susurros y de voces que no existían.

Los pesaron a la mañana, muy temprano. Habían
engordado casi cinco kilos por término medio, lo
cual no era mucho, si se tenía en cuenta que llegaron
famélicos y casi deshidratados.

Suleiman pagó el precio estipulado, y pagó por los
panes de sosa, el agua y las provisiones para el largo
viaje.

Pagó también por las «molestias» que había traído
la muerte de los dos intrusos y por la ayuda prestada
a la hora de conseguir camelleros poco amigos de
hacer preguntas.

El sol comenzó a hacer su aparición sobre las primeras dunas, cuando la caravana se puso al fin en
marcha, encabezada por Suleiman.

Amín, Abdul y cuatro de los vigilantes que habían
venido con ellos desde Nigeria y el Camerún, les despidieron a la puerta de la casa.

—Recuérdalo bien —recomendó el sudanés por última vez—. Nunca te pongas en marcha hasta que
la noche haya caído por completo...

—Y tú no vayas demasiado aprisa... —pidió Abdul—. Recuerda que llevamos mujeres y niños... Si
nos sorprende el amanecer sin alcanzaros, quedaremos al descubierto.

Suleiman hizo un amplio gesto con la mano dando
a entender que lo sabía, y animó con un golpe de
tacón a su montura.

—¡Andando! —ordenó.

Todos le siguieron; una treintena de animales de triste aspecto y poco peso, con jorobas fláccidas y bamboleantes que demostraban su poca reserva de grasa y su escasa resistencia a las largas marchas y las jornadas sin agua.

Bestias sin garbo y sin fuerza, sobrecargadas con enormes piedras de sosa que les obligaban a marchar vacilantes y malhumoradas, listas a lanzarlas al suelo al menor descuido, renuentes a alzarse nuevamente cuando se sentían otra vez cargadas.

Zeda-el-Kebir se había asombrado a la vista de la manada de desecho que el mercader había traído de Guereda.

—Te vendieron los peores camellos del desierto —comentó—. ¿Cómo te dejaste engañar de ese modo...?

—Son éstos los que quiero: los animales más débiles, flacos y encabronados de toda la región... —Sonrió, astuto—. Nuestras jornadas serán cortas, muy cortas— añadió—, y quien nos esté espiando, no se extrañará de que avancemos tan despacio con semejantes bestias...

Zeda-el-Kebir pareció comprender de inmediato:

—Debo reconocer que eres el más listo de los traficantes que pasaron por mi casa —dijo—. Todos pidieron siempre bestias fuertes y veloces para atravesar el desierto aprisa, o escapar en caso de peligro...

—Yo soy un viejo zorro —rió el otro—. Un viejo zorro, y nadie lleva tantos años comerciando con negros como Suleiman *el Cuervo*...

Poco a poco; muy poco a poco, la caravana se fue adentrando en el desierto entre voces airadas, denuestos de los camelleros y un constante detenerse a acomodar panes de sosa caídos aquí y allá.

Cuando ya no eran más que un punto en la distancia, Amín penetró de nuevo en la casa y bajó al sótano, donde Abdul revisaba las cadenas de los cautivos.

El negro se detuvo ante Nadia, que permanecía sentada en un rincón, y que tan sólo alzó el rostro cuando él le obligó a hacerlo con el mango del látigo.

—Suleiman se ha ido —dijo—. Y ahora soy yo el que manda...

Le observó largamente.

—Lo sé —admitió—. Pero antes de irse me recordó que si me tocabas te sacaría los ojos y te abandonaría en el desierto... ¿Crees que te compensa...?

—No lo sé, negra. No lo sé —admitió Amín—. ¿Pero qué ocurrirá si te corto el cuello y le digo que te perdiste en el camino?

Nadia señaló con un gesto a Adbul.

—¿Guardará el secreto...?

El negro se acuclilló frente a ella y la miró a los ojos. Su voz no denotaba inflexión alguna cuando dijo:

—Te abriré las piernas, negra —prometió—, aunque sea la última cosa que haga... —Hizo una pausa y trató de sonreír—. Resultaría más fácil si lo aceptaras de una vez.

Nadia le observó unos instantes, pensativa. Por último, pareció tomar una determinación.

—No hay más que un modo de conseguirlo —indicó—. Sácame de aquí, y te prometo hacer lo que quieras... Me tendrás hasta que te canses y luego te conseguiré esos diez mil dólares...

Amín la observó sorprendido.

—¿Me tomas por tonto? —inquirió.

—Tonto serás si dejas que Suleiman me lleve hasta el mar Rojo y me venda... ¿Qué obtendrás tú a cambio...? Me perderás, y él te recompensará con un puñado de monedas... —Hizo una pausa—. Pero si huimos juntos, me tendrás a mí y luego el dinero...

—¿Te acostarás conmigo?

—¿Por qué no? Cuando me vendan tendré que acostarme para siempre con quien me compre... A tu lado me queda la esperanza de ser libre algún día... —afirmó convencida—. Me conviene el trato.

Amín se rascó la cabeza pensativo, y de pronto reparó en que Abdul los estaba observando desde el fondo de la estancia. Se irguió fingiendo indiferencia.

—Lo pensaré, negra— prometió—. Lo pensaré.

Regresó arriba y se sentó junto a Zeda-el-Kebir, que fumaba hachís, y cuyos ojos aparecían llorosos y turbios. Aceptó el ofrecimiento, e introdujo un puñado de droga en la cazoleta.

—No me vendrá mal antes de adentrarme en ese sucio desierto...

—Largo camino te espera. No te envidio...

Aspiró el humo con placer, abandonándose por completo a él. Durante largo rato permanecieron así, fumando muy quietos y en silencio.

—¿Crees que vale ese dinero? —preguntó por último el negro.

Zeda tardó en responder y se diría que ya había olvidado la pregunta.

—El doble... Suleiman la venderá por veinte mil dólares, pero únicamente repartirá diez mil... Es un viejo marrullero ese sudanés...

De nuevo se hizo el silencio. Podría pensarse que se habían dormido o se encontraban muy lejos, en otro mundo, cuando Amín habló de nuevo con estudiada lentitud.

—¿En cuánto la comprarías tú, si, por una de esas extrañas circunstancias, alguien te la ofreciera...?

El hombrecillo de cara de comadreja entreabrió un ojo y estudió a su interlocutor como queriendo cerciorarse de que hablaba en serio.

—En el caso de que alguien la trajera nuevamente a mi casa —comentó en tono monótono—, estaría en condiciones de entregarle tres mil dólares en el acto, y garantizarle otros tres mil en cuanto hubiera concretado el negocio en Ondurmán...

No obtuvo respuesta. El rincón de la habitación se había llenado de un humo azulado y denso que los envolvía dulcemente y los iba hundiendo en una agradable somnolencia.

Fue Zeda el que concluyó sin darle importancia:

—Con seis mil dólares, un negro puede organizar su vida lejos de la ruta de las caravanas...

Amín no respondió, y resultaba imposible averiguar si estaba despierto o dormido.

Comenzaba a caer la tarde.

Desde lo alto de su montura, estudió con detenimiento el desierto a su alrededor. El suyo era un buen camello; un rápido mehari de largas patas, el único animal decente de toda la caravana. Zeda tenía razón: convenía asegurarse la posibilidad de escape en un caso de apuro.

Apareció al fin lo que venía buscando: una región de dunas que ofrecían un buen escondite y una magnífica atalaya desde la que vigilar cuanto ocurría en la llanura.

Hizo un gesto al jinete de la cabeza para que continuaran en línea recta, y espoleó su mehari en dirección a las dunas.

No se había equivocado: era un excelente lugar. Lo inspeccionó con detenimiento, y ascendió a la duna más alta, a contemplar desde allí el paisaje. La caravana era cuanto se distinguía, alejándose lentamente hacia el Nordeste. Fuera de ella, nada: ni hombres, ni bestias.

Extrajo de la funda unos potentes prismáticos, recorrió con ellos, metro a metro, el horizonte y sonrió satisfecho.

Se dejó deslizar por la arena, montó en su mehari, y se lanzó al trote en pos de la caravana.

Comenzaba a oscurecer cuando ordenó hacer alto. Sus hombres descargaron las bestias, montaron las jaimas, y encendieron un hermoso fuego que brillaría toda la noche.

Un repecho protegía el fuego del viento que llegaba del Nordeste, y lo ocultaba de las miradas indiscretas que pudieran provenir de allí. Sin embargo, en dirección opuesta, desde el Suroeste de donde habían llegado, la hoguera era ampliamente visible a muchas millas de distancia en la noche de la llanura sin accidentes.

Cuando oscureció totalmente, Suleiman R'Orab hizo un gesto a tres de sus hombres que habían concluido la frugal cena. Uno se armó de un pico y dos palas; el segundo cargó con un saco de provisiones, y el último se echó a la espalda una girba de agua.

Se perdieron de vista en las tinieblas, en dirección al grupo de dunas que habían dejado atrás.

Desde media tarde observaba el desierto sin necesidad de prismáticos, que dejó en manos de Abdul. Con las primeras sombras aprestó la columna de cautivos en el sótano de Zeda-el-Kebir, y en cuanto anocheció ordenó que se pusieran en marcha.

Dos de los esclavos, los más fuertes, cargaban al hombro una larga y gruesa lona amarillenta.

Antes de partir, Zeda-el-Kebir le retuvo del brazo:

—Seis mil dólares es mucho dinero —dijo.

Amín se limitó a inclinar la cabeza asintiendo, y se situó luego al frente de la columna, emprendiendo el camino con paso firme, rumbo al Nordeste.

Apenas había avanzado un par de kilómetros, y comenzaba ya a sentir la primera arena bajo los pies, ordenó hacer un alto.

—Una sola palabra, un lamento, un llanto, y le corto el cuello al que haya sido... —Se dirigió ahora a sus hombres—: Al que rechiste, degüéllenlo.

Reemprendieron la marcha, tan en silencio, que podrían haber pasado sobre la cama de un durmiente sin despertarlo.

Caminaron así toda la noche, sin un descanso, sin aflojar el ritmo un solo instante, y cuando un cautivo daba síntomas de desfallecimiento, el vigilante más cercano se limitaba a pincharle la espalda con la punta de su afilada gumia.

Amín, que iba a la cabeza, no parecía dudar respecto al rumbo, guiándose a veces por las estrellas, otras por las huellas de la caravana, y las más por una especie de instinto de animal salvaje o paloma mensajera, que le llevaba siempre en la dirección correcta.

Sobre las tres de la mañana, una luz mortecina, como una hoguera que brillase muy lejos, hizo su aparición en el horizonte.

Amín sonrió al verla y permitió que, por primera vez, el grupo se tomara un corto respiro.

El viento comenzaba a anunciar ya la proximidad del amanecer cuando alcanzaron la zona de dunas y una sombra que aguardaba les salió al paso de improviso:

—¡Amín! —llamó.

—Aquí estoy —señaló el negro.

—¡Vamos! —ordenó el recién llegado—. Por aquí...

Los condujo con seguridad por entre el dédalo de dunas, hasta donde sus compañeros concluían de cavar una fosa cuadrada de unos dos metros de profundidad por cuatro de ancho. Se detuvieron junto a ella y Abdul separó a los hombres de las mujeres, enviando a los primeros abajo, y permitiendo al resto tenderse al borde de la trinchera.

Uno de los camelleros que aguardaba repartió agua, el otro comida, y recogiendo sus palas y el pico, se alejaron con paso rápido hacia donde aguardaba la caravana.

Llegaban al campamento, cuando comenzaba a clarear.

Suleiman les aguardaba sorbiendo su té junto a la hoguera:

—¿Todo bien? —inquirió.

—Todo bien... Nadie los descubrirá...

Suleiman dejó el vaso sobre una piedra plana y se puso en pie.

—En marcha entonces —ordenó—. Pero sin prisas...

Una hora después, con el campamento recogido y las bestias cargadas, reiniciaron su camino hacia el Nordeste.

Ocultos tras la más alta de las dunas, Amín y Abdul les observaban y recorrieron con la vista los alrededores, cerciorándose de que no se distinguía otra presencia humana.

—Creo que aquí no tenemos nada que temer —comentó el libio.

Amín se volvió hacia la ancha fosa y los cautivos vigilados por el resto de sus hombres:

—Aun así, conviene enterrarlos.

—¿Por qué? ¿Para qué hacerlos sufrir sin necesidad...?

Amín lo miró despectivamente. Se diría que no se iba a dignar responder, pero pareció armarse de paciencia:

—Escucha, estúpido... —comenzó—. Si acostumbran estar al aire libre y un día los escondes, supondrán que alguien se aproxima y comenzarán a gritar para llamar la atención. —Hizo una pausa aguardando a que el otro captara su idea—. Pero si cada día los entierras un par de horas, y al que grite lo mueles a palos, nunca sabrán si están encerrados por costumbre, o porque alguien viene. ¿Está claro?

—Muy claro —admitió Abdul, y señaló con un gesto hacia Nadia—. ¿La encerrarás también?

—Naturalmente... —comenzó a dejarse deslizar por la duna—. Hoy, por ser el primer día, lo haremos antes de que el sol comience a pegar duro...

Al llegar abajo, llamó a los vigilantes y ordenó que extendieran la ancha lona a la cabecera de la fosa, asegurando los bordes con piedras y arena. Cuando hizo descender al fondo a las mujeres y los niños, quedaba tan poco espacio, que los cautivos no podían más que recoger las piernas bajo la barbilla. Vistos desde lo alto, eran como un mar de cabezas negras y ojos despavoridos.

Un chiquillo comenzó a llorar, y Amín le apuntó con el extremo de su látigo:

—Si no te callas, bajo y te estrangulo —advirtió.

Nadia pasó el brazo sobre el hombro del rapazuelo, y le apoyó la cabeza en su pecho, buscando calmarle. Poco a poco, entre hipos y mocos, el chiquillo dejó de llorar.

Arriba, los vigilantes comenzaron a desenrollar la lona cubriendo la fosa, pero alguno tuvo una idea que le pareció graciosa y comenzó a orinar sobre los de abajo. Amín y sus compañeros rieron la ocurrencia, pero Abdul se aproximó y de un empujón lo lanzó a la arena:

—¡Ya está bien! —ordenó—. Ya tienen bastante...

—Era sólo una broma —intervino el negro.

—¿Crees que están para bromas...? ¡Vamos! Cierra de una vez.

Cerraron el hueco asegurando los bordes de la lona con arena y cubriéndola luego con otra fina capa, aunque resultaba casi innecesario, porque ya la lona era de por sí de color claro. Concluida la tarea, un observador, desde diez metros de distancia, no hubiera podido sospechar nunca que allí se escondían una veintena de hombres, mujeres y niños.

Amín trepó nuevamente a la más alta duna seguido por Abdul, y estudió con detenimiento el resultado de su obra.

—Bien... —admitió satisfecho—. Borrando esas huellas, ni un halcón podría descubrirnos...

Cerró los ojos para evitar el llanto, pero aun así, sintió cómo dos lágrimas amargas y calientes se deslizaban hasta humedecer sus rodillas.

Por primera vez experimentó auténtica lástima de sí misma y su destino, hacinada junto a otros veinte desgraciados que no podían mover siquiera un músculo, casi asfixiados por el calor de sus propios cuerpos y el sol que comenzaba a recalentar la tierra. El aire faltaba a sus pulmones y tenían la seguridad de que si algún peligro se aproximaba, sus captores no dudarían en mantenerlos allí encerrados hasta morir.

Apenas distinguía más que sus propias manos, y tan sólo escuchaba la respiración ansiosa y jadeante de la mujer que tenía a su derecha, tan pegada a ella, que resultaba difícil averiguar dónde acababa una y comenzaba la otra.

Le vino a la memoria cuanto había leído del transporte de esclavos en los barcos negreros, cuando los capitanes apretujaban hasta quinientos hombres, mujeres y niños en una bodega, «como libros en una estantería o cucharas en un cajón», con un metro ochenta de largo para cada esclavo, cuarenta centímetros de ancho y cincuenta de alto, de forma que durante los meses que duraba la travesía no podían sentarse, ni erguir la cabeza, ni aun girar sobre sí mismos, porque corrían el riesgo de aplastar al vecino.

Siempre le había costado trabajo admitir que pudiera ser cierto, pero ahora, enterrada en aquella fosa del desierto, comenzaba a comprender que la crueldad humana llegaba mucho más allá de lo que hubiera sido capaz de imaginar nunca.

La mujer a su lado comenzó a agitarse, y tuvo la sensación de que realizaba rítmicos movimientos con los brazos, como si estuviera intentando desgastar las cadenas de sus muñecas.

—No te esfuerces —musitó—. Nunca lograrás quedar libre...

—¡Oh, calla! —replicó en tono impaciente—. Déjame ya...

Y continuó su frotar y frotar, con la respiración cada vez más agitada, con ligeros intervalos en los que descansaba, y otros en los que parecía realizar un supremo esfuerzo para no gritar.

El calor iba en aumento, y el hedor a sudor, excrementos, orina y miedo resultaba insoportable.

Cerró de nuevo los ojos, se tapó la nariz e hizo un esfuerzo por lograr que su imaginación se evadiera, la llevara muy lejos, la devolviera al pasado y a sus días de felicidad.

¡Frío!

¡Le gustaría tanto sentir frío...!

Recordaba sus inviernos en París, camino de la Universidad, enfundada en un grueso abrigo de piel sintética, con su graciosa gorra roja coronada por un pompón de marinero.

Recordaba el vaho de su aliento, el batir de palmas buscando calentarse las manos; el golpear de las gruesas botas contra el suelo nevado; el contacto de las bolas de nieve antes de lanzarlas a un compañero.

¡Frío!

Recordaba la pista de hielo del «Hotel Ivoire», en Adbidján, y el asombro de David cuando le hizo pasar de pronto de los cuarenta grados y el mundo negro del exterior, al blanco paisaje por el que se deslizaban patinadores africanos para los que la nieve y el hielo se encontraban tan lejos.

—¿Una pista de hielo en el centro de África?

—¿Qué tiene de extraño? —rió—. ¿No se está poniendo de moda aclimatar elefantes en los campos europeos? ¿Sabes patinar?

Absurda pregunta para quien había nacido sobre la nieve y había crecido con los patines y los esquís puestos...

Se lanzó a la pista, la tomó de la mano y por dos horas se encontraron otra vez en Munich, o en su casa, cuando la llevó a que conociera a sus padres.

¡Oh, Dios, qué gracioso había sido!

Al descender del coche, ella, tan negra, destacó sobre la nieve como mosca en un merengue. Por la expresión de la buena señora, dedujo que David le había escrito maravillas sobre su belleza, carácter e inteligencia, pero había olvidado mencionar el color de su piel.

Fueron unos minutos desconcertantes y los viejos la miraban como si les costara trabajo admitir la realidad.

—Hijo mío —dijo el padre al fin—. Debo admitir que es la criatura más hermosa que haya visto jamás... ¿Qué opinas, Emma?

—Opino que David ha pasado demasiado tiempo revelando negativos... —rió feliz—. Es broma, querida... Jamás soñé que este tonto fuera capaz de traerme una hija tan preciosa...

Se abrazaron.

Sintió que un líquido caliente y viscoso se deslizaba a lo largo de su pierna derecha.

Se volvió a la mujer que había dejado de jadear, pero le resultó imposible distinguir siquiera sus facciones.

—¿Qué estás haciendo? —inquirió.

Le respondió un susurro, como un suspiro profundo. La mujer se agitó, y dejó de sentir el líquido correr por su pierna. El niño, apoyado en su hombro, dormía inquieto.

Le acarició la cabeza, y trató de hundirse nuevamente en sus recuerdos...

Nunca pudo saber cuánto tiempo permanecieron en tinieblas. Cuando al fin apartaron la lona, y la arena y el sol cayeron sobre ellos, fue como si una puñalada de luz se les clavara en la retina y tuvieron que cubrirse los ojos con la mano.

—¡Fuera todos! —ordenó Amín—. ¡Arriba!

Comenzaron a ponerse de pie lentamente, entumecidos y empapados en sudor, entre lamentos y peticiones de agua.

—Arriba y tendréis agua... ¡Arriba!

Tiró de la mujer a la que estaba encadenada, que pareció no querer levantarse.

—¡Vamos! —rogó, pero no obtuvo respuesta.

Aguardó a que sus ojos se acostumbraran a la luz, y al fin se inclinó sobre ella.

—¡Levántate, o nos castigarán! —pidió, pero se interrumpió y tuvo que hacer un esfuerzo para contener un grito de horror. Sentada sobre un gran charco de sangre que la arena no había logrado absorber por completo, la mujer miraba sin ver el cielo sin nubes.

Se había desgarrado las venas frotándolas contra las cadenas.

—¡Dios misericordioso!

Amín pareció darse cuenta de la situación, porque de un salto cayó junto a ella, extrajo un manojo de llaves del bolsillo y hurgó en la cerradura hasta dejar libre a la difunta.

Luego, empujó a Nadia en pos de los cautivos que salían de la fosa sin dejar de mirar hacia atrás.

—¡Fuera! —ordenó—. ¡Fuera!

Se reunió con Abdul, que contemplaba desde lo alto el cadáver acurrucado:

—Suleiman se enfurecerá —comentó el libio—. A ese paso, nadie llegará al mar Rojo...

—Mañana quiero un hombre abajo, con una linterna... —se aproximó a Nadia, que se había sentado unos metros más allá, y observó la mancha de sangre en su pierna.

—¿Por qué no avisaste? —inquirió furioso.

—¿Cómo iba a saberlo? —replicó en el mismo tono, pero pareció recapitular—. Debí suponerlo —admitió—. ¿Qué otra cosa se puede hacer cuando se está ahí dentro? —Le miró fijamente y bajó la voz—. No lo soportaré otra vez... —añadió con firmeza—. Si quieres que escapemos juntos, vámonos ya...

El negro se acuclilló frente a ella:

—¿Estás decidida? —inquirió—. ¿Harás todo lo que yo te pida?

Asintió en silencio.

Amín parecía indeciso. Sospechaba una treta.

—¿No estarás tratando de engañarme? —insinuó.

Le miró de frente.

—Lo único que quiero es que no me lleven a Arabia... —replicó—. Cualquier cosa es mejor. ¡Huyamos!, pero pronto... —Hizo una pausa—. Si continuamos internándonos en el desierto, nunca podremos regresar...

El negro caviló unos instantes y por último asintió decidido:

—Mañana —prometió—. Mañana por la noche.

Se irguió despacio y regresó junto a Abdul, que no dejaba de observarle.

El punto se movía en la llanura, tan lejano, que resultaba imposible averiguar si se trataba de hombre o bestia.

Avanzaba rápidamente en el amanecer, como si tuviera prisa por llegar a alguna parte antes de que el sol comenzara a pesar sobre la llanura.

Comprendió que era un jinete, y por la dirección —viniendo del oasis— no le cupo duda de que se trataba de Alec.

Montó en el jeep y salió a su encuentro.

Era el inglés, en efecto, y tomaron asiento a la sombra del vehículo.

—¿Alguna novedad? —inquirió ansioso.

—Ninguna —admitió el otro. Guardó silencio un instante y agitó la cabeza—. Me preocupa el retraso de Razman y M'Taggart...

—¿Cuándo debían estar de vuelta?

—Hace ya una semana... Sus camellos son buenos: arreganes rápidos y resistentes, y ambos conocen el camino... —Encendió un cigarrillo, nervioso—. Ayer envié a Mario en su busca... Hará el viaje en sentido inverso, comenzando por la casa de Zeda-el-Kebir... Eso ha dejado desguarnecida toda el ala norte, hasta Sidi-el-Numia... Sólo Howard y yo patrullamos, y es mucho para dos hombres...

—¿Qué piensa hacer? —inquirió, preocupado.

—Nada... Rogar que Razman y Hugh regresen pron-

to y traigan alguna noticia... —Su voz denotó una
ligera esperanza—. Quizás hayan averiguado algo...

—No parece convencido...

—No, desde luego, aunque tenemos informadores
en los pueblos...

Le observó un instante. Al fin se decidió:

—¿Quién financia todo esto? —quiso saber.

Apenas se volvió a mirarle:

—¿De verdad le interesa?

—Mucho —admitió.

El inglés tardó en responder. Cuando habló, su voz
denotaba cierta tristeza:

—Lo financia un capitán negrero —dijo—. Un viejo canalla que forjó una fortuna transportando esclavos, asesinando gente, y engañando y robando a todo
el que se puso a su alcance... Con el tiempo —doscientos años— su fortuna fue creciendo y creciendo hasta
que vino a parar a mis manos. —Le miró y ensayó
una sonrisa—. Ironías de la vida, ¿no es cierto?

—Es usted un tipo extraño... —David parecía un
tanto confundido—. Tiene todo lo que un hombre
puede desear y una mujer maravillosa que le ama, y,
sin embargo, en lugar de disfrutar de lo que le ha
dado la vida, se arriesga a perderlo en este infierno... ¿Por qué?

—Repite usted demasiado esa pregunta, amigo
mío... Anda a la búsqueda de una respuesta lógica, y
en este caso, no existen respuestas lógicas... ¿Por
qué se arriesgan a despeñarse los alpinistas? ¿Por
qué un científico dedica cincuenta años de su vida a
perseguir un microbio escurridizo? ¿Por qué una
hermosa muchacha se mete a monja...? —Comenzó a
trazar dibujos en la arena con el mango de su látigo, y continuó hablando sin mirarle—. Los humanos
somos seres extraños y, afortunadamente, muy dife-
rentes los unos de los otros... Para la mayoría, este
desierto no significa más que el último rincón del
mundo, y esta lucha, un quijotismo trasnochado.
Para mí, en el desierto he llegado a encontrarme a
mí mismo, y esta lucha es la lucha para la que nací:
una callada guerra sin esperanzas, que cada noche
me confirma que estoy en el mundo para algo más
que gastar agua.

—A la mayoría, la dificultad de subsistir no les

deja tiempo para más —señaló David—. Tal vez sea imprescindible nacer rico para necesitar otro estímulo.

—¿Usted nació rico?

Se encogió de hombros:

—Ni rico, ni pobre...

—¿Le cuesta trabajo ganarse la vida?

—Al principio fue duro; muy duro... —Sonrió al recordarlo—. ¡Ya lo creo...! —exclamó—. Pero mi ejemplo no vale —señaló—. Para mí, hacer fotos significó siempre «hacer algo»... En realidad, creo que comencé a descubrir el mundo cuando empecé a verlo a través de una lente intercambiable. Podía encerrar un paisaje majestuoso en un recuadro tamaño postal por el simple procedimiento de colocar un gran angular... Más tarde, con lentes de aproximación, convertía el mundo de una araña o una hormiga en algo gigantesco, casi de mi tamaño... —Rió como si se riera de sí mismo—. Pasé más de un año fotografiando pistilos de toda clase de flores, y llegué a la conclusión de que constituían un universo diminuto que marchaba paralelo al nuestro... —Se interrumpió como si buscara algo en su memoria, una forma de continuar—. En cierta ocasión leí que se había llegado al límite de capacidad de asombro respecto a los adelantos de la técnica, y que una vez allí, en ese límite, era necesario volver atrás, a encontrar la verdad en sentido contrario... Creo que el autor proponía una especie de regreso a la Naturaleza; a buscar esos miles de pequeños mundos que nos rodean y que no sabemos ver porque estamos cegados por cosas aparentemente demasiado grandes...

Alec Collingwood hizo un gesto de asentimiento.

—Entiendo —dijo—. He pasado suficiente tiempo en este desierto, tumbado sobre una duna o entre unos matojos, para saber a qué se refiere: surge un escarabajo, comenzamos a seguirle con la vista, y nos adentramos sin querer en su vida y en el mundo que le rodea... Se puede escribir un libro de cien páginas sobre un escarabajo del desierto: cómo vive, qué come, dónde duerme, cómo se enamora, quiénes son sus enemigos, con quién se alía... —Encendió un cigarrillo, le ofreció otro, fumó despacio y contempló el cielo de un color azul desvaído, sin una nube en el horizonte—. Tal vez fue eso lo que me sucedió con el mundo de los esclavos... Durante años no supe siquiera que existía, pero paulatinamente me sumergí en él, y se convirtió en el motor de mi existencia...

—¿Seguirá aquí hasta que lo maten?

—A veces, en sueños, me veo muerto a la orilla del mar. Las olas baten mis piernas, y mi sangre se diluye en el agua... —Se puso en pie y se encaminó a su montura—. Si creyera en los sueños, jamás saldría de estos desiertos... ¡Arriba, *Zong*!

Zong berreó molesto, trató de morderle el pie, pero al fin se irguió desgarbadamente. Alec Collingwood se llevó el puño del látigo a la frente:

—¡Suerte! Y mantenga los ojos bien abiertos...

Agitó la mano:

—Ya me duelen de tanto abrirlos...

El inglés hizo girar al arregan de cara al oasis, y cuando ya se alejaba se volvió en la silla:

—Le mantendré informado...

No respondió. Trepó a la cabina del vehículo, lo puso en marcha y regresó sin prisas al punto que había elegido como escondite en los ardientes mediodías.

El sol comenzaba a calentar, y se caía de sueño.

Oscurecía.

La columna se aprestaba para ponerse en marcha, y Amín recorría la larga fila comprobando rutinariamente las cerraduras. El fusil colgaba de su hombro, y una cantimplora de agua del grueso cinturón.

Llegó frente a Nadia. Apenas podía distinguir ya sus facciones, y sus manos tantearon los grilletes. Se escuchó un «clic» casi imperceptible, y ella sintió que el corazón le daba un vuelco al saberse separada del resto del grupo.

Amín giró por última vez la vista a su alrededor. Abdul no aparecía por parte alguna, ocupado tal vez en completar los preparativos de la larga caminata, y los vigilantes charlaban distraídos.

Tomó el extremo de la cadena que aún sujetaba la muñeca izquierda de Nadia.

—¡Vamos! —ordenó en un susurro.

Instintivamente se inclinaron, deslizándose por entre los altos matojos y zarzales que les habían servido de refugio en su segundo día de acampada, y ya en la llanura, emprendieron una rápida carrera hacia el Oeste. Minutos más tarde les rodeaba el silencio.

Caminaron con paso rápido, Amín delante, sin soltar la cadena, y cuando las estrellas y una tímida luna deslucida hicieron su aparición en el cielo alumbrando sin fuerza, se encontraron completamente solos en la inmensidad del desierto.

—¿A dónde vamos? —preguntó estúpidamente por necesidad de sentir su propia voz y olvidar el miedo que la estaba invadiendo.

—Al Sur... —El tono de Amín denotaba preocupación—. Ya Abdul habrá notado nuestra huida y correrá a avisar a Suleiman... —Hablaba sin aflojar el paso—. Y ese sudanés no se rinde nunca...

—El Sáhara es muy grande...

—No para un saharauí...

—¿Tienes miedo ahora...?

Amín golpeó con la palma de la mano la culata de un rifle.

—No con esto... Nadie podrá aproximarse a Amín... —Se detuvo y la observó con gesto hosco—. Ni alejarse... Recuerda que puedo acertarle a una gacela a quinientos metros... Y no dudaré en matarte... Te lo juro, negra... Si tratas de escapar, prefiero verte muerta...

—Lo sé... Te conozco...

—¡Tenlo presente!

Echó andar, tirando de ella, que debía esforzarse para mantener el ritmo de su marcha.

—Te alcanzaría —continuó el negro—. Amín alcanza a cualquiera corriendo... ¿Recuerdas a Mungo...? Era fuerte aquel negro; fuerte y resistente. —Se golpeó el pecho con el dedo—. Pero Amín es el mejor en todo... Ya lo verás, negra... Mañana te lo demostraré.

Sintió que un escalofrío le recorría la espalda al pensar en aquel mañana, y se preguntó si no hubiera sido mejor continuar con la caravana y esperar a que David la encontrara.

Ya debía estar cerca. Andaba sobre sus huellas, no le cabía duda. Primero fue el helicóptero, y luego aquellos desgraciados muertos en la «Casa de engorde». Suleiman no había querido decirle quiénes eran, pero estaba segura de que venían buscándola. No tuvo mucho tiempo para verlos, pero al menos uno de ellos —el que ya estaba muerto, era europeo.

Fueran lo que fueran, el dueño de la casa —aquella especie de comadreja asustadiza— estaba aterrorizado, y no hacía más que llorar por las funestas consecuencias que podrían acarrearle las muertes.

¿Cuántas muertes ya?

El niño, los viejos, los hombres del helicóptero,

Mungo, los dos desconocidos, la mujer desangrada...

¿Cuántos más hasta que aquella maldita caravana llegara a Suakín? Suleiman repetía siempre que se daba por contento si la mitad sobrevivían... ¿Valían la pena tantas muertes y peligros por unos miles de dólares?

En los suburbios de Nueva York asesinaban a la gente para robarles diez dólares, y en los «ranchos» de Caracas, al que no pagaba un bolívar por concepto de «peaje» por cruzar una calle, se arriesgaba a que le partieran el corazón de una puñalada.

La vida humana había dejado de tener importancia... ¡Había tantas! Nadie se asombraba de lo que ocurría en África, porque ya ni siquiera se asombraban de lo que ocurría en la supercivilizada Norteamérica.

Ella, Nadia, en Harlem, no habría podido salir sola de noche sin arriesgarse a resultar violada; tan violada como iba a serlo al día siguiente, en cuanto el negro decidiera hacer un alto en la huida. Y, probablemente, en Harlem no sería uno solo, sino diez, borrachos o drogados.

¿Qué diferencia existía entre los salvajes gratuitos de las grandes ciudades y aquel salvaje primitivo?

Quizá la ventaja estuviera en favor de Amín, que arrastraba como herencia una tradición de cientos de años de cacería humana, y se limitaba a seguir unos impulsos que nadie se preocupó nunca de enseñarle a refrenar.

Para el negro, vida y muerte no tenían significado, como no lo habían tenido para sus padres, sus abuelos, ni ninguno de sus antepasados. El fuerte, el astuto, el valiente sobrevivían; los demás no eran más que víctimas. Víctimas del fuerte, del astuto, del valiente...

Y allí estaba ahora, tirando de ella como el hombre de las cavernas arrastraba tras sí la hembra robada en un poblado vecino, aguardando sentirse a salvo para tenderse a disfrutarla como disfrutaría de un venado recién cazado, o de una fruta madura.

Se sentía fatigada, pero pedía a Dios que aquella noche y aquella caminata no terminaran nunca y no llegara el momento en que Amín decidiera apoderarse de lo que consideraba suyo.

Mario del Corso amaba las noches en las dunas.

Lo que para otros era soledad y nostalgia de lugares lejanos, para él significaba regresar a los días más felices de su vida; a una infancia pasada entre aquellas mismas arenas; a una serie de olores, sonidos y recuerdos, que había creído perder para siempre, pero que ahora estaban de nuevo allí, a su alrededor, llenándole de evocaciones.

Su padre, «Il Brigadiere», se cansó un buen día del frío de Milán, y decidió pedir destino en Libia, cuando los italianos todavían ocupaban la colonia.

Con apenas nueve años, Mario se encontró por tanto sumergido en un mundo monótono y absurdo; un mundo de destacamento militar en el desierto, donde cuanto alcanzaba la vista no era más que una inacabable playa de arena salpicada de piedras y matojos; el lugar más inhóspito y desagradable que pudiera caber en mente humana.

Durante quince días lloró inconsolable por los amigos perdidos, los partidos de fútbol y los cines domingueros, hasta que comenzó a comprender que una nueva forma de vida se agitaba en torno suyo, y sus ojos se acostumbraron a distinguir en la distancia las manadas de gacelas de color tan claro y apariencia tan frágil, que se confundían con la arena de las dunas y la tierra rojiza de los pedregales. Aprendió también a reconocer a los antílopes, según los nombraban los indígenas: del «mahor» de cortos y gruesos cuernos, al «lehma» de largas y afiladas defensas, pasando por el «urg» que las lucía en forma de huso y que los beduinos usaban a veces como puntas de lanza.

Empleó horas en diferenciar las huellas de hiena, de las del zorro o el lince, y se sentía capaz —por sus huellas— de decir cuánto tiempo hacía que el chacal había cruzado la llanura.

No le importaba equivocarse a veces; no le importó ni aun cuando confundió las pisadas del lince con las del «fahel», el temido guepardo, y aprendió luego a encontrar nidos de avestruz para robar los huevos y que su madre preparara enormes tortillas, y aprendió, por último, que compartía aquel mundo con patos salvajes, perdices y tórtolas, cigüeñas, garzas y flamencos...

Era aquél, en realidad, un desierto tan poblado, que en nada se parecía a la gran playa que sólo había sabido ver en un principio, y así, en su soledad de niño y en su soledad de muchacho, comenzó a amar profundamente aquella tierra, llegó a comprenderla, y fue tan importante en su vida como no lo sería jamás ninguna otra.

Arena y viento, calor y silencio, bestias huidizas y un sol de fuego... No era mucho para llenar la vida en la edad más crítica, pero a él le bastó, y aún seguía creyendo que era mucho más de lo que tuvo nunca nadie en ese tiempo. Milán, con sus viejos amigos, su fútbol y sus cines, pasaron al olvido, y cuando estalló la guerra y se vieron obligados a regresar, llegó a la conclusión de que nunca podría volver a encontrar la felicidad más que en las llanuras del desierto.

Fueron duros años los que vinieron luego. Guerra y posguerra, con su padre muerto en Tobruk, teniendo que mantener a la familia como aprendiz primero y ebanista después, dejando pasar los días, las semanas y los meses en una de las mil fábricas de muebles que se alzaban entre Milán y Como, viendo pasar por sus manos centenares de dormitorios baratos, mesas endebles y armarios de mal gusto.

Luego, alguien le habló de los campos petroleros de Libia, pero la vida en un campo petrolero no era lo que Mario recordaba de su infancia. No era el vagar por la llanura descubriendo animales; no era el sentarse en la noche a escuchar las historias de los tuareg.

El campo petrolero era Milán, con cincuenta grados a la sombra.

Una tarde un jinete surgió en el horizonte. Se presentó a sí mismo como Malik-el-Fasi, del «Pueblo del Velo» y pidió agua. Luego habló del auténtico desierto; del que recorría en solitario, compartido tan sólo por un puñado de hombres, que allá abajo, en la frontera entre Chad y Sudán, dedicaban su vida a luchar contra el tráfico de esclavos.

Mario del Corso volvió a encontrar su infancia perdida. Sus ojos se reacostumbraron a distinguir en la lejanía las manadas de gacelas, y a diferenciar la huella del zorro de las de la hiena. Los años de Milán, las fábricas y los pozos de petróleo libios parecieron esfumarse, y con la muerte de su madre todos los hilos que le ataban al mundo «civilizado» se cortaron para siempre.

«Muchos hombres son niños que se niegan a crecer.» Mario del Corso era uno de ellos. Hubiera deseado que su vida se detuviera a los diez años, y ahora, marchando solitario sobre su arregan, acechando en la noche a los traficantes, persiguiendo bajo un sol de fuego a las caravanas, advertía que todas sus ilusiones infantiles se habían realizado, y se había convertido en el héroe de su propia historia.

Aquella noche, camino de la «Casa de engorde» de Zeda-el-Kebir, se sentía feliz de haber sido escogido para averiguar la suerte de sus compañeros, imaginando lo que podría ocurrir si se encontraban en peligro y debía rescatarlos, riéndose de sí mismo por lo desbordado de sus fantasías; fantasías que jamás había sido capaz de contar a nadie, temeroso de que pudieran burlarse de tanto sueño absurdo.

«Algún día crecerás, Mario —se dijo—. Algún día crecerás, y entonces no le encontrarás gusto a todo esto, y no valdrá la pena seguir viviendo...»

Las sombras comenzaron a alargarse con la caída de la tarde.

Abrió los ojos, y casi al instante volvió a cerrarlos con un gesto de dolor y asco. A su lado dormitaba Amín, y a su mente volvieron las escenas de aquella mañana.

Jamás creyó que un ser humano pudiera sentirse tan humillado como ella se había sentido, teniendo que soportar sin una protesta, incluso fingiendo que le agradaban, los besos y las caricias de aquel ser repugnante, bestial y vicioso.

¡Oh, Dios! ¿Cómo mirar a David a la cara, si alguna vez llegaba a verlo de nuevo? ¿Cómo vivir el resto de su existencia con semejante recuerdo en la memoria?

Se alzó sobre el codo, inclinó hacia delante la cabeza y se avergonzó de su cuerpo desnudo. Buscó con la vista: su ropa aparecía tirada aquí y allá, donde Amín la había lanzado en su ansia furiosa, y si se hubiera encontrado con capacidad de pensar, le habría sorprendido advertir que, simbólicamente, su prenda más íntima aparecía bajo una de las gruesas botas del negro.

La recogió estirando el brazo, y comenzó a vestirse.

Amín abrió al instante los ojos:

—¿Qué haces? —inquirió, amenazador.

—Me visto...

—Aún tengo ganas...

—¿Más...? No podemos pasarnos el día haciendo el amor y la noche huyendo de Suleiman...

—Yo sí puedo —afirmó el negro con orgullo—. Te lo dije... Soy el más fuerte en todo... ¿Te habían hecho alguna vez el amor así...?

Concluyó de vestirse sin responder. Se abrochó la blusa, se puso las botas y estiró la mano en busca de la cantimplora.

—Cuida el agua... —advirtió Amín—. No tenemos más que ésa, y el camino es largo...

Bebió un corto sorbo, enroscó el tapón y dejó la cantimplora a su lado.

—No me has respondido —insistió el negro.

Le miró de soslayo:

—¿A qué?

—A mi pregunta... ¿Te habían hecho disfrutar tanto...? —Rió de pronto, divertido—. ¡Virgen! Decías que eras virgen... —Se echó de espaldas sobre la arena, riendo—. ¡Nunca lo creí...! ¡Virgen...! —Se enfureció de improviso—. ¡Contesta! —ordenó—. ¿Has conocido antes alguien como yo...?

—No —replicó con un susurro de voz—. Nunca.

Él alargó el brazo, la tomó por el cabello y la atrajo hacia sí, buscando su boca.

—Estaba seguro... —comentó—. Anda, ven... Empecemos de nuevo...

—Pronto oscurecerá y tenemos que ponernos en camino.

—Aún falta una hora...

La obligó a inclinarse, y la besó con furia, mordiéndola en los labios y buscando luego su pecho por la entreabierta blusa.

Echada sobre él, tanteó con la mano hasta encontrar el fusil que el negro jamás abandonaba. Con sumo cuidado, intentando poner entusiasmo en devolver los besos, fue palpando centímetro a centímetro, hasta llegar al cerrojo y el gatillo del pesado y viejo «Máuser».

Amín se iba excitando por minutos.

—¡Ven! —rogó—. ¡Ven ya...!

Nadia lo besó con un apasionamiento exagerado,

echándole la cabeza hacia atrás cuanto le fue posible.

—¡Aún no! Espera... Espera un poco más... Aún no.

Su mano izquierda continuaba tanteando el arma, y la derecha bajó a acariciar la entrepierna del negro y mantenerlo distraído.

De pronto, su rodilla subió de golpe y Amín dejó escapar un grito mientras su boca se abría buscando el aire que faltaba a sus pulmones.

En el mismo instante, Nadia dio un salto atrás, se apoderó de la cantimplora, y echó a correr hacia la llanura.

El negro se revolcaba en la arena:

—¡Te mataré, hija de puta! —gritó—. Te mataré...

Se aferraba con fuerza el bajo vientre, y resoplaba tratando de recobrar el aliento. Cuando logró tranquilizarse, buscó en un bolsillo de sus pantalones un brillante peine de balas. Tomó el «Máuser», se dispuso a cargarlo, pero advirtió en el acto la falta del cerrojo. Alzó la vista loco de furia hacia donde Nadia corría.

—¡La muy perra! —exclamó.

Respiró profundo, y comenzó a calzarse las botas.

—Te alcanzaré, maldita negra... —masculló—. Te alcanzaré, y te estrangularé poco a poco... Nadie corrió nunca más que Amín... Nadie se burló nunca de Amín... —Se puso en pie y dio unos pasos, aún encorvado y dolorido. Tomó la inútil arma y dudó entre llevársela o abandonarla allí. Miró hacia donde Nadia se perdía de vista saltando sobre piedras y matojos, y acabó por arrojar el fusil al suelo—. Corre mucho esa maldita —comentó para sí—. Corre mucho...

Se abrochó el cinturón con gesto mecánico e inició la persecución con aire decidido.

Metro a metro, el ritmo de su carrera fue ganando velocidad.

Nadia corría como no lo había hecho nunca. En un principio, su carrera fue un «sprint» alocado, sin más preocupación que alejarse cuanto antes del negro, pero a los diez minutos aflojó la marcha. Necesitaba mantener la distancia que le separaba de Amín hasta que cerrara la noche.

El negro era capaz de orientarse en la oscuridad lo sabía, pero una cosa era seguir una ruta marcada de antemano, y otra muy distinta encontrar la pista de un fugitivo.

Era cuestión de encontrar el ritmo de los entrenamientos, acompasar la respiración al paso, alargar la zancada, aflojar la tensión de los músculos y hacerse la idea de que se encontraba en la pista de tartán de la Villa Olímpica, preparándose para el día de la carrera.

Miró hacia atrás. Amín había empezado ya a correr, y advirtió que no traía nada en las manos. Lanzó el cerrojo del fusil a un espeso matorral, comprobó que había quedado bien oculto, aferró con más fuerza la cantimplora, y acomodó su respiración y su paso al ritmo de una carrera de gran fondo.

Por su mente pasó, como una visión, el rostro de Amín cuando la besaba, y cada vello de su cuerpo se erizó al recordar el contacto de su piel cuando jadeaba sobre ella, baboseándola y murmurando en su oído lo más soez de su vocabulario.

—No dejaré que me alcance —se prometió—. No me alcanzará aunque tenga que reventarme corriendo.

Buscó el sol con la mirada, rogando mentalmente que descendiese aprisa. Era como una gran bola de fuego colgando en el horizonte, iluminando el mundo de un modo que le pareció despiadado, incapaz al parecer de moverse hacia abajo, como si una gigantesca y cruel mano lo hubiera detenido para dar más tiempo a Amín en su carrera.

El negro ganaba terreno. Imperceptiblemente al principio, pero metro a metro después, la distancia que le separaba de Nadia se acortaba, y también él dirigía rápidas ojeadas al sol, calculando el tiempo de luz que le quedaba.

Por su mente pasó el rostro de ella cuando la estaba poseyendo; sintió en todo su cuerpo el contacto de su piel, tersa y oscura, y de su carne, prieta y palpitante, y, apretando los dientes con furia, exigió un nuevo esfuerzo a sus pulmones, acelerando el paso.

Nadia giró la cabeza y comprendió que Amín progresaba. Miró de nuevo al sol, y al hacerlo, distrajo su atención, tropezó con un matorral y cayó de bruces.

No lanzó ni un grito. Se alzó de un salto y reanudó la carrera sin prestar atención a la pierna que sangraba, ni al doloroso raspón de su brazo.

El rostro de Amín se iluminó cuando la vio rodar por el suelo, pero su expresión cambió de nuevo al advertir la rapidez con que reiniciaba la carrera.

—Te alcanzaré, hija de puta —masculló—. Es inútil que corras... ¡Te alcanzaré...!

El disco del sol tocó la raya del horizonte, el azul pálido del cielo se diluyó en mil tintes rojos, y a lo lejos saltaron las gacelas. La primera brisa agitó los arbustos y removió la arena, y las hienas, los zorros, e incluso los guepardos comenzaron a abandonar sus guaridas.

Amín seguía avanzando.

El sudor bañaba los dos cuerpos y se diría que en la inmensidad de la llanura no había más ruido que el de sus respiraciones jadeantes y sus corazones golpeando hasta querer escapar del pecho. Era la más larga, la más desesperada carrera en que hubiera participado jamás un ser humano.

Trescientos metros les separaban cuando el sol lanzó su último destello sobre una duna lejana, y el rápido crepúsculo del trópico comenzó a descender sobre el Sáhara.

Nadia pareció cobrar nuevas fuerzas, se llevó la cantimplora a los labios, bebió un corto trago y reavivó su vacilante marcha.

El rostro del negro aparecía desencajado de la ira, se pasó el dorso de la mano por la boca reseca, se humedeció los labios con la lengua y lanzó un grito:

—¡Para, maldita! —aulló—. ¡Para, o te estrangulo!

Pero fue como si la voz le hubiera aguijoneado lanzándola hacia delante, aunque a los pocos metros advirtió que las piernas le flaqueaban y se bamboleó como borracha.

—¡Oh, Dios! —sollozó—. No me dejes caer ahora... ¡No me dejes...!

Siguió corriendo, pero no seguía ya una dirección precisa, sino que iba dando tumbos de un lado a otro, amenazando con venirse abajo.

Se detuvo, jadeante, y abrió la boca como si una mano gigante le oprimiera el pecho impidiéndole respirar. Las piernas volvieron a fallarle y estuvo a punto de caer al suelo. Se volvió, y pudo ver que menos de doscientos metros la separaban de Amín, que se esforzaba por sacar también las últimas fuerzas que le quedaban, corriendo mecánicamente sin avanzar apenas.

Nadia sintió que todo daba vueltas a su alrededor y el mundo estaba a punto de hundirse bajo sus pies. Por su mente pasó nuevamente el recuerdo del negro en el momento de poseerla, y un grito inhumano escapó de lo más profundo de su ser:

—¡¡¡No!!!

Su propio grito pareció reanimarla y, de un salto, se lanzó hacia las sombras que comenzaban a adueñarse del desierto.

Fue ahora Amín el que se detuvo a tomar aliento, y mientras lo hacía, observó la figura de Nadia que se alejaba tambaleante, tropezando con piedras y matojos.

—Te alcanzaré —masculló para sí Amín—. Te alcanzaré aunque sea lo último que haga.

Reemprendió la marcha, pero ahora tenía que aguzar la vista para distinguir la silueta que comenzaba a confundirse con las sombras. Tan sólo la blusa de color claro destacaba moviéndose en la llanura, y por ella se guiaba Amín, hasta que Nadia pareció comprenderlo, porque se la quitó sin dejar de correr, quedando con la negra espalda y el firme pecho al aire.

Apretujó la camisa entre las manos y la pegó contra su estómago. Continuó así unos minutos, y de improviso la lanzó al suelo, se ocultó tras unas matas y miró hacia atrás.

La noche había cerrado y no se distinguía a Amín por parte alguna.

Escuchó atenta, pero su propio jadear le impedía oír nada.

Con sumo cuidado destapó la cantimplora y bebió con avidez hasta la última gota. Intentó serenarse, y muy lentamente consiguió que su respiración se normalizara y el corazón dejara de latir como un tambor enloquecido.

Escuchó de nuevo y abrió los ojos cuanto pudo. Todo era oscuridad y silencio, como si el mundo hubiera muerto.

Pasaron los minutos. Tímidas estrellas comenzaron a hacer su aparición, y se preguntó cuánto tiempo tardaría en salir la luna. Aun con su ligera claridad de cuarto creciente, Amín había demostrado ser capaz de ver como un gato en la llanura.

«Tengo que alejarme antes de que aparezca la luna —se dijo—. Para entonces tengo que estar muy lejos... ¿Pero, hacia dónde?»

Había perdido por completo el sentido de la orientación. Había corrido en dirección al sol, hacia el Oeste, pero ahora no había más que negrura a su alrededor. Negrura y silencio.

Pero el silencio se rompió de improviso. La voz de Amín, airada e impotente, atronó la noche:

—¡Sé que estás ahí, negra! —rugió—. Estás ahí y te encontraré aunque te escondas bajo tierra... ¡Voy a matarte!

Venía hacia ella y estuvo a punto de gritar de miedo al advertirlo; la voz había sonado a menos de veinte metros, y se aproximaba.

Las gruesas botas del negro avanzaron aplastando piedras y tropezando con rocas y matojos.

Se acurrucó instintivamente, y le llegó claro el jadear de su perseguidor, que parecía haberse detenido.

—Está por aquí —le oyó mascullar por lo bajo—. Sé que está por aquí y necesito encontrarla... —Guardó silencio—. Tengo sed... —se lamentó muy bajo—. ¡Ladrona, hija de puta, qué sed tengo...!

Respiró aliviada al advertir que los pasos se alejaban hacia la izquierda, y muy lentamente se quitó las botas y comenzó a caminar, despacio, en dirección opuesta.

Lo hizo así durante media hora, y luego emprendió de nuevo una rápida carrera, hasta perderse en la noche.

Fue la noche más larga de su vida.

No había desierto a su alrededor, sino tan sólo oscuridad, y a cada paso se hundía en las tinieblas como en un mar desconocido, temiendo siempre tropezar con un matojo, con una fiera, con Amín...

Una hiena rió a lo lejos, y sintió que un escalofrío le recorría la espalda. Raro era que una hiena atacara a un ser humano, y necesitaban reunirse en manada para atreverse a ello, pero Nadia había oído contar que eran capaces —como los perros— de olfatear el miedo ajeno y lanzarse entonces sobre un ser humano indefenso.

Se sentía indefensa y tenía miedo, pero hizo un esfuerzo por ocultarlo, y continuó su marcha con paso decidido, segura de que, tras haber escapado de Amín, una hiena hedionda no podía hacerle daño.

La fiera aulló de nuevo, ahora más cerca, y ya no era la suya una risa de animal histérico, sino un grito de hambre o ira desatada.

Tanteó con el pie, buscó un grueso pedrusco y lo lanzó hacia las tinieblas. Escuchó su rebotar contra otras piedras y siguió un largo silencio. Permaneció muy quieta, forzando la vista hacia las sombras, y pudo distinguir dos puntos rojos como ascuas, que se movían inquietos frente a ella.

—No vas a asustarme —masculló para sí—. Ya he

sufrido demasiado para que un perro cojo venga a joderme...

Buscó otra piedra, apuntó con cuidado y la arrojó con furia.

Erró el golpe, pero el animal se diluyó en las tinieblas.

La luna inició una tímida aparición. Ya había crecido lo suficiente como para constituir una pequeña ayuda, y decidió caminar directamente hacia ella, pues era la forma de evitar el peligro de girar en círculo como hacían los que andaban perdidos en el desierto.

«Mañana encontraré la forma de salir de aquí —se dijo—. Veré por dónde sale el sol, y marcaré en el suelo una gran cruz con los cuatro puntos cardinales... —Trató de recordar sus lecciones de *scout*—. Luego, aguardaré a la noche, buscaré una constelación que esté justo en el Sur, y caminaré recto hacia ella... —Sonrió—. Quizás esté ya muerta de sed para ese tiempo...

Palpó la vacía cantimplora y recordó las palabras de un beduino cuando estuvo en Malí durante la gran sequía:

—A veces, en los peores tiempos, para salvar la vida teníamos que beber nuestros propios orines... Los orines pueden mantener vivo a un hombre durante uno o dos días...

Estaba decidida a hacerlo, porque estaba decidida a defender su vida, ahora que era libre. A dos noches de distancia, hacia el Sur, concluía el desierto, y ella, Nadia, alcanzaría la estepa y regresaría a casa por sus propios medios.

Era joven, y fuerte, y había sido una excelente deportista. Amaba la vida y no se dejaría derrotar por el sol y la arena, como no se había dejado derrotar por los negreros.

—Volveré junto a David y nos iremos a descansar al mar para olvidar esta pesadilla —se prometió—. Pero luego dedicaré mi vida a luchar contra estos hijos de puta y esta injusticia... —Apretó los dientes con decisión, como si estuviera haciéndose un juramento—. El mundo va a enterarse de lo que ocurre en África... —Cambió de idea—. Tal vez sería mejor irse a Montecarlo, y al primer jeque que aparezca a jugarse millones presumiendo de sus veinte esposas, sus cien criados y sus autos de lujo, pegarle un tiro entre los ojos... Tal vez con un escándalo así, el mundo se decidiera a investigar a esos canallas... —Sonrió como burlándose de sí misma—. Nadie me creería... —admitió—. Nadie aceptaría que cuanto me ha ocurrido le suceda a cientos de seres humanos cada año... Nadie quiere aceptar responsabilidad...

Agitó la cabeza desechando sus ideas. Sabía que resultaba imposible enfrentarse a las fuerzas que se ocultaban tras todo aquello. Pronto, los árabes serían dueños de todas las reservas monetarias del mundo y paulatinamente se irían apoderando de la mayoría de las grandes empresas internacionales. En los últimos quinientos años no habían hecho absolutamente nada por la civilización, limitándose a vegetar en su perdida Edad Media mientras el resto de la Humanidad marchaba hacia la Edad Interplanetaria, pero, irónicamente, todo iría a parar a sus manos por la simple razón de que la Naturaleza había gastado la pesada broma de ocultar su más preciado tesoro bajo los pies de los beduinos.

¿Qué uso harían del poder que se les estaba entregando día tras día? ¿Quién los detendría cuando quisieran comprar mujeres y niños como compraban fábricas y automóviles, o como la compraban ahora a ella?

Recordaba el escándalo del «Hotel Dorchester», de Londres, cuando el Sultán de Lahej, ministro de Defensa de la Federación Árabe, se hizo cuidar toda la noche por una joven esclava. Un diputado laborista había protestado ante el Parlamento porque en la supercivilizada Inglaterra se aceptara la esclavitud, pero el Gobierno de Su Graciosa Majestad se las arregló para echar tierra al asunto y no molestar al poderoso Sultán, del que dependía en gran parte el abastecimiento energético del país. Su Alteza pudo continuar hospedándose en el «Dorchester» con su corte de esclavas de todos los colores.

En aquel tiempo, Nadia se había limitado a responder unas cuantas preguntas que le formularon los compañeros de Universidad en una especie de «fórum»:

—Estoy segura de que en mi país no existe la esclavitud —había respondido con firmeza.

—¿Cómo puedes saberlo, si las Naciones Unidas han comprobado que aún perdura en Sierra Leona, Camerún, Argelia, Mauritania, Tanzania, Gabón y Nigeria...? ¿En qué se diferencia Costa de Marfil de sus vecinos?

No recordaba cómo concluyó el foro. Suponía que como acababan todos: en medio de una disputa en la que cada cual quería hacerse escuchar sin escuchar a los demás.

Una semana después, estallaron los acontecimientos de mayo, y nunca se había vuelto a acordar de las esclavas del Sultán. Aquel mayo francés le pareció entonces lo más importante que había ocurrido en su vida.

Y lo fue durante mucho tiempo.

Hasta que conoció a David.

¡David!

Un gran niño tímido y distraído, atento tan sólo a sus cámaras y sus lentes, hermoso como un sueño de adolescente, cándido y dulce; el primero que la contempló con una admiración que no se le hacía molesta; el único en el que no vio desde el primer instante aquel ansia urgente de arrastrarla a una cama, a comprobar si era en verdad tan ardiente como parecía.

Advirtió que pensar en él le permitía olvidar la sed, la fatiga y el miedo, y le ayudaba a seguir avanzando en la noche.

¿Cómo habría reaccionado ante lo ocurrido? Nunca fue un hombre de decisiones, sino un artista inmerso en su propio mundo. Jamás había sabido cuánto dinero tenía, o si lo tenía; jamás comprendió el simple mecanismo de las relaciones comerciales, y la necesidad de mostrarse simpático; jamás emprendió un viaje sin olvidar algo, llegó a un país teniendo el visado en regla, o se montó en un auto con el depósito lleno de gasolina.

Le gustaba cuidarlo. Le gustaba ser su esposa y su madre, elegirle la corbata, obligarle a cambiarse de calcetines cuando no combinaban con el color del traje; buscarle las llaves por todos los rincones de la casa...

Le gustaba entrar en su cuarto oscuro y asistir al entusiasmo con que revelaba una buena foto; observarle mientras desmontaba y limpiaba una y otra vez sus cámaras; escucharle cuando hablaba de focos, luces y temperaturas del color.

Le gustaba posar desnuda para él, convencida de que no había nada sucio en aquellas fotos, y eran tan sólo una más en sus formas de atrapar la belleza.

Aún no estaban casados, y le resultó extraño y agradable verse así, en tamaño casi natural, libre y auténtica, atrapada en un salto toda su elegancia y ligereza.

—Si no fueras tú, la enviaría a un concurso... —había dicho—. Le pondría un título muy simple: «Ébano.»

—Envíala.

La observó sorprendido:

—¿No te importa que te vean desnuda...?

—Así no... ¿Te importa a ti que me vean?

—Así no...

«Ébano» ganó un primer premio —dos mil dólares— con los que se fueron de vacaciones a España.

Asistieron a una corrida de toros en Madrid; bailaron «flamenco» en Sevilla; tomaron mil fotos de la Alhambra y le hicieron un reportaje espléndido a la Bardot, que estaba rodando una película en los desiertos de Almería...

Una hiena rió a lo lejos, y su risa la devolvió a la realidad. La luna estaba alta y millones de estrellas parecían brillar con más fuerza que nunca. Aguzó la vista, preocupada, se detuvo y escuchó un largo rato. Soplaba una brisa muy ligera y pronto haría frío, pero nada parecía moverse en la llanura.

Continuó su marcha sin saber a dónde iba.

Soplaba una brisa muy ligera, pronto haría frío y nada parecía moverse en la llanura.

Se arrebujó en la manta, cubriéndose con ella la cabeza, y encendió un cigarrillo ocultando la llama.

—Un targuí distinguirá la lumbre de un cigarrillo a un kilómetro —le había advertido Alec—. Y puede olerlo a quinientos metros si el viento le ayuda...

Pero la tentación llegaba a hacerse irresistible tras horas y horas de contemplar la luna y las estrellas, con la seguridad de que era aquélla una guardia inútil.

¿Cuántas noches idénticas habían transcurrido? Perdió la cuenta, y comenzaba a desesperarse, convencido de que era un error permanecer quieto y a la expectativa, cuando Nadia ya podía estar camino del mar Rojo.

—No se inquiete —le tranquilizó Alec—. Aún no han pasado.

—¿Cómo lo sabe?

Sonrió:

—Instinto... Recuerde que no es la primera vez que acecho una caravana.

—¿Y no podemos intentar otra cosa...?

—¿Como qué?

—¡Oh, mierda! No lo sé... Algo...

—«Algo» significa movernos... Movernos significa correr el riesgo de que nos localicen antes que nosotros a ellos. Si eso ocurre, lo más probable es que su esposa y el resto de los cautivos no vivan diez minutos...

—¿Los cree capaces...? —se asombró.

—«Son» capaces... —afirmó—. Hace años los ingleses intentaron cortar el tráfico de esclavos en el mar Rojo por medio de lanchas rápidas que patrullaban constantemente registrando cualquier embarcación que tratara de cruzar de África a Arabia... —Hizo una pausa para dar más énfasis a sus palabras—. Pronto los negreros encontraron un truco para no comprometerse: construyeron lanchones especiales, con escotillas a ambos costados. Cuando una patrullera se aproximaba, abrían la compuerta de la banda opuesta, y arrojaban a los esclavos, con una piedra amarrada a la pierna. Cuando la Policía abordaba el barco, no encontraba más que sacos de grano e inocentes peregrinos que se dirigían a La Meca... —Le dejó cavilar sobre lo que había dicho—. Al fin, las patrullas dejaron de operar, porque eran más las muertes que causaban, que los esclavos salvados.

—¿Y aquí, en el desierto?

—Aquí pueden dejar que los esclavos se asfixien en el fondo de un pozo seco que les sirva luego de tumba... Hace dos años, en Sudán, cerca ya del mar Rojo, encontraron veinticuatro cadáveres en uno de esos pozos. Habían muerto de pie, tan apretados los unos contra los otros, que cuando los descubrieron, aún seguían apiñados y no se desmoronaron hasta descomponerse.

—¿Nadie investigó el caso?

La respuesta fue una sonrisa amarga:

—«Investigar», amigo mío, es una palabra «europea».

Tenía razón Alec. África tenía demasiados problemas para preocuparse por investigar nada. África vivía y palpitaba día a día, tratando de correr para ponerse al ritmo de los tiempos, saltándose generaciones y siglos de evolución, pasando del arco y la flecha al tanque y el obús; del tam-tam, a la Televisión; del camello, al «Concorde». Lo que pasaba, «pasaba», y nadie parecía tener tiempo para detenerse a averiguar sus razones. Un segundo mirando hacia atrás, era un segundo perdido en mirar hacia aquel «adelante» que se venía encima como una locomotora en marcha.

En África la gente podía morir o desaparecer, porque, de hecho, en África la mayoría de la gente «no existía»; no estaba censada ni poseía pasaporte, documento de identidad, e incluso apellido...

¿Cómo investigar a alguien de quien no se tiene noticias, fotografías, huellas dactilares, partida de nacimiento, o certificado de matrimonio, divorcio o defunción?

Miles de negros africanos no conocían más que el nombre de su aldea y de su tribu, y muchos apenas tenían una idea de que había pasado el tiempo de la Colonia, y ahora pertenecían a un país llamado Níger, Nigeria, Zaire, Tanzania, Togo o Dahomey...

Los «blancos» habían tardado cientos de años en aislar y clasificar a cada individuo, reduciéndolo a la condición de número en una lista o tarjeta en un fichero, listo para ser analizado y reclasificado en pocos minutos. La masa así lograda, era una homogénea unión de individualidades, de la que el ojo experto del «investigador» podía extraer a cada sujeto para colocarlo a la luz de su microscopio.

Pero la mayoría de la masa africana no era más que eso: «una masa», en la que cada ser humano tenía la suerte o la desgracia de no estar integrado al complejo engranaje de la burocracia, con la ventaja de continuar siempre en el anonimato, si ése era su deseo, y la desventaja de permanecer desconocido aunque no lo deseara.

Veinticuatro negros se habían asfixiado en el fondo de un pozo seco, en el Sudán, y nadie se preguntó nunca de dónde habían venido, qué familia habían dejado atrás, o quién los dejó morir de aquella forma.

Tenía razón Alec Collingwood: «investigar» era una palabra europea.

La despertó un rumor imperceptible. El sol estaba muy alto, y mantuvo los ojos cerrados, en un intento de dormirse de nuevo y olvidar la sed, a Amín y la larga caminata que aún le aguardaba.

Se dijo que tal vez habría sido una lagartija o un ratón de arena, pero el deslizarse de unas piedrecillas junto a su rostro, la obligó a abrir los ojos.

El corazón se le detuvo, y hubo de realizar un esfuerzo para no gritar. A veinte centímetros de su rostro aparecían unas botas enormes, polvorientas y pesadas.

Sintió que las lágrimas pugnaban por escapar, y su pecho se estremeció con un sollozo de impotencia. Lentamente, muy lentamente, alzó el rostro para ir descubriendo el pantalón ancho y sucio, el grueso cinturón, la grasienta camisa, la espesa barba y, al fin, el irónico rostro de Suleiman R'Orab, que agitó la cabeza alegremente:

—¡Vaya, vaya! —exclamó—. Mira por dónde vino a caer nuestra paloma...

Cerró los ojos y rompió a llorar en silencio.

El mercader se acuclilló frente a ella.

—No, llores, negra —dijo—. Da gracias a que te encontramos... Habrías muerto de sed en este desierto... —No obtuvo respuesta, pero no pareció esperarla tampoco—. ¡Fuiste capaz de burlarte de Amín! —Se asombró—. Eres más lista de lo que imaginé...

—Cambió el tono de su voz—. ¿Dónde está ese hijo de puta...?

Se volvió a cuatro de sus hombres que permanecían sobre sus camellos:

—Id a buscarle —ordenó—. No puede estar muy lejos...

—Ese negro tiene muy buena puntería —se quejó un «teda» malencarado—. ¿Para qué arriesgar la vida, si el desierto se lo tragará?

—Sois cuatro contra uno, ¿no...? Es muy capaz de escapar con vida y esperarme en Suakín... No estaré tranquilo sabiéndolo vivo... ¡Hale!

Partieron al trote, desparramándose por la llanura. Suleiman se encaminó a su montura y regresó con una pesada girba de agua:

—Bebe... —pidió—. No quiero que te mueras.

Lo hizo con ansia, olvidando por unos instantes cuanto no fuera calmar su sed. Cuando se sintió satisfecha, tomó un poco de agua con la mano y se la pasó por el rostro:

—¿Cómo me has encontrado...? —inquirió.

El sudanés señaló hacia lo alto; una docena de buitres trazaban círculos sobre sus cabezas:

—Son los chivatos del desierto... —comentó—. Tan estúpidos, que no distinguen entre una persona dormida y una persona muerta... Para ellos, todo lo que está más de una hora quieto, ya es carnada...

No respondió. Permanecieron largo rato en silencio, contemplando la llanura y los jinetes que se perdían de vista:

—No dejaré que vuelvas a enterrarme —dijo al fin—. No bajaré a uno de esos pozos, pase lo que pase... Si es necesario, me cortaré las venas...

La observó largamente y sonrió despectivo:

—No seas estúpida, negra. No voy a permitir que te suicides... Te joderás en el fondo de los pozos, como todos... ¿Qué te has creído? No eres más que una esclava..., ¿me oyes? Una negra mugrienta y apestosa como toda tu raza... Naciste para esclava, y eso no podrás cambiarlo nunca... Unos años en París y unos estudios nada significan... Vete acostumbrando a la idea: eres esclava, y no tienes derecho a disponer de tu vida.

—Tenía razón Amín —replicó con amargura—. Hizo

mal en marcharse sin cortarte el cuello... Todo hubiera sido más fácil, y el mundo se habría librado de una sabandija...

Alargó el brazo y la lanzó al suelo de un bofetón que la hizo sangrar por la nariz.

—Empiezo a cansarme de tener contemplaciones contigo, negra —advirtió con voz cortante—. Te enseñaré a respetar a tu amo, y el Jeque me lo agradecerá... Y recuerda... Ya te has acostado con Amín; si me hinchas las pelotas, dejaré que te aprovechen mis hombres... Será una buena forma de tenerlos contentos.

Rebuscó en su saco de cuero, extrajo el narguilé, y lo encendió. Nadia se acurrucó en el suelo, cerró los ojos, y no podía decirse si dormía o lloraba.

Pasaron, muy lentas, las horas.

Suleiman parecía haberse armado de una infinita paciencia, decidido a no moverse de allí hasta que le trajeran al negro.

A medianoche desistió de buscar en la oscuridad. Se tumbó a dormir y con la primera claridad ya estaba en pie, dispuesto a dar con las huellas y seguirlas.

La sed comenzaba a atormentarle; encontró una roca ahuecada, orinó en ella, aguardó a que los orines se enfriaran y se enjuagó la boca.

Inició luego la búsqueda trazando un amplio círculo, convencido de que pronto o tarde se cruzaría con las huellas. Cuando lo hizo, comprobó, estupefacto, que se dirigían al Norte.

—¡La muy estúpida! —masculló—. Se está adentrando en el desierto...

Por un rato dudó entre seguir la pista, o volverse hacia el Sur, en procura de la estepa y el agua. Hizo memoria y trató de orientarse: a un par de días hacia el Norte debía encontrarse el oasis de Emi-Hazaal, y más al Nordeste, el pozo de Sidi-el-Numia... Una vez en ellos podía quedarse a esperar la llegada de una caravana que lo trajera de vuelta a Guereda.

Dos días sin agua... Otros dos, si regresaba hacia el Sur. Por primera vez sintió miedo. El desierto era demasiado poderoso, incluso para él, que había sido capaz de enfrentarse a todo en este mundo. Le rodeaba la inmensidad del Sáhara, y cuanto tenía era un corto cuchillo y su increíble fuerza de voluntad.

Seguir adelante significaba arriesgarse a no encontrar los pozos y morir de sed en la llanura. Volver atrás sin Nadia, sin armas y sin dinero, era admitir su derrota; una derrota que le acompañaría por el resto de su vida, porque ningún negrero le confiaría ya la conducción de una caravana habiendo traicionado a Suleiman.

—Bien —se dijo—. No voy a dejar que se burle de mí...

Inició la marcha en pos de las huellas, y caminó con los ojos fijos en el suelo durante toda la mañana. Tan sólo se detuvo un par de veces, cuando descubrió la boca de la cueva de unas ratas del desierto.

En la primera no encontró nada, aunque excavó con furia, ayudándose con el cuchillo, pero en la siguiente tuvo más suerte y pudo atrapar un par de crías que chillaron histéricas e intentaron morderle. Las decapitó de un solo tajo y sorbió la sangre con avidez.

Reemprendió la marcha y, mientras caminaba, fue despellejándolas y comenzó a devorarlas.

Eso pareció fortalecerle, porque avivó el paso durante horas, hasta que, al alzar la cabeza, distinguió a lo lejos la inconfundible silueta de un jinete.

Se vieron al mismo tiempo, y durante unos segundos que le parecieron infinitamente largos, se observaron inmóviles. Luego, el jinete avanzó prudente y no le cupo duda que se trataba de uno de los camelleros de Suleiman. Llevaba un largo fusil cruzado en la silla, y parecía estudiar sus intenciones. Cuando pareció convencerse de que estaba desarmado, espoleó su montura y con un grito de alegría se lanzó a la caza del hombre.

El negro echó a correr instintivamente, pero a los pocos metros comprendió la inutilidad de su esfuerzo, se sentó en el suelo, y aguardó la llegada del beduino.

—Dame agua —pidió.

Le tendió su girba:

—No vale la pena que la gastes —dijo—. Suleiman te espera...

—¿Encontró a la muchacha...?

—La encontró...

Bebió y le devolvió el pellejo, que el «teda» colgó del arzón de su silla.

—Camina y no intentes nada...

—¿Por qué no me pegas un tiro de una vez...?

—Supongo que Suleiman te reserva algo mejor...

Iniciaron la marcha, y al rato distinguieron a lo lejos, en la línea del horizonte, a otro de los jinetes. El beduino se quitó el turbante y comenzó a agitarlo en el aire, en una especie de mudo lenguaje de señales, semejante al telégrafo de banderas de los barcos. El otro devolvió la seña —que tal vez estaba destinada a un tercer jinete más alejado aún—, y a la caída de la tarde confluyeron los cuatro hacia donde el mercader esperaba.

Suleiman se irguió y señaló a Amín.

—Quítale el cuchillo —ordenó al que lo traía.

Los jinetes desmontaron, desarmaron al negro y lo arrojaron al suelo. El sudanés pareció sentirse más seguro, se aproximó y le golpeó las costillas con sus pesadas botas:

—Te advertí que no lo intentaras, negro —dijo—. Ninguna mujer merece ese riesgo... —Señaló a Nadia, que observaba la escena en silencio—. ¡Mírala! No es mujer para disfrutarla así, de mala manera en pleno desierto... Necesita un buen baño y perfume; y una cama ancha y mullida... Y ya ves lo que te hizo: al menor descuido, te la jugó. ¿Imaginabas que iba a seguirte toda la vida, estúpido?

—No soy estúpido —replicó Amín, molesto—. Vale el doble de lo que dijiste... Luego la vendería...

—¡Oh, vaya par de sinvergüenzas! —rió Suleiman—. Ella te jura amor para escaparse, y tú le juras liberarla pensando en venderla... —Se volvió a Nadia—. Ya ves, negra, que en el fondo yo soy el mejor...

Comenzó a recoger su narguilé, y lo guardó cuidadosamente en el saco de cuero. Se diría que estuviera meditando en algo importante. Contempló al negro, mientras se recostaba en su camello, que protestó malhumorado.

—¡Calla, hijo de puta! —masculló, dándole un manotazo. Luego, se dirigió a sus hombres sin siquiera mirarlos—. ¿Qué castigo merece quien traiciona a su patrón, le roba lo mejor que tiene y se acuesta con su más preciada mercancía...?

Los otros no respondieron. Todos conocían la respuesta.

—¡Bien! —admitió Suleiman—. Voy a cortarte los huevos y a sacarte los ojos. Así cumplo mi promesa. Pero, para que veas que no soy malo, luego te dejaré libre...

—Prefiero que me mates...

El sudanés sonrió divertido:

—Eso sería demasiado simple, negro... ¡Demasiado simple...! Te daré un par de litros de agua para que cuando andes vagando ciego por este desierto, te acuerdes de mí y tengas tiempo de arrepentirte de todos tus pecados... Tal vez ese arrepentimiento te lleve al paraíso.

Extrajo del cinturón una afilada gumia, y al verla, Amín dio un salto y trató de echar a correr, pero tres de los «tedas» se abalanzaron sobre él, y lo clavaron de espaldas en el suelo. Suleiman se aproximó, blandió el arma y comentó:

—No te inquietes. No va a dolerte... Soy muy hábil en esta clase de operaciones... Será mejor que te estés quieto.

De un tajo, desgarró el pantalón, hundió la mano en la entrepierna y extrajo el paquete testicular. Con la punta de la gumia practicó una corta incisión, hurgó unos instante y cortó luego nuevamente con mucho cuidado.

El negro no dijo ni una palabra, ni soltó un lamento. Un sudor helado le corría por el cuerpo, pero apretó los dientes con furia, y no permitió que su rostro dejara traslucir la menor expresión de dolor.

Suleiman se irguió y mostró en la palma de la mano los testículos sanguinolentos.

—Se acabó tu hombría, negro —comentó—. Nunca más volverás a violar muchachitos, ni a robar mujeres... —Arrojó lejos los despojos—. El mundo se quita un gran peso de encima... —Extrajo de uno de los anchos bolsillos de su chilaba un pequeño rollo de cuerda y ató la herida.

»Así no corres peligro de desangrarte —limpió la gumia en el pantalón del negro y se la guardó—. Bueno... —suspiró, desganado—. Sacarte los ojos resulta más desagradable. —Se volvió a uno de sus hombres—. ¿Quieres hacerlo tú?

—¿Por qué no lo matas o lo dejas? —intervino Nadia—. ¿No le has hecho ya bastante daño...?

—Una promesa es una promesa —replicó el mercader—. Y más vale que te calles, porque tienes tanta culpa como él. —Observó a su gente y advirtió que ninguno se decidía a actuar de verdugo. Se puso en pie y sacó un arrugado billete—. Diez dólares al que lo haga —añadió, disponiéndose a subir a su camello.

Cinco minutos después se alejaban hacia el Nordeste.

Sólo entonces, cuando se supo totalmente abandonado, Amín dejó escapar un alarido de dolor, desesperación y miedo.

Zeda-el-Kebìr le recibió con los brazos abiertos e infinitas reverencias:

—Bien venido a mi casa —repetía una y otra vez—. ¡Bien venido...!

Dejó a *Salomé* en manos de un «bellah» y siguió al hombre-comadreja al rincón de los huéspedes, al que una mujeruca encorvada se apresuró a traer té y galletas.

—¿A qué se debe el honor de tu visita, efendi...?

Mario jamás entendió la absurda costumbre de la región de llamar «efendi» a todos los blancos, pero jamás se preocupó tampoco de averiguarlo.

—Busco a dos compañeros —replicó—. Un turco y un inglés... ¿Han estado por aquí?

—¿Por mi casa? —se asombró Zeda—. No, desde luego... —Hizo una pausa e inquirió interesado—: ¿Tenían alguna razón para venir a mi casa...?

—¡Oh, no! —le tranquilizó—. Ninguna en especial. Simplemente, pensé que vendrían y esperaba encontrarlos... —Hizo un gesto con la mano—. No tiene importancia. Probablemente estarán en Guereda... Se habrán entretenido con las putas...

—Probablemente... Pero es tarde ya para seguir tu viaje... ¿Me harás el honor de aceptar mi hospitalidad por esta noche, y continuar mañana tu camino...?

Mario del Corso dudó unos instantes; observó largamente al hombrecillo, y al fin asintió:

—Te lo agradezco... Hace días que no como caliente...

—Mandaré matar una gallina, y prepararemos un magnífico «cuscús»...

—No te molestes...

—No es molestia —le interrumpió—. Nada es molestia tratándose de un valiente miembro del «Grupo Ébano»... Todo es poco para vosotros, que nos protegéis de esa plaga de los traficantes de esclavos... ¡Yuba! —llamó batiendo palmas, pero no apareció nadie, e insistió furioso—: ¡Yuba, negro maldito! ¿Dónde estás?

El «bellah» que se había hecho cargo del camello entró como una exhalación:

—¿Sí, amo...?

—Mata una gallina y dásela a la vieja. Que prepare un buen «cuscús» para nuestro huésped... Y te he dicho muchas veces que no me llames «amo». Yo no soy tu amo... Solamente tu patrón...

El negro se inclinó levemente:

—Sí, amo —dijo, y desapareció.

Zeda-el-Kebir agitó la cabeza con el aire de quien está cansado de la estupidez ajena:

—No se puede con ellos... No se puede... Son raza de esclavos, y cuanto hagamos para lograr que lo olviden, es tarea inútil... No comprenden; no comprenden nada de nada...

Durante largo rato permanecieron en silencio, escuchando el escándalo que hacía Yuba persiguiendo a una gallina por el corral. Al fin, el cacareo histérico quedó bruscamente interrumpido, y renació la calma en el gallinero.

—¿Tienes noticias de alguna caravana de esclavos? —inquirió de improviso el italiano.

—¿Una caravana de esclavos? —Zeda fingía a la perfección su asombro—. No, desde luego, efendi... Ni la menor idea... Días atrás partió de mi casa una caravana, pero puedo asegurarte que estaba «limpia»... Yo mismo inspeccioné la carga: sosa del Chad para el Sudán.

—¿Alguna mujer?

—¿Mujer? No. Ninguna...

El italiano guardó silencio nuevamente. Meditaba, y al fin se decidió a hablar:

—Escucha bien, Zeda —comenzó—. Tenemos noticias de que una caravana intenta atravesar la zona con una mujer joven y bonita... Si obtienes alguna información te daré quinientos dólares...

El hombrecillo soltó un largo silbido de admiración:

—Muy importante debe de ser esa mujer...

—Para nosotros lo es.

—¿Por qué?

—Está casada con un amigo...

—¿Un blanco?

—Sí...

—¡Vaya...! —exclamó—. Eso sí es curioso. Una esclava negra casada con un blanco.

—¿Cómo sabes que es negra?

Zeda-el-Kebir se sorprendió por la pregunta:

—«Tiene» que ser negra —puntualizó—. Nadie se atrevería a robar una blanca y atravesar con ella media África... Además: si fuera blanca, me lo habrías dicho desde el primer momento. ¿O no?

—Sí, desde luego —admitió el otro—. Es negra...

—¿Y quién es el marido?

—Un amigo, ya te lo he dicho...

No volvieron a hablar hasta que entró la mujeruca con el «cuscús». Comieron en silencio, y al concluir, Zeda encendió el narguilé y le ofreció una boquilla a su huésped.

Mario negó con un gesto:

—Prefiero irme a dormir...

—Yuba te mostrará tu aposento...

—Te lo agradezco, pero me gusta hacerlo al aire libre... —Se encaminó hacia la puerta—. ¡Hasta mañana...!

—Que Alá te bendiga...

Salió a la noche y respiró a gusto el aire, que empezaba a ser fresco. Comprobó que *Salomé* había comido, recogió su manta y el fusil, y se tumbó en la arena, al socaire de los muros de la casa.

Concluyó su ronda de la mañana, y se dispuso a dormir. Lanzó una última ojeada a un paisaje del que ya conocía cada detalle, y fue como si le comprimieran de pronto las entrañas, el corazón, e incluso el estómago.

Se pasó la mano por la cara buscando tranquilizarse y no ser víctima, una vez más, de una ilusión óptica. Volvió a mirar, y no le cupo duda: al frente y a su izquierda, muy lejos, cerca ya de la zona que le tocaba vigilar a Pisaca, había hecho su aparición una larga fila de camellos que avanzaba hacia el Nordeste.

—Ahí están —masculló—. ¡Oh, Dios santo! ¿Será posible...?

Tuvo que hacer un esfuerzo para no saltar sobre el jeep y correr hacia ellos. Recordó las palabras de Alec: «No se aproxime solo. Pisaca o yo acudiremos para interceptarla juntos...»

Costaba trabajo acatar la orden, pero comprendió que no hacerlo podía significar echarlo todo a perder.

Dejó pasar las horas tumbado sobre la duna, observando hipnotizado el lento avanzar de las bestias, viendo cómo de tanto en tanto una de ellas lanzaba su carga al suelo y obligaba al resto a acortar el paso.

Parecía ridículo y absurdo que en los tiempos del «Concorde» y los barcos atómicos pudiera subsistir semejante medio de transporte, pero observando la desolación de las tierras que le rodeaban, y advirtiendo que aquel desierto no había cambiado en miles de años —ni cambiaría nunca— resultaba lógico admitir que la caravana de camellos constituyera el único modo de atravesar los arenales.

No existían en aquel desierto carreteras, ni pistas, y las que aparecían marcadas en los mapas, no eran en el fondo más que eso: marcas en los mapas, porque a la hora de la verdad, cuando se intentaba buscarlas, habían desaparecido tragadas por la arena o borradas por el viento.

Mientras el mundo siguiera siendo mundo, y el Sáhara, Sáhara, el camello resultaría siempre más seguro que el motor, y la caravana, más práctica que la carretera.

Le llegó el primer berrear de una bestia malhumorada, y más tarde el grito airado de un camellero fastidiado. Aguzó la vista, pero le resultó imposible distinguir la clase de carga que traían, ni el número exacto de viajeros, su color o su sexo.

Al fin, hacia el Este, hizo su aparición la silueta de Cristóbal Pisaca montado en *Marbella* y con un moderno rifle claramente visible, apoyado en la cintura.

David se deslizó de la duna, trepó al jeep, lo puso en marcha y se dirigió al encuentro del español, sin apartar por ello los ojos de la caravana, que se había detenido al verles.

Las bestias aprovecharon para tumbarse a descansar, y sus propietarios saltaron a tierra y avanzaron hasta la cabeza de la columna, aguardando la llegada de vehículo y jinete.

Quinientos metros antes de alcanzarlos, David y Pisaca coincidieron. El médico se colocó a su izquierda, y sin detenerse, indicó:

—Yo iré delante. Deténgase a unos cien metros, y cúbrame mientras inspecciono la carga... Si surgen problemas, no venga en mi ayuda; dispare cuanto pueda, y corra al oasis, a avisar a Alec... ¿Está claro?

—¿Por qué no me deja ir a mí...?

—Porque usted no conoce a esta gente... ¡Quédese aquí!

Obedeció, detuvo el jeep, se apeó, y extrajo de su funda el rifle, que brilló al sol. Pisaca continuó su marcha y ordenó arrodillarse a su camello frente al grupo que le esperaba:

—*Aselam aleikum* —saludó.

—*Aselam aleikum* —le respondieron—. ¿Qué significa esto? —inquirió el árabe que parecía comandar la caravana.

—Simple rutina... Queremos comprobar que no transportas esclavos...

—¿Con qué derecho?

Cristóbal Pisaca mostró su arma:

—Éste.

El otro no pareció inmutarse:

—Yo tengo ocho camelleros, todos armados...

El español sonrió:

—¿Sabes tú cuántos hombres armados tengo yo...?

—No, desde luego. Pero no voy a discutir por eso... Si lo que buscas son esclavos, puedes revisar mi carga... Está «limpia» —Hizo un gesto a uno de sus hombres—. Enciende fuego y prepara té para nuestros huéspedes... Tú, monta mi jaima...

Pisaca recorrió uno por uno la fila de animales, cerciorándose de que, en efecto, no transportaban más que sosa del lago. Le llamó la atención la ínfima calidad de las bestias, pero no hizo comentario alguno. Cuando regresó, el té estaba casi listo y la jaima alzada. Le bastó una ojeada para comprobar que ningún caravanero tenía armas de fuego a mano, y sólo entonces hizo un gesto a David, invitándole a que se aproximara.

Tomó asiento sobre la alfombra y dejó el rifle a su lado.

El sudanés lo señaló con un gesto:

—No vas a necesitarlo —señaló—. Mi hospitalidad es sagrada. Si la traicionara, Alá no me permitiría entrar en el Paraíso...

El español no respondió. David acababa de hacer su aparición, y saludó con una ligera inclinación de cabeza.

—Éste es mi amigo David Alexander —indicó Pisaca—. No habla árabe... ¿Hablas inglés...?

—¡Oh, sí, desde luego! —admitió el otro—. Soy sudanés. Me llamo Suleiman Ben-Koufra, y regreso a mi casa, en Al-Fasher, tras un largo viaje de negocios...

—Muy largo ha debido de ser, en efecto —replicó Pisaca—. Tus camellos se encuentran en un estado deplorable...

—La sequía azota África —sentenció Suleiman—. Las mejores bestias han muerto, o quedaron reducidas a lo que ves... —Hizo una pausa—. ¿Formáis parte, por ventura, de ese ejército misterioso llamado «Grupo Ébano»?

—Yo sí, mi compañero no... —le observó fijamente—. Mi compañero busca a su esposa, una joven robada por los negreros en Camerún... —Dejó caer la pregunta—: ¿Sabes algo de ella?

David hubiera jurado que un destello de asombro había cruzado por los ojos de Suleiman, que tomó la tetera y comenzó a servir con pulso firme, sin que se advirtiera en él la menor vacilación. Cuando hubo concluido, alzó la mirada:

—¿Por qué habría de saber algo? —replicó con calma—. Soy comerciante, y jamás he tenido trato alguno con traficantes de esclavos...

—Era una simple pregunta... —Pisaca sorbió su té—. Mi amigo ofrece una gran suma de dinero a quien le devuelva a su esposa... —Se volvió a David—. ¿No es cierto?

Asintió en silencio, bebió a su vez, y dejó que la cifra llenara la jaima:

—Ochenta mil dólares —dijo—. Todo lo que puedo conseguir.

La mano de Suleiman R'Orab, alias Suleiman Ben-Koufra, tembló ahora perceptiblemente.

—¿Ochenta mil dólares? —repitió, incrédulo—. Mucho debes de amar a tu esposa...

—Mucho, en efecto... —admitió—. Dime... ¿Conoces alguna forma de ayudarme a encontrarla...?

—Es más dinero del que ganarías en diez años de comerciar en el desierto... —le recordó Pisaca.

—Mucho más, desde luego —aceptó el mercader—. Pero, por desgracia, no veo cómo ganarlo... —Guardó silencio un instante, pensativo—. De todos modos —añadió—, consultaré el problema con mis hombres, por si alguno pudiera tener noticias de los negreros... ¿Cómo se llama tu esposa, y qué aspecto tiene?

232

—Se llama Nadia, tiene veinte años, y es ashanti...

El sudanés se puso en pie y se encaminó a la salida:

—Quizás eso baste —respondió.

Llamó a sus hombres y se alejaron juntos hacia el final de la caravana.

Devid se volvió al médico:

—¿Cree que hemos hecho bien?

—Espero que sí... Es una cifra muy alta, que le puso nervioso... Más de lo que le pagará cualquier comprador... Si él la tiene, buscará el modo de llegar a un acuerdo... Volverá diciendo que uno de sus hombres conoce a un tipo, cuyo primo conoce a... —Hizo un amplia ademán con la mano—. Si se ofrece como intermediario, andamos en buena pista...

—¡Dios lo quiera...!

—¿Tiene ese dinero?

—Puedo encontrarlo... Collingwood ofreció prestarme el que necesitara, y en quince días puedo devolvérselo...

—A él le sobra. No se preocupe por eso...

Se interrumpió. El mercader regresaba solo y cabizbajo como si algo le preocupara.

En realidad le preocupaba. Ochenta mil dólares era una cifra capaz de empujarle a cometer una tontería, y había necesitado la disculpa de consultar con sus hombres para tener tiempo de pensarlo. Ochenta mil dólares a cambio de alguien por quien no esperaba conseguir más de veinte mil, y sin necesidad de correr riesgos. ¡Ochenta mil dólares! Suficiente como para retirarse definitivamente.

Pero recordó las palabras de Amín:

—«Sabe demasiado sobre nosotros... ¿Dónde estaríamos seguros si nos denuncia?»

Tenía razón el negro: había demasiadas muertes por medio. Si Nadia contaba lo que sabía sobre Suleiman R'Orab, le perseguirían hasta el mismísimo confín del mundo, pondrían su cabeza a precio, arrasarían su casa en Suakín, y nunca más dormiría tranquilo. Sonrió a sus huéspedes, tomó asiento y agitó la cabeza apesadumbrado:

—Lo siento —se disculpó—. No tienen la menor idea de cómo ponerse en contacto con los traficantes de esclavos...

—¿Estás seguro?

—Podrías ganar una buena comisión sirviendo de intermediario...

Negó con firmeza:

—Mis principios no me permitirían aceptar un solo centavo de semejante negociación... —rechazó, altivo—. Lo que de veras lamento, es no poder ser de ayuda...

Pareció dar por concluida la conversación, y se despidieron. Pisaca tomó su camello por el ronzal y acompañó a David hasta donde había dejado el jeep.

Desde allí se volvieron a observar a la caravana, que se alistaba para ponerse en marcha una vez recogida la jaima.

El español se mordía el labio inferior con gesto mecánico y expresión ausente:

—Es extraño —confesó al fin—. Muy extraño... La primera vez en mi vida, que veo a un comerciante sudanés rechazar la posibilidad de ganarse una comisión... —Le miró de frente—. ¿Lo encuentra normal?

—No conozco a esta gente...

—Todos son igualmente marrulleros... —Se mordió de nuevo el labio casi hasta hacerse daño—. Juraría que no es que no sepa nada... Quizá sabe demasiado...

—Entonces, ¿por qué no intenta negociar...?

—Eso es lo que me preocupa...

La caravana se había puesto en marcha, y cruzaba junto a ellos. Suleiman les saludó desde lo alto de su cabalgadura y siguió su camino.

David se volvió a Pisaca.

—¿Y ahora qué hacemos? —preguntó.

—Continuar con los ojos más abiertos que nunca... Sigo creyendo que aquí hay gato encerrado...

—¿Cómo dice?

—Que hay «gato encerrado»... En mi país significa que la cosa no está tan clara como parece... —Comenzó a morderse con fruición el pulgar de la mano izquierda—. ¡Mire esos camellos...! —comentó—. Son los animales más piojosos que he visto en mi vida... Ningún traficante de esclavos compraría esas bestias... Más parecen, en verdad, pertenecer a un pobre comerciante de sosa muerto de hambre...

Buscó un paquete de cigarrillos y ofreció uno a

David, que lo observó sorprendido, lo olió y arrugó la nariz:

—¿Qué es esto? —inquirió inquieto—. ¿Marihuana?

—«Coronas». El mejor tabaco negro de las islas Canarias... Más vale que regrese a su puesto —indicó luego—. Yo me quedaré aquí...

—¿Por qué?

—Alguien debe hacerlo por si intentan avisar a una segunda caravana... Y yo tengo más experiencia...

—Me gustaría acompañarle.

—Debe cubrir su hueco... Mañana, muy temprano, vaya hasta el oasis y avise a Miranda. Ella se lo dirá a Alec, y que él decida... —Le tendió la mano—. Ahora más vale que se largue o le agarrará la noche en el camino.

Puso en marcha el motor:

—¡Suerte!

—¡Suerte...!

Pisaca observó cómo el vehículo se alejaba entre una nube de polvo: dirigió una última mirada a la caravana que se perdía de vista hacia el Norte, calculó mentalmente cuánto quedaba de luz, y comenzó a desensillar a *Marbella*.

—Vete a comer algo, pero no te alejes mucho —pidió—. Tal vez te necesite...

Le trabó una pata, y dejó que el animal se dedicara a ramonear por los alrededores.

Luego, se entretuvo en pulir cuidadosamente su fusil de mira telescópica.

La luna hizo su aparición y alumbró al hombre que dormía abrazado a su arma, y a la sombra que se deslizaba hacia él calladamente.

Un par de ranas cantaban junto al pozo.

La sombra continuó su avance deteniéndose cada metro a escuchar el silencio en que quedaba la noche cuando las ranas cesaban en su canto.

El hombre dejó escapar un corto ronquido y cambió de posición buscando acomodo bajo la manta.

La sombra aguardó antes de decidirse a dar otro paso.

La luna ascendió en el horizonte.

Las ranas cantaron de nuevo.

El visitante nocturno llegó junto al durmiente, se inclinó en silencio y extendió la mano hacia su rostro, pero se quedó con ella a medio camino, espantado por el revólver que le apuntaba directamente a los ojos.

Durante unos segundos, el negro Yuba y Mario del Corso se observaron en silencio.

—¿Qué buscas? —inquirió el italiano.

El «bellah» se llevó el dedo a los labios indicándole que bajara la voz.

—¡No grites! —Zeda es como el fenec..., duerme con la oreja despierta... Necesito hablar contigo...

Hizo un gesto para que le siguiera. Mario tomó su fusil, y marchó agazapado tras el negro, procurando no hacer ruido. A un centenar de metros de la casa, se detuvieron en un bosquecillo de tarfas.

—¿Qué pasa? —se impacientó.

Yuba señaló la tierra a sus pies:

—Aquí están enterrados tus amigos —dijo—. Los dos.

Mario sintió como si una curva gumia le hubiera rajado las entrañas y estuviera revolviendo en sus tripas. Dejó escapar un ronco sollozo:

—¡Oh, no!

Tardó en serenarse. El negro le veía llorar conservando un silencio respetuoso. Al fin, el italiano alzó el rostro y se secó las lágrimas con la manga de su ancha camisa:

—¿Por qué? —quiso saber.

Se encogió de hombros.

—Llegaron cuando mi amo tenía huéspedes y un cargamento de esclavos en el sótano... Sonaron tiros, y cuando acudí estaban muertos.

—¿Había una muchacha entre los esclavos? Una ashanti...

—Sí... Oí decir a mi amo que valía una fortuna...

Mario del Corso guardó silencio, pensativo. Por su mente pasó el rostro siempre alegre de Razman, y recordó las horas de plácida conversación que había mantenido con M'Taggart a la luz de una hoguera.

Alzó la vista hacia el negro:

—¿Por qué haces esto?

—Quiero ser libre... Siempre quise denunciar a Zeda y su «Casa de engorde», pero temía su venganza... Ahora ya no podrá vengarse... —le aferró del brazo—. No dejarás que viva, ¿verdad? —inquirió, preocupado.

—No, desde luego. Si es cierto, no dejaré que viva...

—Si quieres, traigo una pala y desenterraremos a los muertos... Sus ropas y sus armas están en la habitación de Zeda, en un arcón que guarda bajo su cama...

—¿Dónde duerme Zeda?

—En la habitación del fondo...

—¿La ventana de la esquina?

El negro asintió.

Mario se irguió decidido, comprobó que su arma

estaba cargada y quitó el seguro.

—Gracias —dijo—. Te compensaré por esto...

—Ser libre es suficiente recompensa...

No prestó atención a la respuesta. Abandonó la protección del bosquecillo de tarfas y marchó con paso decidido hacia la casa, iluminada apenas por la luna. Por primera vez en su vida una incontenible ansia de matar se había apoderado de él. El recuerdo de sus compañeros llegó incluso a hacerle olvidar que necesitaba vivo a Zeda-el-Kebir.

No más de veinte metros le separaban de la casa, cuando en la ventana de la esquina algo brilló, y con un reflejo instintivo se lanzó al suelo al tiempo que estallaba un fogonazo.

El estampido se alejó por la llanura, y las ranas dejaron de cantar, asustadas. El silencio pareció haberse adueñado del mundo, hasta que una voz llamó a sus espaldas.

—¿Estás muerto, efendi...?

Le hizo gracia el tono lastimero del aterrorizado negro, y sonrió levemente. Luego tanteó a su alrededor buscando el fusil, que había escapado de su mano.

Sonó un nuevo disparo y advirtió que la bala cruzaba silbando sobre su cabeza.

La voz de Zeda-el-Kebir llegó clara, atronando la noche.

—¡Luego acabaré contigo, Yuba, negro traidor! —prometió—. ¡Te despellejaré vivo!

—No te mueras, efendi —suplicó el negro desde las tarfas—. Es capaz de cumplir su promesa...

Su mano encontró el metal del cañón, lo atrajo hacia sí y, girando sobre el costado, comenzó a disparar hacia la casa sin apuntar apenas.

Respondieron desde dentro, y nuevas balas pasaron buscándole. Se arrastró hasta una pequeña hoya que le sirvió de protección, y desde allí reanudó el fuego.

Gastó diez o doce cartuchos antes de comprender que nada lograría y estaba desperdiciando sus municiones. Zeda-el-Kebir había llegado a la misma conclusión, porque no respondía a sus disparos.

Estudió la situación. No era, en verdad, envidiable, atrapado en aquella diminuta hondonada de la que no podía escurrirse sin peligro de caer bajo el fuego del hombrecillo-comadreja.

Dejó pasar el tiempo, recordó lo ocurrido con Razman y el inglés, y una súbita furia le asaltó. Tuvo que hacer un esfuerzo para no echar a correr abiertamente hacia la casa disparando y disparando hasta acabar con la alimaña que se ocultaba dentro.

Dos hombres valientes, dos amigos de años de vagar por el desierto, asesinados fríamente... Mario del Corso se prometió que no dejaría piedra sobre piedra de la «Casa de engorde» de Zeda-el-Kebir, y su venganza serviría de escarmiento a todos los que se atrevieran a comerciar con negros.

—¡Yuba! —llamó—. ¿Yuba, dónde estás?

No obtuvo respuesta a sus espaldas, y no le sorprendió. El «bellah» debía de estar muy lejos ya, huyendo todo lo aprisa que le permitieran sus piernas.

Algo se movió tras la ventana y disparó, pero no sirvió de nada, ni le devolvieron los disparos.

—Se quedará ahí quieto hasta que amanezca... —gruñó.

Trató de iniciar un lento retroceso hacia el bosquecillo, pero dos balas le hicieron regresar a toda prisa a su precario refugio y esconder la cabeza. Se sintió atrapado:

—Si aún estoy vivo cuando salga el sol, me va a convertir en picadillo —se dijo—. Se va a divertir el muy...

Se interrumpió. Algo llamó su atención en el corral, al otro lado de la casa. Una luz se balanceaba y podría jurar que estaba haciendo señas. Prestó atención, y no le cupo duda: alguien había encendido un quinqué de petróleo, y lo agitaba en su dirección, a espaldas de Zeda.

La luz comenzó a avanzar hacia la casa, y pudo distinguir a Yuba, que se aproximaba a gachas y en silencio. Comprendió la intención del negro, se echó el fusil a la cara y disparó tres veces hacia la ventana.

El «bellah» aprovechó ese instante para llegar a la esquina de la casa, ponerse en pie y, con un simple balanceo de su brazo izquierdo, lanzar dentro el quinqué encendido.

Mario aguardó paciente a que Zeda saltara por la

ventana. Cuando lo hizo, no necesitó que Yuba le gritara:

—¡Mátalo! ¡Mátalo, efendi...!

Disparó a placer, hasta que el hombre-comadreja dejó de moverse.

Hienas, buitres y chacales.

Sabía que le rodeaban, podía oírlos, sentirlos e incluso olerlos, y de tanto en tanto una hiena atrevida se abalanzaba enseñando los dientes y tratando de atacarle para retroceder en cuanto le plantaba cara esgrimiendo el grueso pedrusco que constituía toda su defensa.

Era una defensa desesperada e inútil, debilitado por la hemorragia y la sed, sin armas y sin ojos. Únicamente el miedo y la ira le mantenían en pie frente a la jauría, consciente de que en cuanto cayera al suelo, una hiena encontraría el camino de su cuello, y los buitres comenzarían a despedazarle en vida.

Gritó.

Su grito fue un aullido desesperado que por unos instantes paralizó a las fieras. Luego trató de correr, tambaleante, para ir a tropezar con un matojo y caer de bruces.

Permaneció así unos instantes intentando recuperar unas fuerzas que sabía que ya nunca recuperaría, y tanteó buscando la piedra que había escapado de su mano.

Olfateó el aire. El hedor a carroña le advirtió que una hiena se había aproximado y agitó los brazos con los puños cerrados. Golpeó a la bestia, pero ésta se revolvió haciendo presa en su muñeca, agitando la cabeza en un intento de desgarrarle.

Ésa fue su perdición. La mano de Amín voló a su garganta, apretó hasta obligarla a soltarle, y ya con las dos manos la estranguló con tal saña que le quebró el espinazo.

Arrojó a un lado el cadáver, y de inmediato sus hermanas de sangre se lanzaron a devorarla.

El negro reanudó su marcha tambaleante en un último intento de alejarse de las alimañas, pero cien metros más allá se derrumbó de nuevo, derrotado.

Prudentemente, hienas y buitres y chacales reanudaron su aproximación cuando la hiena muerta no era ya más que un montón de huesos.

Amín los oyó llegar y se supo incapaz de reemprender la lucha. Tanteó a ciegas, encontró una roca y comenzó a golpearla con la frente, en un intento de perder el sentido, y que todo acabara de una vez.

Un buitre se le posó en la espalda.

Una hiena le mordió la pierna.

Sonó un disparo.

Las bestias se desbandaron, y Amín alzó el rostro cubierto de sangre, con el oído atento al trote de un mehari que se aproximaba por la llanura.

Sonó un nuevo disparo. Las fieras rezagadas abrieron paso, y los buitres alzaron vuelo trazando círculos y más círculos en el aire.

El jinete saltó de su montura sin siquiera esperar a que se arrodillara, y acudió junto al hombre caído.

—¡Dios sea loado...! —exclamó—. ¿Quién te ha hecho esto?

—¡Agua!

Regresó a su montura y buscó una pesada cantimplora que llevó a los labios del negro. Observó sus heridas y las vacías cuencas de sus ojos con dolorido espanto.

Amín temblaba.

—Tranquilízate —pidió—. Ya estás a salvo... Te llevaré a Guereda...

El negro negó convencido...

—Dios te lo premie —dijo—. Pero es inútil... Mátame de un tiro, y entiérrame donde esas bestias no puedan encontrarme.

—Intentaré curarte...

242

Amín le aferró por un brazo:

—¡No! ¡Te lo ruego...! —suplicó—. Mírame bien: me han castrado y me han sacado los ojos... ¿Para qué quiero vivir...?

—¿Quién lo hizo...?

—Suleiman R'Orab, un traficante de esclavos... —Bebió de nuevo, y luego añadió—: Busca al «Grupo Ébano»... Te pagarán la información que voy a darte... —Suspiró profundamente—. Diles que Suleiman R'Orab, también llamado Suleiman Ben Koufra, asesinó a dos de ellos en casa de Zeda-el-Kebir... Diles, también, que Suleiman lleva a la esclava que buscan: una ashanti llamada Nadia... Se dirige a Tazira, donde le espera un camión para llevarle a Al-Fasher... ¿Me atiendes...? —se impacientó.

—Te escucho... —le tranquilizó el otro—. Te escucho: Suleiman se dirige a Al-Fasher...

—¡Es un hijo de perra...! Sueña con retirarse a Suakín, pero quiero que lo atrapen y pague por lo que me ha hecho... —Permaneció unos instantes pensativo, y luego continuó—: Busca también a Malik-el-Fasi... Dile que Suleiman fue el que mató a su esposa y se llevó a sus hijos —mintió—. Díselo, para que él también lo busque...

—¿Cómo lo sabes...?

—Yo estaba allí...

—¿Qué fue de los niños...?

—¿Qué niños?

—Los hijos de Malik...

—El pequeño murió en Suakín, cuando lo castraron... Oí decir que el otro se tiró al mar Rojo... Suleiman tuvo la culpa —mintió nuevamente—. Busca a Malik y cuéntaselo todo... —Aferró la camisa del hombre y lo atrajo hacia sí—. ¡Júrame que lo harás! —pidió—. Júrame que buscarás a Malik.

El hombre le apartó la mano suavemente.

—Yo soy Malik —dijo.

Se hizo un largo silencio. Bajo el sol del desierto, rodeados de alimañas, y sin más testigo que el mehari paciente, los dos hombres permanecieron muy quietos y callados, como si hubieran captado que no eran en ese momento más que dos piezas de un juego; el gigantesco juego del Destino que los había unido después de tantos años.

—Demasiado tarde— murmuró el negro al fin—. Toda la vida estuve temiendo este momento, pero ya no me importa... —Agitó la cabeza—. ¿Qué más puedes hacerme?

Malik afirmó con la cabeza, aunque sabía que el otro no le veía.

—Nada —admitió.

Recogió su cantimplora y subió a su montura.

—¡Shiiaaa! —le ordenó—. Arriba...

El mehari se irguió obediente. Malik echó un vistazo a su alrededor, orientó la cabeza del animal hacia el Norte, y le golpeó con el pie para que se pusiera en marcha.

No volvió ni una sola vez el rostro.

Amín le oyó marchar, y luego oyó claramente cómo los buitres aleteaban volando cada vez más bajo, mientras hienas y chacales comenzaban a estrechar de nuevo el círculo.

Era uno de los más hermosos amaneceres que recordaba en mucho tiempo. El viento no se había presentado en la madrugada —extraña ausencia— y todo era silencio y paz cuando la primera claridad se insinuó a sus espaldas, permitiéndole distinguir la manada de gacelas que pastaban en calma, la última hiena que se retiraba a su escondite, y la bandada de codornices que alzaban su vuelo migratorio aprovechando el frescor de la hora.

Experimentó la sensación de que la misma calma del paisaje le invadía, como si un claro presentimiento le avisara que Nadia estaba cerca; que por una vez había sabido escoger el camino y ya tan sólo era cuestión de tiempo recuperarla.

Ya no tenía miedo.

La tarde antes, cuando, aferrado al arma, vio cómo Cristóbal Pisaca se aproximaba a la caravana y revisaba la carga, se notó tranquilo, sereno, y decidido a enfrentarse con aquel puñado de nómadas en cuanto uno de ellos iniciara el menor gesto que se le antojara sospechoso.

No les temía. Ni a ellos, ni a cien más, y no era la excitación o la furia lo que daba valor, sino una frialdad consciente; un convencimiento profundo de que estaba haciendo lo que debía.

Tampoco experimentaba ya el peor de los miedos:

el de no ser capaz de encarar el problema y resolverlo.

La prueba era él mismo: el fusil que empuñaba, y la caravana detenida en el corazón del desierto.

Él, David, se encontraba justo en el punto en que debía, y había llegado a ello a través de un largo viaje y extrañas vicisitudes. Nadia no estaba en aquella caravana, pero, pese a ello, durante la larga noche de vigilia, David comprendió que, a partir de ese momento, se consideraba capaz de encarar cualquier situación.

Era todo cuestión de empezar, y David se había dado cuenta de que, en realidad, tenía miedo de empezar las cosas.

Verlas desde fuera como montañas inaccesibles le espantaba, pero una vez dentro, cuando había iniciado la ascensión, nada podía detenerle, y se sabía capaz entonces de luchar con mucho más ímpetu, firmeza y perseverancia que cualquier otro.

Allí, a su alrededor, dormía la más desolada y temida de las regiones del planeta, pero él, David Alexander, sufriría diez años aquel calor de infierno y aquella soledad de muerte, si era eso lo que se le exigía para recuperar a Nadia.

En él confluían la osadía del tímido y la perseverancia del indeciso, y sonrió al pensar en la cara de Jojó, si en verdad había otra vida, y le estaba observando desde el más allá.

—Te desconozco, largo —le diría—. ¡Tantos años juntos para venir a descubrir ahora tu carácter...!

Recordaba una tarde en Lima. Se habían cansado de fotografiar muertos y ruinas tras el terremoto, allá en el Norte, y habían regresado a la capital cansados y enfermos de tanta sangre y tanta destrucción. Pasaron dos muchachas haciendo una colecta para los damnificados y se sentaron con ellos a tomar un refresco en la esquina de la plaza de Armas, justo a la sombra de la estatua de Pizarro. La más alta, mezcla de cholo y china, tenía un extraño atractivo en el rostro, y una carne dura como madera bajo una piel oscura, suave y tirante.

—Llévatela a la cama, largo —le susurraba Jojó—. Está loca por un rubio de casi dos metros... ¡Llévatela a la cama, bestia...!

—¡Pero si es una niña! ¡Una chica seria!

—¿Qué tendrá que ver la seriedad...? Si me dijera a mí lo que te está diciendo... Si me mirara así...

Bajaron juntos por el Girón La Unión; la otra muchacha se despidió en la esquina de la plaza San Martín, y cuando la china-chola estaba a punto de tomar el autobús, justo frente a la puerta del «Hotel Bolívar» donde se hospedaban, Jojó le masculló al oído fuera de sí:

—¡Díselo, mierda, o no vuelvo a saludarte en la vida...!

Ella tenía ya un pie en el estribo y las monedas en la mano, y se miraron, los tres, uno tras otro. Al fin las palabras salieron de su boca sin pensarlo, como si fuera el mismísimo Jojó quien las decía por él:

—¿Quieres acostarte conmigo?

Le miró desde el pescante del vehículo. Por un instante creyó que iba a darle una bofetada, pero tranquilamente guardó la moneda y se apeó.

—Algo lento, tú..., ¿no?

Desde ese instante tomó la iniciativa y ya todo marchó sobre ruedas hasta que a la madrugada siguiente la dejó en el mismo autobús, un minuto antes de que Jojó y él salieran hacia el aeropuerto.

—¡Largo de mierda! —masculló entonces Jojó, aún soñoliento—. Ese polvo me lo debes a mí, desgraciado...

El sol asomó en el horizonte. Lanzó una larga ojeada a la llanura; comprobó que nada se movía en la inmensidad del desierto; que las gacelas se habían marchado y todo estaba ya en calma; trepó al jeep, y se encaminó, entre saltos y traqueteos, hacia el lejano oasis en que Miranda, al verlo llegar, le aguardaba con un par de huevos en la sartén.

—Una caravana cruzó ayer tarde —señaló—. Hay que avisar a Alec.

Miranda asintió, fue hasta un rincón de su improvisada tienda de campaña, desenfundó su arma, disparó al aire por tres veces, aguardó un instante y repitió los disparos.

Cuando volvió a su lado, David señaló con la cabeza hacia el vehículo.

—La gasolina se está acabando. Sentiría dejarlo

tirado en medio del desierto.

—Hay un depósito de reserva —indicó ella—. Cuando se desprecinta, es para salir zumbando hacia el primer surtidor.

—¿Cuánto dura?

—Doscientos kilómetros.

—¿Hay algún surtidor a doscientos kilómetros de aquí...?

—Tazira... Y más allá, la pista que va de Abeché a Al-Fasher; la única que une Chad con Sudán... El camino más corto es adentrarse en Sudán...

—¿No habrá problemas al cruzar la frontera?

Sonrió.

—¿Frontera? ¿Qué frontera...? ¿Para qué la necesitan si todo es desierto...?

Guardaron silencio un largo rato. David había terminado de comer, y fumaba apoyado en el tronco de una palmera. Miranda lavó los platos, recogió todo y tomó asiento frente a él. Al rato, pidió:

—Hábleme de ella...

—¿De Nadia...?

Asintió.

—Durante todos estos días, aquí, a solas, no he hecho más que pensar en lo que estará sufriendo y en lo que pensará a su vez. Estoy tan unida a ella como no lo he estado jamás a ninguna persona, excepto Alec, y, sin embargo, no la conozco en absoluto... ¿Cómo es?

Tardó en responder, seguro como estaba de que no encontraría palabras para describirla.

—Es como un ser venido de otro mundo —comentó al fin—. Todo en ella se sale de lo normal y contrasta con los patrones que nos formamos de las personas. Es negra, pero al propio tiempo, sus rasgos son de blanca, como lo es su cabello y su forma de comportarse. Ganó una medalla olímpica corriendo, pero a la vez habla cinco idiomas, se ha licenciado en Ciencias Políticas y está considerada una autoridad en problemas africanos. Es dulce, tierna y femenina, pero tiene el coraje y el ímpetu de un hombre de acción. Es seria y divertida; apasionada y fría; orgullosa y modesta; tímida y osada... Una pura contradicción en perfecta armonía...

—¿Se siente inferior a ella...?

—«Todos» somos inferiores a ella... —recalcó—. Sé que lo soy, pero no me preocupa ni me amarga. Por el contrario: me siento orgulloso de que, entre todos los hombres de este mundo, me escogiera a mí. A menudo, los problemas en el matrimonio vienen porque se convierte en una lucha por la supremacía... En nuestro caso no. Yo reconozco que es superior a mí, pero al propio tiempo Nadia es lo suficientemente inteligente como para dejarme el papel importante... Ante los extraños, yo soy el que habla, yo soy el «brillante», aunque a menudo mis opiniones provengan en realidad de ella. Se limita a escuchar, e incluso se diría que lo que estoy diciendo la asombra y maravilla... Es tan inteligente, que no lo parece...

Miranda sonrió levemente sin asomo de burla.

—Entiendo —admitió—. Y entiendo que eso demuestra un amor muy grande por su parte.

Fue a añadir algo, pero David la interrumpió con un gesto, pidiendo que guardara silencio.

—Alguien viene —señaló.

—Debe de ser Alec...

—No. Viene del Sur... —Guiñó un ojo burlonamente—. Ya ve que me estoy volviendo un experto...

Treparon a la duna, arma al brazo, y aguardaron la llegada del jinete, que se detuvo a su altura, obligó a arrodillarse a su montura y saludó cortésmente:

—*Aselam aleikum.*

—*Aselam aleikum.*

—Mi nombre es Malik-el-Fasi, del Kel Talgimuss —se presentó el targuí.

—Malik *el Solitario*? —se sorprendió Miranda.

—Así me llaman...

Fueron a sentarse a la sombra, los hombres frente a frente, mientras Miranda preparaba el té de la hospitalidad. David no podía evitar la curiosidad con que observaba al targuí, figura legendaria de la que había oído hablar tanto en los últimos tiempos.

—Alec Collingwood le busca —comentó al fin.

—Lo sé —admitió el targuí—. Viene hacia acá...

Miranda corrió a la duna más próxima, subió a ella, observó el horizonte y regresó desconcertada.

—No lo veo... —confesó.

—Viene —insistió Malik—. Mi camello lo olió.

Se volvieron alternativamente del hombre a la bestia, que rumiaba a la sombra de una palmera, y al fin se miraron desconcertados.

El té, hirviente, dulzón y pegajoso, al auténtico estilo saharauí, gorgojeó en los vasos pequeños y toscos. Malik lo bebió tal como estaba, a cortos sorbos, sin quemarse a pesar de que tan sólo de tocarlo abrasaba. Al concluir cerró los ojos, se recostó en el tronco de la palmera y permaneció unos instantes inmóvil, meditando. Luego, se puso en pie, hizo una leve inclinación de cabeza agradeciendo el té, y se alejó un centenar de metros. Allí se arrodilló de cara a La Meca, y comenzó a recitar sus oraciones bajo un sol que derretía las piedras.

Le observaban sin atreverse a comenzar su té, que continuaba hirviendo.

—Un tipo extraño, ¿no le parece? —comentó él.

—Un «hombre leyenda»... Dicen que ha matado a tanta gente que imaginé que se le notaría en la cara... Únicamente parece triste...

—Debe de ser triste vagar solo por el desierto. Estas noches, allí, despierto sobre una duna, llegué a pensar que la soledad acabaría por volverme loco. Sólo me mantenía el convencimiento de que lo hacía por salvar a Nadia... Pero él ya no tiene a nadie y la sed de venganza no basta para llenar esas noches... —Hizo una pausa y meditó unos instantes—. ¿O quizá sí?

—Recuerde que él nació aquí. Éste es su mundo...

—La soledad no es el mundo de nadie... ¡Mírelo! Quizá lleva meses sin hablar; nos encuentra, pero nos deja para quedarse a solas con su Dios... ¿Cree que Dios le consuela?

—¿Le consuela a usted?

—No.

—¿Lo intentó?

Negó con la cabeza:

—Nunca quise mezclar a Dios en mis problemas. Me pareció que estaba demasiado lejos. Pero ahora, por las noches, contemplando todas esas estrellas que parecen tan cerca, he pensado que realmente Dios vive en el desierto —sonrió—. ¿Ha leído el *Pequeño príncipe* de Saint-Exupéry?

—Hace años... De niña...

—La otra noche tuve la sensación de que, al amanecer, iba a encontrarlo a mi lado, pidiendo que le dibujara un corderito... En el desierto se diría que puede ocurrir cualquier cosa; incluso que un principito descienda de su asteroide...

—O que un «hombre leyenda» aparezca de pronto, nacido de la arena... —contempló a Malik, que continuaba sus rezos pero se diría que en realidad estaba mirando mucho más allá, a algún punto en el infinito—. ¿No es extraño que eso ocurra en el mismo planeta en que los terroristas se dedican a secuestrar aviones?

—Sí. Es extraño... Pero también resulta consolador; al menos sabemos que siempre queda un rincón del mundo por el que se puede hacer volar la fantasía...

—No confíe en ello... Bajo este desierto hay petróleo —señaló—, y el petróleo y la fantasía están reñidos.

Con un gesto de la cabeza señaló al hombre que rezaba.

—¿Qué le estará diciendo a su Dios?

—Le da las gracias...

—¿Por qué?

No obtuvo respuesta. Miranda no la sabía, o no quiso decirlo. Observó al targuí, que había concluido sus oraciones y había ido a sentarse bajo una palmera. Recostó la cabeza contra el tronco, como lo hiciera anteriormente, y cerró los ojos, pero no era posible adivinar si dormía o meditaba.

Zong apareció a lo lejos y se aproximó trotando.

David indicó a Malik:

—Su camello lo olió... ¿Qué le parece?

Zong vino a arrodillarse justamente frente al mehari del targuí, y uno y otro se observaron sin excesiva curiosidad. Alec saltó ágilmente, besó a Miranda, tendió la mano a David y avanzó hacia Malik-el-Fasi, que ya venía hacia él.

Se saludaron con afecto y respeto, tomando las muñecas al estilo beduino.

—*Aselam aleikum*...

—*Aselam aleikum*... Mucho tiempo sin verte...

—Siempre estuve cerca...

—Lo sé —asintió—. Te presentía sin verte...

Tomaron asiento a la sombra. Fue Malik el primero en hablar:

—Tengo noticias para ti —dijo—. Noticias importantes, creo...

Relató luego lo que consideró esencial de su encuentro con Amín, aunque silenció cuanto el negro había dicho sobre sus hijos.

Alec Collingwood se conmovió al enterarse de la muerte de Razman y M'Taggart, y Miranda no pudo evitar que dos lágrimas silenciosas le corrieran por las mejillas. David luchaba entre su alegría al comprobar que había encontrado una pista auténtica de Nadia, y su tristeza por el asesinato de dos hombres que apenas había tenido tiempo de conocer.

—El árabe que mandaba la caravana que pasó ayer decía llamarse Suleiman Ben-Koufra... —comentó.

—¿Dónde está esa caravana...?

—Continuó hacia el Sudán, pero estaba «limpia». El español la revisó...

—Sin duda va sirviendo de apertura a otra —señaló el inglés.

—El negro no habló de ninguna otra... —negó Malik—. Creo que está sirviendo de nodriza a los esclavos que van a pie... Habrán cruzado esta noche...

—Pisaca se quedó vigilando...

El targuí se irguió encaminándose a su montura.

—¡Vamos! —fue todo lo que dijo.

La jornada fue, como siempre, silenciosa y agotadora, hasta que, sobre las dos de la mañana, uno de los camelleros de Suleiman les salió al encuentro.

Conferenció en voz baja con Abdul, y el libio pareció invadido de pronto por un súbito nerviosismo.

—¡Rápido, rápido! —ordenó a su gente—. Hay que correr...

Iniciaron una marcha endiablada, encabezada por el beduino, al que se unieron pronto otros dos camelleros, surgidos de la noche como fantasmas.

Con la llegada del amanecer, cautivos y guardianes se encontraban ansiosos de alcanzar el escondite, pero no se detuvieron. Continuaron la galopada mientras el sol iba ascendiendo en el horizonte, y a media mañana distinguieron la caravana de Suleiman, que aguardaba.

Los camellos habían sido descargados, y los panes de sosa aparecían abandonados aquí y allá. El sudanés los recibió impaciente, y comenzó a separar a los esclavos, repartiéndolos sobre las bestias.

—¡Vamos, vamos! —gritaba—. No hay tiempo que perder...

Nadia comprendió que algo grave ocurría. No podía saber qué, pero la rutina había sido variada, y desde Suleiman hasta el último camellero, todos parecían asustados.

Cuando cada esclavo estuvo acomodado sobre una

montura, la caravana se puso en marcha, y Suleiman se encaró con Abdul, que conducía uno de los tristes camellos de Guereda:

—Me adelantaré hasta Tazira, y regresaré con el camión... —dijo.

—¿Dónde nos encontraremos?

—Sigue hacia el Este. No te detengas ni aun durante la noche. Saldré a tu encuentro al amanecer...

—Si no nos han alcanzado antes —refunfuñó el libio.

—¡No masculles! ¿Qué otra cosa podemos hacer...? Todo se complicó... —Golpeó con el pie a su montura—. ¡¡Shiiaaa!! —gritó—. Corre...

Se alejó al trote. El libio lo observó un instante, agitó la cabeza y se volvió al resto de sus hombres.

—¡Andando! —ordenó—. No voy a esperar por nadie...

Se pusieron en marcha. Los animales, aligerados de peso y con una carga cómoda avanzaban ahora con más garbo, aunque protestaban por los golpes de los camelleros. No parecían entender que, de improviso, se hubiera pasado de una andadura premeditadamente lenta, a aquel ritmo casi histérico.

Los cautivos, por su parte, se encontraban demasiado fatigados y fueron quedándose dormidos pese al bamboleo, felices de que esta vez no los enviaran al fondo de un pozo.

Nadia intentó sonsacar a uno de los guardianes, pero el beduino se encogió de hombros con un mudo gesto que quería dar a entender que no sabía nada.

Aguardó a que Abdul pasara a su lado en una de sus galopadas, y lo llamó:

—¿Qué ocurre? —inquirió—. ¿A qué viene tanta prisa...?

Se diría que el libio no pensaba responder, pero al fin optó por colocar su montura junto a la de Nadia:

—Tu esposo... —aclaró, y luego agitó la cabeza sonriendo—. De modo que eras virgen, ¿eh, negra? Suleiman conoció ayer a tu marido... Un blanco...

Sintió que todo daba vueltas a su alrededor. No sabía si gritar de alegría al saber a David tan cerca, o llorar de rabia:

—¿Dónde está...?

Abdul hizo un gesto hacia atrás:

—Cogiendo sol en el desierto... —De pronto cambió el tono de su voz—. Escucha, negra... Si las cosas se complican, recuerda que yo te traté bien...

Asintió con un gesto:

—Lo recordaré... Pero recuerda que si me devuelves, te pagarán lo que quieras...

El otro negó convencido:

—Lo siento, negra... No quiero acabar como Amín... Conozco a Suleiman: es de los que no perdonan...

Espoleó su montura y se alejó hacia la cabeza de la caravana.

—¡Aprisa! —gritó—. ¡Aprisa, hatajo de gandules...!

Nadia lo vio marchar, y casi instintivamente volvió la cabeza como si esperara distinguir en la distancia la figura de David. Advirtió que su amor por él parecía haber crecido, y mentalmente le dio las gracias. Nunca, ni por un instante, dudó de que la estuviera buscando, pero la confirmación de que seguía su pista, incluso en lo más profundo del Sáhara, la llenaba de una extraña felicidad.

Saberse amada hasta aquel punto; tener la seguridad de que el hombre al que había entregado su vida era capaz de exponer la suya por recuperarla, era una especie de afirmación de que —pasara lo que pasara— su existencia había tenido algún sentido, y había dejado alguna huella.

Se sentía cansada; muy cansada. El sueño pugnaba por cerrar sus ojos, pero luchó con él, deseando disfrutar de aquella esperanza que acababa de renacer. Suleiman y David se habían encontrado, y el círculo se estrechaba. Si fue capaz de llegar hasta allí, David sería capaz de seguirla hasta el mismísimo infierno.

¿Qué duro cambio debió sufrir David en aquellos días? Él, tan incapacitado para hacerle frente a la vida; tan poco práctico para las cosas prácticas, enredado de pronto en un confuso embrollo de persecuciones, carreras y aspavientos...

Trataba de imaginárselo como un hombre de acción, arma al brazo sobre un camello, y no podía. Tan alto, tan rubio; tan delicado y sensible a todo lo que fuera crueldad, suciedad, rudeza...

Descubrir que existía aquel mundo de violencia

sin límites; de inhumanidad absoluta, significaría un fuerte *shock* para él, del mismo modo que le afectó descubrir por sus propios ojos la sed y el hambre de los millones de seres humanos que morían en el Sahel, o el sufrimiento de las víctimas del terremoto del Perú.

David —ella lo conocía bien y lo amaba por eso— mantenía la romántica idea de que en el mundo todo era hermoso y todos eran buenos. La fealdad y la maldad se le antojaban ligeros accidentes; excepciones de la regla, y sus años de periodismo, de viajar por el mundo y contemplar por sí mismo la realidad, no lograron endurecerle por completo, sacarle definitivamente de su error. Inconscientemente, se negaba a admitir que la bondad y la belleza constituyeran una minoría en el contexto del mundo y de los hombres.

Si podía extasiarse ante las fotos de los pistilos de una flor de Pascua, y sentirse feliz por el minúsculo universo que descubría en él, ¿por qué habría ella de matar su ilusión tratando de hacerle ver que a tres metros de la flor de Pascua se amontonaban basuras y ratas muertas...?

—Sí, lo sé —había admitido él la primera y única vez que intentó abordar el tema—. El mundo está lleno de basura, pero... ¿Te has fijado en lo fotogénica que llega a ser la basura...? A menudo encuentro más belleza en lo feo que en lo hermoso... Quiero enseñarte una colección de diapositivas del puerto de Génova...

¿Qué podía hacerse con un hombre que sabía extraer bellas fotos de la suciedad del puerto de Génova?

Amarlo, eso era todo. Amarlo como ella lo amaba; como lo amaría siempre aunque viviera mil años sin verle.

—No trates de cambiarlo nunca —le había dicho un día Jojó—. Tómalo o déjalo, pero no lo cambies. Está loco, lo sé... Es infantil y absurdo a veces, pero es todo un tipo... Te lo digo yo, que soy su madre hace cinco años...

Luego le pasó a ella el papel de madre..., de esposa..., de amante...

¡Pobre Jojó...!

¡Pobre David el día que supo la noticia de su muerte...!

Sintió unos incontenibles deseos de llorar.

De llorar por Jojó; de llorar por David; de llorar por sí misma...

La durmió el balanceo de la bestia.

Cristóbal Pisaca les salió al encuentro al trote de *Marbella*. No saltó de su montura, y desde lo alto gritó:

—Pasaron a pie esta noche... No los vi, porque se desviaron hacia el Sur, pero en la madrugada descubrí las huellas...

—¿Qué ventaja nos llevan?

—Diez o doce horas... No más.

Alec Collingwood estudió el lugar y miró hacia lo alto. La tarde caía, y pronto las sombras de la noche ocultarían las huellas. Se volvió a David y al targuí:

—Hay dos caminos: seguir las huellas mañana temprano, o dirigirnos directamente a Tazira, donde les espera el camión... ¿Cuándo llegaríamos?

Malik-el-Fasi calculó mentalmente:

—En el jeep, mañana al mediodía, si no tenemos problemas al cruzar la Sekia...

Alec Collingwood tomó rápidamente una decisión: desmontó de un salto, extrajo de la funda el rifle y le entregó a Pisaca las riendas de *Zong*:

—Nosotros iremos a Tazira en el jeep. Tú te ocuparás de los camellos, buscar a los muchachos que estén más cerca y seguir las huellas...

El español asintió con un gesto:

—¿Dónde nos reuniremos...?

—En Guereda, cuando todo termine...

Malik-el-Fasi había descabalgado también, entregó su mehari y trepó a la parte posterior del vehículo.

Cinco minutos después, Cristóbal Pisaca no era más que un punto en el desierto que iba quedando cada vez más lejos, oculto por la nube de polvo que levantaban las ruedas del vehículo.

Rodaron toda la noche, entre tumbos, baches y sacudidas, turnándose al volante y dormitando de mala manera, golpeándose contra el techo y las paredes, maldiciendo groseramente para pedir luego disculpas.

El sol levantaba más de una cuarta sobre el horizonte cuando descubrieron una larga hilera de lajas de sosa desparramadas por la llanura, y se detuvieron. Malik descendió, estudió las huellas, palpó la temperatura de los excrementos de los animales y agitó la cabeza:

—Están obligando a correr mucho a esos animales —comentó—. Observa la distancia entre esas pisadas... Paso demasiado forzado para esa clase de bestias.

—¿Llegarán a Tazira antes que nosotros?

—Depende del tiempo que tardemos en cruzar la Sekia, y de lo que aguanten sus camellos.

—Pisaca aseguró que eran los más piojosos que había visto en su vida —recordó David—. Dudaba de que pudieran pertenecer a un negrero...

—Me está pareciendo que ese negrero es el hijo de puta más astuto que haya cruzado jamás este desierto —comentó Alec—. Se escurre como una anguila. ¿Para qué quiere buenos camellos si un camión le espera en Tazira...?

Pisó a fondo el acelerador y el vehículo voló sobre la llanura, dando saltos.

—Si rompemos un eje, todo habrá acabado —señaló Miranda—. Más vale que te tranquilices...

El inglés pareció comprenderlo, porque aminoró la marcha y se esforzó por evitar baches y rocas, mientras la vista de David, Miranda y el targuí estaban clavadas al frente, intentando distinguir en el horizonte alguna señal de la caravana.

—Presentarán batalla —advirtió Collingwood—. Y nos superan en número... La táctica será·acosarlos e impedir que avancen, en espera de Pisaca y los refuerzos... Nosotros tres no lograríamos nada.

—Cuatro —puntualizó Miranda, puntillosa.

Alec Collingwood se volvió un instante, y su voz denotaba decisión al ordenar:

—Quiero que te quedes fuera... Esa gente no distingue entre una mujer y un hombre a la hora de matar... Y suelen ser buenos tiradores...

—Yo también lo soy...

—¡He dicho que no! —Lo dijo sin brusquedad, pero con firmeza—. Los tres nos bastamos para detener su marcha lo que haga falta... Tal vez incluso podamos negociar. Si liberan a los esclavos, no habrá lucha... —Se volvió ahora a Malik-el-Fasi—. ¿Estás de acuerdo?

El targuí asintió sin apartar la vista del frente.

—Mi venganza no corre prisa... —replicó—. Ahora sé a quién busco, y dónde puedo encontrarlo...

David le observó sorprendido:

—¿Quiere decir que ese sudanés...?

—Eso dijo el negro...

No completó la frase; habían sobrepasado un campo de cortas dunas, y ante ellos se abría lo que siglos atrás debió de ser un caudaloso y ancho río, y ahora no era más que una profunda depresión de escarpadísimas orillas y lecho pedregoso.

—La Sekia... —señaló el targuí—. Aquello es Sudán.

—¿Cuánto falta hasta Tazira...?

—Cuando hayamos cruzado, cuatro horas... Tal vez cinco...

Se detuvieron casi al borde mismo de la profunda depresión y observaron preocupados la dura pendiente.

—Esto va a ser más difícil de lo que imaginaba —dijo el inglés, y luego se volvió al targuí—. ¿Todo es así?

—Más o menos... A este lugar le llaman: «El río seco de matacamellos»...

Reiniciaron la marcha, ahora hacia el Sur, bordeando sin aproximarse el filo del abismo donde la tierra seca podía desmoronarse con facilidad, y recorrieron más de veinte kilómetros desviándose de su ruta sin encontrar un punto por el que intentar la aventura del descenso.

Se detuvieron de nuevo.

—Esto puede seguir así hasta el mismísimo infierno —masculló David, esforzándose por mantener la calma—. Hay que lanzarse abajo como sea...

—¿Por ahí? —se asombró Alec—. Sería como tirarse de cabeza a un precipicio...

David señaló el grueso cable de acero arrollado al parachoques delantero:

—Podríamos sujetar el cable auxiliar a una roca, y descender de espaldas frenándonos con la polea...

Estudiaron la situación. Se corría un grave riesgo de que el cable no aguantase el peso del vehículo y éste fuera a precipitarse al fondo, pero no había otra solución factible a la vista.

Alec Collingwod acabó encogiéndose de hombros:

—Se puede intentar, pero, ¿qué pasa si la otra orilla es igualmente escarpada? ¿Cómo saldremos de esa trampa?

David se volvió a Malik como buscando respuesta, y el targuí se limitó a encogerse de hombros:

—Eso sólo podremos saberlo cuando estemos allí.

El inglés hizo un gesto de resignación, tomó el extremo del cable y tiró de él hacia una gruesa roca negra que ofrecía un punto de apoyo. Miranda le ayudó a sujetarlo firmemente, y cuando alzó el rostro Alec advirtió que David se encontraba ya al volante, maniobrando para colocar el vehículo de espaldas al abismo.

Fue a protestar, pero Miranda le detuvo con un gesto:

—Deja que sea él —pidió—. Necesita ser quien lo haga.

Pareció comprenderlo, y se limitó a aproximarse al borde, y observar, angustiado, cómo las ruedas traseras se aproximaban lentamente al abismo mientras parte de la carrocería quedaba por completo en el aire, y luego todo el vehículo basculaba. Por unos instantes permaneció sujeto tan sólo por el cable, que crujió al tensarse, pero casi al instante las ruedas se ajustaron a la pendiente, y sólo entonces David permitió que la polea fuera desenredando cable lentamente.

A doce metros bajo él, los guijarros del lecho del «río seco de matacamellos» parecían aguardarle.

Era como un velero en mar de fondo, cuando la ola llega, atrapa el casco, lo sube, intenta hacerlo girar, y lo mece de nuevo obligándolo a descender como en un tiovivo.

Horas y horas de aquel paso cansino, de aquel bailoteo mareante, dormida a veces, amodorrada otras, siempre con los ojos fijos en el horizonte, a su espalda, esperando ver aparecer la figura de David, que —como moderno caballero andante— llegara a rescatarla.

Pero cayó la tarde, cerró la noche, y sus esperanzas comenzaron a desvanecerse; se desvanecieron por completo cuando la larga caravana se detuvo al borde de una profunda «sekia», y oyó que alguien comentaba:

—¡Sudán!

Descendieron por la empinada pendiente, a riesgo de que las estúpidas bestias de patas de alambre rodaran hasta el fondo, aferrándose con fuerza a la montura, sintiendo que el vértigo se sumaba al mareo.

Cruzaron el río de piedras y bordearon hacia el Sur, hasta que Abdul señaló una quebrada casi inaccesible por la que treparon con tanto o más miedo que al bajar, y tan sólo se sintió con ánimos para tomar aliento cuando el camello se encontró de nuevo en la llanura.

262

Era aquél un desierto de rocas y maleza, que pronto comenzó a elevarse en busca de los resecos contrafuertes de la meseta del Marrah, en cuyas desoladas cumbres barridas por el viento, a tres mil metros, un hombre podía congelarse en las madrugadas con la misma facilidad con que moría de insolación en los mediodías.

La Meseta del Marrah era famosa por sus ruidos nocturnos, cuando las rocas comenzaban a quebrarse con los cambios de temperatura, rajándose de extremo a extremo con tanta facilidad como una nuez a la que se le introdujera la punta de un cuchillo.

El suelo, áspero y rocoso, afilado y agresivo, cegador y polvoriento, amenazaba las patas de los animales, acostumbrados a la blandura de la arena o la tierra reseca, y el mejor par de botas no habría soportado una jornada de marcha en aquel infierno.

No existía siquiera la belleza estática de las grandes dunas, y se diría que cada pedazo de roca roja devolvía, centuplicados, los rayos del sol.

Quiso pensar en algo y no pudo. El agua se había acabado la noche antes cuando tuvieron que dar de beber a los camellos, y tenía la boca seca, los ojos enrojecidos y el cerebro embotado.

Se dejaba conducir como un pedazo de carne sin voluntad ni deseos de vivir, incapaz de calcular cuánto tiempo llevaba sobre el lomo de aquella maldita bestia mareante, advirtiendo cómo el sol subía y subía en el horizonte, y cuanto más subía, más arreciaba la sed y más se hundía en la inconsciencia.

Sonó un claxon lejano allá en su mente; aquel claxon alegre con que David avisaba que esperaba en la calle.

Soñó que descendía a saltos la escalera, que tropezaba como siempre con la gorda portera, que ignoraba su ira, y escapaba corriendo hacia la puerta abierta y el motor en marcha.

—¿A dónde vamos?

—Al cine.

—¿Qué hay de bueno?

—*Perros de paja* de Sam Peckimpah.

—Demasiada sangre; demasiada violencia... Peckimpah abusa de la violencia...

—El mundo es violencia...

—No lo creo. En ninguna parte del mundo puede haber tanta violencia... Prefiero *Hermano Sol, Hermana Luna...*

Hermano sol... Hermano sol...

Intentó abrir los ojos, pero el sol no la dejaba.

Sonó un claxon y no estaba soñando.

Quería recobrar su sueño, regresar a una sala de cine, oscura y fresca, entrelazar sus manos y contemplar una hermosa película de amor y fe.

Escuchó el motor y ya no dudó. Los camellos se habían detenido y comenzaban a arrodillarse entre gritos de protesta que tal vez fueran balidos de satisfacción ante el descanso.

El mundo quedó quieto; la sensación de mareo fue decreciendo, y una mano la aferró del brazo:

—¡Vamos, negra! ¡Baja...! En el camión hay agua.

La palabra mágica logró sacarla de su sopor; entreabrió los ojos, cubriéndoselos con la mano, y distinguió una confusa silueta oscura hacia la que corrían cautivos y guardianes.

Corrió a su vez. Suleiman salió a su encuentro con una cantimplora, que le ofreció solícito:

—¡Bebe, negra...!

Bebió y bebió, y dejó que el agua chorreante le escurriera por la cara y el pecho, y cuando al fin se sintió satisfecha, aún empleó una poca en lavarse los ojos.

—No abuses, negra... —le advirtió Suleiman—. El camino aún es largo...

Buscó refugio a la sombra del camión, y fue como si hubiera entrado de pronto en el paraíso, a cubierto del sol —¿Hermano sol?— y los destellos de las rocas.

Otros cautivos se apretujaban en disputa del minúsculo rectángulo de sombra, y algunos vomitaban el agua que sus revueltos estómagos no habían podido retener.

El descanso no duró más allá de unos minutos. Suleiman observó el horizonte, hacia el Oeste, y consultó al libio:

—¿Alguna novedad?

—Creo que hemos sacado suficiente ventaja...

—Tienen un vehículo rápido... ¡Bien! En mar-

cha... Bajaremos directamente a la pista de Al-Fasher...

Abdul pareció sorprenderse:

—¿Vas a meter en la pista un camión cargado de
esclavos...?

—¿Qué otra cosa podemos hacer...? Nos vienen pi-
sando los talones. La «sekia» los habrá detenido un
tiempo, pero si logran cruzarla, nos caerán encima...
La pista es la única escapatoria...

—¿Y la Policía...?

—¿Qué Policía...? ¿Cuándo has visto un solo policía de aquí a Kartum...? —Se encaminó a la cabina
del camión, en el que esperaba un chófer negro con
el motor en marcha—. Además —añadió—, prefiero
la Policía a esos que vienen detrás... La Policía puede mandarnos a la cárcel, pero ésos... —se pasó el
índice por el cuello—. ¡Imagina lo que querrán!

Subió a la cabina y cerró la puerta:

—¡Todos arriba! —gritó—. ¡En marcha...!

A latigazos y empujones obligaron a trepar a los
rezagados, y fue Abdul el último en acomodarse en
la caja del camión. Desde allí golpeó el techo:

—¡Listos!

El negro metió la primera, y el viejo armatoste
se puso lentamente en marcha.

Suleiman observó cómo la larga fila de camellos
los veían pasar con gesto estúpido, incapaces de tomar decisión alguna, ahora que los habían abandonado.

Fueron quedando atrás, hasta convertirse en un
punto lejano y desaparecer tras la nube de polvo
que el vehículo levantaba.

Pincharon seis veces. Los neumáticos reventaban
como globos por el efecto de las mil aristas de aquel
roquedal inclemente, y a cada nuevo incidente, Suleiman estallaba en reniegos y comenzaba a secarse
el sudor sin dejar de observar el horizonte a sus espaldas.

El conductor, habituado a la monotonía de tales accidentes, se limitaba a descender parsimonioso, buscar sus herramientas, quitar la rueda, sentarse en el
pescante que quedaba a la sombra, colocar un nuevo
parche a una recámara que ya no era en realidad
más que un puro parche sobre otro, inflar la rueda

con ayuda de una vieja bomba de mano, colocarla otra vez en su sitio, guardar las herramientas, trepar a su asiento y reanudar la marcha.

Era una larga maniobra que exasperaba a Suleiman, Abdul y los vigilantes, pero alegraba el rostro de Nadia y los cautivos en cuanto se dejaba oír una nueva explosión y el vehículo recorría unos metros renqueante.

Podían entonces dedicar toda su atención al horizonte, sin cortina de polvo que dificultara la visión, pero por más que miraban y remiraban, se diría que ellos eran —y serían siempre— los únicos seres humanos que habían atravesado jamás aquel pedazo de desierto rocoso.

A la caída de la tarde alcanzaron la pista. Apenas se diferenciaba del resto del paisaje más que en las marcas de neumáticos que se distinguían allí donde el viento no había podido borrarlas, y en una disminución del número de rocas puntiagudas que amenazaban los neumáticos.

Con la noche, aflojaron la marcha. Salirse de la pista en la oscuridad, sin más ayuda que los tímidos faros del viejo camión, resultaba fácil, y una vez abandonada la pista, nadie sería capaz de reencontrarla en las tinieblas.

Cuando asomó la luna, ya casi llena, pudieron aumentar de nuevo la velocidad, pero, aun así, nunca pasaron de los cuarenta kilómetros por hora, entre tumbos y vaivenes.

Aprovechando un reventón, Abdul descendió, y se aproximó al árabe, que no cesaba de mirar hacia atrás, tratando de distinguir algo en las tinieblas.

—No te preocupes —ie tranquilizó—. Si ya no nos han alcanzado, es que no nos siguen... ¿Cómo se te ocurrió alquilar este armatoste?

—Pedí que un camión me esperara en Tazira, pero nunca pude imaginar que me enviarían esto...

—Al amanecer llegaremos a Al-Fasher... ¿Qué vas a hacer con los esclavos...? Basta que levanten los brazos para que todo el mundo vea sus cadenas...

—En cuanto empiece a clarear, los metes en los sacos...

—¿Vas a llevarlos en sacos hasta Suakín...? —inquirió, irónico.

—¡Ocúpate de tus asuntos! —replicó Suleiman en tono agrio—. Recuerda que ya estamos en Sudán, y conozco el terreno que piso...

Lo conocía bien, en efecto. Durante la noche se fueron internando más y más en la Meseta del Marrah, y cuando iniciaban el descenso, amanecía, y delante, muy lejos aún, se recortaron las primeras casuchas de barro y piedras de Al-Fasher. Obedeciendo órdenes, Abdul introdujo a cada esclavo en un saco, lo lanzó al suelo sin miramientos, y los cubrió luego con otra capa de sacos viejos que olían a moho y suciedad. Entre risas y bromas, vigilantes y camelleros tomaron asiento sobre ellos, e incluso alguno se tumbó a dormir, disminuyendo así el molesto traqueteo del camión.

Hicieron su aparición las primeras acacias y mimosas; tímidamente, el desierto perdía parte de su aridez sin llegar a convertirse en estepa. Era una vieja lucha que libraba la Naturaleza, y que a la larga perdería, porque el calor y el viento acabarían arrasando la raquítica vegetación.

Pincharon de nuevo.

Suleiman maldijo una vez más impaciente, y trepó a un repecho mientras el conductor se aplicaba por enésima vez a su tarea de remendar el neumático. Oteó atentamente la pista que había dejado atrás, y se le diría el primer sorprendido ante el hecho de que el jeep que aguardaban no hiciera su aparición por parte alguna.

Volvió al camión y revisó la carga. Bastaba una simple ojeada para advertir que bajo aquellos sacos se ocultaba todo un cargamento humano, pero no pareció preocuparse por ello.

Suleiman R'Orab había reflexionado sobre su situación. La mercancía conseguida en aquel viaje valía mucho dinero; más de lo que lograra nunca en cualquier otro, y llevarla a su destino en Port-Sudán ameritaba un gasto extra que antes nunca se había permitido. Si las cosas salían como planeaba, no seguiría corriendo riesgos. En cuanto alcanzara Al-Fasher, que estaba allí, a la vista, todo acabaría.

El negro hizo sonar el claxon, listo para reemprender la marcha. Media hora después cruzaban ante las primeras chozas de los arrabales, y Suleiman ordenó que se desviaran por callejuelas intrincadas. Dieron varias vueltas y fueron a detenerse ante un gran portón que se abría a un patio interior en el que un camello giraba y giraba en torno a un herrumbroso molino de aceite de palma.

El conductor hizo recular lentamente el vehículo, taponó la entrada a la vista de los inexistentes peatones, y el sudanés pidió a Abdul que hiciera descender a los cautivos y los introdujera en la casa, de la que surgió un hombretón mugriento que se abalanzó a besuquear ruidosamente al mercader.

—¡Querido primo! ¡Querido primo! —exclamaba alborozado—. Las bendiciones de Alá caigan sobre ti... ¡Cuánto tiempo sin verte, querido primo!

—Éste es mi primo Yoluba —indicó el sudanés—. Éste es Abdul, mi hombre de confianza... ¿Estaremos seguros aquí? —inquirió dirigiéndose al primero.

—¡Oh! Totalmente seguros... ¡Totalmente seguros! —señaló el gigante—. ¿Todo bien?

—Todo mal. —Entró en la casa y se dejó caer en un rincón de la sucia estancia contigua a la que ocupaban los esclavos—. Nos viene siguiendo... —hizo una pausa dramática— el «Grupo».

—¿El «Grupo»? —Yoluba pareció impresionado y sorprendido—. El «Grupo» nunca se adentra en Sudán —comentó—. ¿Por qué habría de hacerlo ahora...?

—Es una larga historia que no viene al caso... ¿Dónde puedo encontrar a *el Griego*? —añadió.

—¿*El Griego*? —El gigantón parecía perplejo—. Yo no me arriesgaría a utilizar a *el Griego*... —dijo—. Es caro y muy, muy peligroso...

—Lo que llevo ahí vale una fortuna... Puedo pagar... —Hizo una pausa, que aprovechó para desanudar su turbante y reanudar su viejo deporte de aplastar piojos—. En cuanto al peligro...: Si caigo en manos del «Grupo» mi vida no valdrá un penique sudanés... ¿Estará en su casa...?

—Supongo que sí...

Suleiman se volvió al libio:

—Ocúpate de la gente. Compra comida y dales de beber. Volveré pronto...

Salió seguido de su primo, atravesaron a toda prisa el centro de la ciudad hacia el «barrio europeo»,

del que nadie sabía exactamente por qué llevaba tal
nombre, y penetraron en un destartalado taller de
fachada amarillenta, en cuyo frente podía leerse en
caracteres arábigos:

«ADONIS PAPAPOULOS — REPARACIONES»

Adonis Papapoulos, el hombre más sucio del mundo, no destacaba en nada de sus ayudantes negros.
Le cubría una capa tal de grasa de motor, que resultaba difícil aceptar que no fuera negro también, y
su cabello aparecía como una masa pastosa y endurecida que le caía sobre la frente casi cubriéndole
unos ojos diminutos y vivaces, como de rata asustada; siempre alerta; siempre dispuesta a salir huyendo o a lanzarse al ataque.

Apestaba a sudor rancio, queroseno y halitosis, y
estornudaba constantemente, restregándose la nariz
con el dorso de una mano costrosa.

Cuando sintió que Yoluba le llamaba, sacó la cabeza del motor en que estaba hurgando y lo observó
con expresión inquieta:

—¿Qué pasa? —inquirió, malhumorado.

—Aquí, mi primo, necesita un transporte especial...

El Griego estudió unos instantes a Suleiman y negó
con firmeza.

—Cobro muy caro... Y tienes cara de pordiosero...

—Tengo cara de llegar de un viaje a través del desierto... ¿Cuánto hasta Port-Sudán?

Pareció estudiar la firmeza del tono del mercader,
aunque no cambió el suyo cuando preguntó:

—¿Cuántos?

—Veinte...

—A cien libras sudanesas cada uno... Dos mil libras... —levantó la mano como para hacer una advertencia—. Cobro en dólares y por adelantado... En
dólares son unos... —calculó mentalmente.

—Seis mil dólares —se adelantó Suleiman.

—Exactamente... ¿Los tienes?

—Te daré la mitad a la salida y la mitad en Port-
Sudán.

Adonis Papapoulos observó de nuevo a Suleiman
R'Orab, como queriendo convencerse de que habla-

ba en serio. Dudó unos instantes y al fin extendió la mano:

—Quinientos ahora —pidió.

El sudanés rebuscó en sus anchos bolsillos, extrajo una manoseada cartera, contó cinco billetes de cien dólares, y los mantuvo en la mano:

—¿Cuándo? —quiso saber.

—Tengo que hacer unas reparaciones... —dudó—. Pasado mañana...

—¿Hay peligro...?

—¿Peligro? —se irritó—. ¿Crees que me arriesgaría si hubiera algún peligro...?

Dos días después, Suleiman R'Orab se arrepintió de haberle creído sin valorar la opinión de su primo. El viejo «Junker», cuyos motores atronaban el mundo en la cabecera de la pista de arena, era ya viejo durante la Segunda Guerra Mundial, de la que había sido retirado por inútil —

Su chapa ondulada —gris en un tiempo— carecía de color gracias a los infinitos remiendos que había ido recibiendo; remiendos que no eran tan siquiera del mismo material que el fuselaje, y podían advertirse, aquí y allá, viejas latas de aceite, bidones enderezados al martillo, e incluso un par de tablas.

Habían tenido que abordar el aparato protegidos por la oscuridad de la noche, y llevaban más de una hora soportando el estrépito de los motores al calentarse; estrépito que les llegaba libremente a través de una serie de ventanas sin cristales.

Los cautivos —la mayoría de los cuales jamás habían visto, ni de lejos, un avión— lloraban encadenados a lo que había sido en otro tiempo soporte de los asientos; asientos que habían desaparecido para dejar más espacio a la carga, fuera esa carga maíz, ganado chadiano de contrabando o seres humanos.

Adonis Papapoulos, repantigado en el único sillón que quedaba en la cabina de mandos —y en todo el aparato— consumía, una tras otra, cervezas tibias como orines de burro que sacaba parsimoniosamente de una gran caja, y cuyos cascos vacíos lanzaba por la ventanilla, sin preocuparse de si iban a golpear o no contra la hélice del motor izquierdo.

Suleiman se abrió paso entre la asustada masa de esclavos, pisoteando a más de uno, que ni fuerzas tuvo para aumentar el tono de sus lamentos, y llegó hasta la destartalada cabina. Golpeó a *el Griego* por el hombro:

—¿Qué pasa? ¿Por qué no nos vamos...?

—Hay que esperar a que amanezca, y los motores aún están fríos...

—Vamos a despertar a toda la ciudad... No quiero llamar la atención...

—¡Oh! No te preocupes... —gritó—. Ya están acostumbrados... —le ofreció una botella—. ¿Una cerveza...? —cayó en la cuenta de que era mahometano, y su religión le prohibía el alcohol—. ¡Mejor así...!

Suleiman reparó en la forma como bebía y en el número de botellas que quedaban.

—¿No irás a emborracharte...? —se alarmó.

Lo observó de medio lado, muy serio:

—¿Cómo crees que se puede pilotar este cacharro sin estar borracho...? Hay que estar borracho o loco para volar en un «Junker» del 33...

—¡Pero tú dijiste que no había peligro! —protestó exasperado.

—¿Lo dije? —se encogió de hombros—. Estaría borracho...

Lanzó la botella vacía a la oscuridad de la noche y destapó otra.

Como peces en una sartén.

Así se sentían, atrapados en el fondo de la Sekia, bajo un sol implacable, viendo cómo la temperatura subía y subía y las piedras reverberaban como en el interior de un horno, de modo que apenas se separaban diez metros uno del otro se distinguían borrosos, como si estuvieran hechos de gelatina que se estremeciera constantemente.

Cincuenta grados centígrados; tal vez cincuenta y dos, y ni una sombra, ni un hálito de brisa, sintiendo la garganta ardiendo, los pulmones abrasados, la mucosa de la nariz seca y costrosa, agrietada y quebradiza.

Guijarros puntiagudos, hirientes, afilados, y ni una lagartija, ni una hormiga, ni el eterno alacrán acechante.

Una gran trampa caliente sin escapatoria. Dos horas llevaban rodando de Norte a Sur y de Sur a Norte, sin encontrar un punto por el que trepar de nuevo a la llanura, y el alto acantilado se perdía de vista en la distancia sin promesa de lugar accesible para el vehículo.

—Por ahí subieron los camellos —señaló Malik—. Pero no sirve para nosotros.

Detuvieron la marcha. David saltó a tierra y estudió con cuidado la tierra suelta y reseca que se desmoronaba sólo de pisarla. Calculó la pendiente y tuvo la absoluta seguridad de que jamás saldrían de aquella hoya perdida en el confín del Sáhara.

—Tal vez hacia el Sur... —había señalado Alec—. Muy hacia el Sur, en el cruce con la carretera de Al-Fasher... Allí tiene que haber un paso...

—La gasolina no llegaría hasta allí por este pedregal... Ni siquiera el jeep resistiría. Se desharía en pedazos...

—¿Qué propones entonces?

—Continuar a pie.

Le miraron con asombro:

—¿A pie? ¿Por ese desierto...?

—¿Qué otra cosa puedo hacer? Se llevan a Nadia... Tengo que seguirla, aunque sea a rastras... —Su voz denotaba una decisión inquebrantable—. Llegaré a Tazira y encontraré algún medio de transporte. El Sudán es muy grande. Queda mucho camino hasta el mar Rojo...

Alec Collingwood se volvió a Malik inquiriendo su opinión, y el targuí se limitó a agitar la cabeza en un leve gesto afirmativo:

—A pie, en día y medio, tal vez dos, podemos llegar a Tazira...

—Puedo ir yo solo y enviar ayuda —señaló David—. Ya han hecho demasiado por mí...

El targuí negó convencido:

—Nunca la encontraría... Y no es bueno separarse...

Alec Collingwood observó a Miranda. Se le advertía profundamente preocupado por ella:

—¿Crees que aguantarás?

Sonrió dándole ánimos:

—Si Nadia atraviesa a pie media África, ¿no voy yo a soportar dos días de marcha...?

David pareció dar por concluida la discusión, abrió la parte posterior del jeep y comenzó a sacar fuera lo más imprescindible.

—Agua, armas, una manta cada uno y algo de comida —indicó el targuí—. Sobre todo, agua... Si tienen un par de zapatos de repuesto, llévenlos también... Los que calzan no aguantarán los roquedales del Marrah...

Diez minutos después trepaban —resoplando, maldiciendo y resbalando— por el punto en que subie-

273

ron los camellos, y una vez arriba respiraron con alivio, como si en lugar de encontrarse en pleno desierto del Sáhara, hubieran llegado a la cumbre de una fría montaña.

Contemplaron por última vez el jeep, que permanecería allí abajo por los siglos de los siglos sirviendo de interrogante a los contadísimos viajeros que volvieran a cruzar alguna vez por el lugar.

—Tal vez los muchachos lo encuentren y sean capaces de sacarlo de aquí... —aventuró Alec—. Una docena de camellos podrían subirlo...

David sonrió a Miranda, tratando de darle ánimos:

—Cuando salgamos de ésta le compraré el mejor jeep de África —prometió—. Y si le gusta, le regalaré, además, una *roulotte* amarilla con aire acondicionado...

Iniciaron la marcha. Malik marcando el rumbo con su paso ágil y vivaz, seguido muy de cerca por David, que parecía tener una prisa excesiva, como si los nervios le impidieran detenerse a meditar en que era muy largo el camino y de nada valían los apresuramientos. Detrás venía Miranda, a la que habían procurado aliviar de toda carga, y cerraba la marcha Alec, tan frío e indiferente como si estuviera paseando por la orilla del Támesis.

No habían recorrido más de tres kilómetros cuando de improviso Malik se detuvo y aguzó la vista. Siguieron la dirección de su mirada, pero no pudieron ver nada. El targuí no dudó, sin embargo, al señalar con la mano:

—Camellos —dijo—. Muchos.

—No veo nada...

—Allá... A un par de horas de camino... Da la impresión de que están ensillados.

—¿Pueden ser ellos?

—No hay nadie... —Parecía convencido de su afirmación, pero se le advertía desconcertado—. No entiendo; ésta no es zona de pastoreo... Todo roca...

Reiniciaron la marcha, ahora más rápida, tanto, que estuvieron a punto de dejar atrás a Miranda, que tuvo que apoyarse en Alec, jadeante y agotada.

Pasó casi media hora antes de que pudieran distinguir con claridad a las bestias, y David se sorprendió al comprobar hasta qué punto el hombre de ciudad pierde el uso de sus sentidos.

Ni siquiera Alec Collingwood, que tanto tiempo llevaba vagando por el desierto, había podido distinguir en la distancia lo que el targuí veía con absoluta claridad.

Como él había dicho, dos horas más tarde se encontraron a menos de quinientos metros de una treintena de animales de carga desperdigados aquí y allá, ramoneando una raquítica maleza espinosa.

Como Malik había señalado desde tan increíble distancia, algunos aparecían ensillados.

—Son ellos, no cabe duda —comentó Alec—. Llegó el camión y se largaron. —Agitó la cabeza—. Mucho miedo deben de tener para abandonar las bestias... Valen dinero...

Malik recorrió con la vista, uno por uno, el grupo de camellos.

—Los mejores tienen las patas trabadas —hizo notar—. Lo suficiente como para que no se alejen demasiado...

—¿Y...?

—Alguien piensa regresar a buscarlos...

—¿Cuándo?

Se encogió de hombros:

—Si vuelven en camión, será pronto... Si lo hacen a pie o en camello, pueden tardar tres o cuatro días...

Se consultaron con la mirada:

—Podríamos aguardar aquí y sorprenderlos —aventuró Alec—; pero nos arriesgamos a perder demasiado tiempo y no sacar provecho...

David señaló las huellas de los neumáticos del camión que se perdían en la distancia:

—Lo probable es que regresen siguiendo sus propias huellas, ¿no es cierto?

Malik asintió:

—Sí. Es lo probable...

—Salgamos entonces a su encuentro.

Se aprestaron a la nada difícil tarea de apoderarse de cuatro de las mejores bestias; aquellas que no podían alejarse mucho y continuaban ensilladas.

Minutos después, reemprendían la marcha.

Resultaba en verdad desesperante aquel paso cansino y aquel baileteo en lo alto del desgarbado animal que más parecía un juguete desarticulado que una auténtica bestia de carga.

Resultaba ridículo, también, perseguir de aquel modo, en pleno siglo xx, a alguien que se alejaba en un camión.

Allá arriba, sobre sus cabezas, tres hombres giraban alrededor de la Tierra a miles de kilómetros por hora dentro de una cápsula herméticamente cerrada, mientras ellos reptaban como un extraño y ondulante gusano de cuatro cabezas bajo un calor de infierno.

La Meseta del Marrah se alzaba, borrosa, tras la densa calina, y se diría que cuanto más avanzaban hacia ella, más se alejaban, como un inmenso decorado practicable que manos monstruosas se complacieran en retirar.

Tan minúsculos parecían frente a aquellas montañas, tan insignificantes en la inmensidad de la llanura rocosa, que vistos desde la cumbre eran como cuatro hormigas rojizas marchando en fila en busca de alimento.

Desolado paisaje aquél; abandonado de la mano de Dios y de los hombres; olvidado incluso por las bestias, pues ni la lagartija indecisa, ni el fenec, la hiena, o el ratón del desierto se aventuraban sobre la caliente roca. No acechaban buitres en la altura, y ni aun la triste aura de cabeza pelona se dejaba arrastrar mansamente por las corrientes de aire de semejante horno.

Con la tarde, llegaron las nubes sobre el Marrah; rodearon la cumbre del más alto pico y se aproximaron luego, negras y esperanzadoras, prometiendo la frescura de su agua.

Retumbó un trueno, cuyo eco se extendió hasta los más lejanos contrafuertes. Una centella furiosa restalló sobre sus mismas cabezas, y alzaron el rostro al fabuloso espectáculo de la tormenta de la meseta desértica.

Las nubes se abrieron.

Llovía arriba, muy arriba, pero aunque vieron caer la lluvia y la aguardaron impacientes, no llegó nunca, y la gran nube negra se fue desinflando poco a poco, diluyéndose, como si un extraño prestidigitador se complaciera en escamotearla a la vista.

Espoleó su montura y se colocó junto a Miranda:

—¿Qué ocurre? —inquirió—. ¿Por qué no nos mojamos?

—El aire está demasiado caliente —le explicó—. Caliente y seco... La lluvia se evapora antes de llegar a tierra...

—¿Es que nada funciona normalmente en este infierno? ¡Ni siquiera llueve cuando llueve! —protestó.

—No se queje... —le animó Miranda—. A veces esas nubes llegan acompañadas de un viento huracanado, capaz de tirarnos al suelo e impedirnos dar un paso... Más vale así...

Alec Collingwood había retrasado la marcha y aguardó a que llegaran a su altura.

—Malik confía en que esta noche alcancemos la pista. Con suerte, pasado mañana podríamos llegar a Al-Fasher...

—Olvídese de la suerte... No está de nuestra parte... A poca que tuviéramos, ya habría recuperado a mi esposa...

—Pero ahora sabemos quién la tiene y a dónde se dirige... De un modo u otro llegaremos a Port-Sudán o Suakín a tiempo de esperarlos... ¡No debe darse por vencido...!

—No me doy por vencido... Seguiré tras ella hasta el infierno, pero no me pida que confíe en la suerte... Si existe, está en contra mía...

Dejó que su montura se retrasara nuevamente, y continuó en último lugar, a solas con sus pensamientos, pensamientos que no eran más que Nadia, recuerdos de Nadia, deseos de Nadia, necesidad de Nadia.

Llegó la noche, tan rápida y sin crepúsculo como un pájaro que se lanzara de pronto sobre ellos, abriendo sus alas y apagándolo todo a su alrededor.

Malik detuvo la marcha, obligó a arrodillarse a su camello y aguardó a que llegaran a su lado:

—Descansemos hasta que salga la luna... —señaló—. No puedo seguir las huellas en la oscuridad.

Comieron frugalmente, galletas, queso y dátiles, y arrebujados en las mantas se tumbaron sobre la dura roca.

La luna, casi llena, alumbró más tarde un paisaje lunar. Podría pensarse que se habían cambiado los papeles, y era una tierra lejana y brillante la que iluminaba aquel mundo muerto, de rocas milenarias. Cuando abrió los ojos, semidormido aún y agotado, David tuvo la impresión de estar contemplando una transmisión televisada. La luz, metálica y fría, se reflejaba en cada roca, afilaba las aristas de las montañas, y alargaba las sombras de las altas agujas de granito. La atmósfera aparecía limpia y transparente, y ni el rumor más leve rompía la sensación de vacío del muerto escenario.

Algo se movió allá enfrente: era Malik *el Solitario*, envuelto en su manta y estático; podía tomársele por una roca más entre las rocas.

Hubiera deseado adivinar qué pasaba por la mente del targuí. En los días que llevaban juntos, apenas habían cruzado media docena de palabras, y constantemente sorprendía en sus ojos aquella expresión ausente, como si estuviera muy lejos, concentrado en un solo pensamiento, siempre el mismo.

Debía de ser tan amargo vivir tan sólo para la venganza, y se preguntó qué ocurriría el día que Malik encontrara al fin al hombre que raptó a sus hijos y mató a su esposa.

Su vida quedaría sin objeto, y se encontraría de pronto más vacío que nunca, incapaz de adaptarse a su existencia anterior.

Probablemente, continuaría su vagar sin rumbo por aquel desierto sin límites, convertido para siempre en un «hombre-leyenda», el que fue capaz de renunciar a todo, incluso a su nombre y su casta, y se bautizó a sí mismo, el «siervo».

«Siervo», y sin embargo, David no había conocido nunca nadie con tanto señorío en cada gesto; tanta dignidad en cada movimiento; tanta mesura en cada palabra.

Era el más fiel exponente de la raza targuí, del pueblo del «Kel-Talgimuss»; como Miranda había dicho: «Los últimos caballeros andantes que quedaban sobre la faz de la Tierra.»

Le hubiera gustado estudiarlo de cerca, tratarlo a fondo, fotografiarlo en aquel su ambiente, captando para siempre la dureza de sus rasgos y la profundidad de sus ojos.

Era el mundo de los tuareg un mundo fotogénico,

como lo era el desierto, pese a su aridez y monotonía, como lo era aquella llanura de piedra bajo la blanca luz de la luna; como lo era el cuerpo de Nadia en su maravillosa armonía.

—Cuando la recupere, regresaré a este desierto con mis cámaras, haré todas esas fotos que he imaginado, y publicaré el más hermoso libro que haya realizado nadie sobre el Sáhara...

Malik se acuclilló frente a él y extendió la mano suavemente hasta tocarle el hombro:

—Es hora de seguir —dijo—. Despierte...

—Estoy despierto... ¿Usted nunca duerme...?

El targuí le miró fijamente, sin responder. Alec y Miranda se agitaron, y el primero se puso en pie como si tampoco hubiera cerrado los ojos. Se preguntó qué clase de hombres eran aquéllos, que soportaban marchas agotadoras y luego no dormían. «Debe de ser el ansia de venganza —se dijo, mientras recogía su manta y se disponía a montar de nuevo—. No piensan más que en la venganza, y no logran dormir... Tal vez sea también mi destino si no recupero a Nadia.»

De nuevo en camino, y a medida que avanzaba la noche y la tierra se enfriaba, el silencio se pobló de crujidos, como si el suelo, las rocas y aun la tierra entera, amenazaran con estallar en mil pedazos.

Luego llegó la brisa, y luego el viento.

Luego el amanecer, y se encontraron ya de cara a la Meseta.

El sol comenzó a martillear la tierra, las bestias y los hombres.

Les sacó del cuerpo el frío de la noche, y lo sustituyó poco a poco por el asfixiante calor del mediodía.

Sus propias sombras desaparecieron bajo las patas de los camellos.

Luego llegó la tarde.

Luego, otra vez, la noche.

Nadie hablaba. No tenían fuerzas para ello, y Miranda más parecía un muñeco desarticulado, que un ser humano. No quiso comer, y se dejó caer en un rincón, muerta de sueño.

Aguardaron la luna, pero antes hizo su aparición

una luz allá en lo alto, que comenzó a descender hacia el Oeste.

—Viene de Al-Fasher —señaló Alec.

—Venga de donde venga, debemos detenerlo...

Buscaron algo que pudiera servir de barrera, pero no lo encontraron. Las rocas parecían demasiado grandes o demasiado pequeñas.

Fue Malik el que señaló a las bestias.

—Los camellos —dijo.

Obligaron a las monturas a tenderse en el centro de la pista, sujetando muy corto el ronzal al suelo para que no escaparan asustadas.

Ya el ruido del motor iba ganando fuerza y unos faros tristes y sin ánimo iluminaban apenas el camino.

Se distribuyeron escalonadamente a lo largo de la pista, agazapados y con las armas listas. El viejo camión llegó hasta ellos, distinguió en el último momento las bestias obstruyendo el paso, y frenó a menos de cinco metros de distancia.

Dos hombres surgieron de la noche como fantasmas, y metieron los cañones de sus armas por la ventanilla, mientras un tercero apuntaba a la caja del camión:

—¡Abajo todos!

—¡Dios santo! ¡Bandidos! —sollozó una voz dentro.

El primero que descendió con los brazos en alto fue el negro que conducía; luego lo hicieron dos beduinos asustados.

—¿Qué queréis de nosotros? ¿Qué queréis de nosotros...? Somos pobres; no tenemos nada...

Los obligaron a avanzar hasta colocarse a la luz de los faros. Guiñaron los ojos y trataron inútilmente de distinguir a quienes les amenazaban desde la oscuridad.

—¿A dónde íbais? —inquirió Alec.

Dudaron. Se miraron sin saber qué responder, y al fin fue el conductor el que se decidió:

—A la frontera...

—¿Para qué...?

—En busca de un cargamento... —pensó rápidamente—. Ganado... Ganado chadiano...

David salió de las sombras y se aproximó a uno de los beduinos. Lo observó detenidamente, y al fin hizo un gesto de asentimiento:

—Éste iba en la caravana de Suleiman —dijo—. Fue el que sirvió el té...

El beduino hizo un gesto como para escapar hacia la noche, pero Malik le metió el cañón de su arma en las costillas.

—¡Quieto! —amenazó—. ¿Dónde están los demás?

Se dieron por vencidos:

—En Al-Fasher... Suleiman dijo que podíamos regresar a Guereda... Pensábamos recoger los camellos que abandonó.

David se volvió al conductor:

—¿Por qué te dejó ir?

—Ya no me necesita...

—¿Tiene otro camión?

—Contrató a *el Griego*.

—¿Qué griego...?

Se encogió de hombros:

—*El Griego*... Tiene un avión y los llevará hasta Port-Sudán.

—¿Cuándo?

—Al amanecer.

—¿Al amanecer...? —la voz estuvo a punto de quebrársele—. ¿Llegaremos a tiempo?

La pregunta iba destinada al conductor, que se encogió de hombros:

—Nunca se sabe —señaló—. Depende de los pinchazos...

Dependía, en efecto, de los pinchazos, y se diría que, una vez más, la suerte estaba en su contra, porque no lograron rodar más de una hora sin que un nuevo reventón viniera a ponerles los nervios de punta.

David, comido por la ira, amenazaba con levantarle la tapa de los sesos al negro si no se apresuraba, pero éste intentaba convencerle una y otra vez de que debía tomárselo con calma, y esperar a que el parche se pegara, o de lo contrario todo el esfuerzo resultaba inútil, y saltaría al primer intento de inflarlo.

Miranda, rendida de cansancio, dormía en la trasera sobre un montón de sacos; Alec Collinwood vigilaba su sueño sin distraer la atención de los beduinos, y Malik permanecía ajeno a todo, ausente, sin que el nerviosismo de las detenciones pareciera afectarle.

Malik sabía ahora que tres de los hombres que buscó durante años habían muerto, y conocía el nombre del cuarto. Ya todo era cuestión de paciencia. Por primera vez, tenía la certeza de que lograría su venganza, y le resultaba indiferente que fuera esa misma noche o al año siguiente.

Era un sentimiento que formaba parte de su vida, y no tenía prisa por librarse de él.

David, sin embargo, no podía evitar su nerviosismo porque cada minuto de retraso significaba la diferencia entre alcanzar a Nadia o perderla para siempre.

—¡Nadia!

Nadia, Nadia, Nadia... era como si el viejo motor repitiera una y mil veces su nombre; como si con cada explosión la llamara, porque cada una de tales explosiones le empujaba más y más hacia ella.

Nadia, Nadia, Nadia...

Las dos de la mañana...

Las tres...

Las cuatro y una nueva detención.

Sentía ganas de salir corriendo; de adentrarse en la noche esgrimiendo su rifle tras aquel maldito avión que en alguna parte aguardaba la llegada del día y la primera luz para llevarse a Nadia para siempre.

¿Por qué no se hacía infinita aquella noche? ¿Por qué pasaban tan aprisa los minutos mientras estaban allí, inmóviles, clavados en el medio de una pista de arena y rocas, intentando colocar un nuevo parche a una cámara que ya no lo aceptaba?

Despertó el viento.

Sintió en el rostro su primera ráfaga, y escuchó espantado su primer lamento. Un estremecimiento le recorrió la espalda: más que los relojes; más que nada en este mundo, el viento traía en su lomo la mala nueva: el amanecer llegaba.

—¡Vamos! ¡Vamos! Apresúrate... ¡Escucha el viento...!

—¿Y qué puedo hacer, efendi...? Años llevo intentando comprar neumáticos nuevos... ¡Años! ¿Sabe lo que cuesta un juego de neumáticos en Al-Fasher, efendi...?

—¡Oh! Calla... ¡Calla y apúrate...!

Colocó el parche, aguardó a que se secara, colocó la llanta, buscó la bomba y comenzó a inflar parsimonioso.

—¡Déjame! Yo lo haré...

—Sin prisas, efendi... ¡Sin brusquedades...!

El viento gimió más largo.

Se pusieron de nuevo en marcha.

El motor reanudó su cantinela: Nadia, Nadia, Nadia...

Una hora.

Coronaron la cuesta y, a lo lejos, muy lejos, aparecieron las primeras luces de Al-Fasher.

Aún era de noche.

El viento aullaba en la llanura.

¡Nadia, Nadia, Nadia...! Cada vez más aprisa; cada vez más claro; cada vez más esperanzador...

Era como si un gigantesco pincel comenzara a diluir con agua el negro de la noche.

¡Nadia, Nadia, Nadia...! El camión volaba ya sobre la pista.

Las luces se acercaban.

Cielo y Tierra, que habían pasado la noche juntos, aflojaron su abrazo.

Dos kilómetros. Tal vez menos...

¡Nadia, Nadia, Nadia...!

Se escuchó una explosión.

El camión dio un bandazo, se salió de la pista un metro, y se detuvo.

El negro apagó el contacto y abrió la portezuela.

David apoyó la frente en el parabrisa y comenzó a llorar.

El viento trajo un rugir de motores que atronaba la llanura.

Una claridad lechosa se anunció allí al frente.

Ya era de día.

En un instante, de un momento a otro, sin saber cómo, la oscuridad dejó de ser oscuridad y la llanura fue llanura, las casas, casas, y el avión, avión.

El viejo «Junker» echó a correr, dio tres o cuatro saltos en falso, intentó elevarse por dos veces sin conseguirlo, agotó hasta el máximo la longitud de la corta pista de tierra, y con un gruñido levantó pesadamente el vuelo, pasó rozando el techo de una choza de barro y se alejó hacia el Este.

Minutos después, no era más que un punto que volaba hacia un sol que aún no había salido.

Era el más hermoso lugar que hubiera visto nunca, y no se cansaba de admirarlo.

En la piscina, larga y estrecha, hecha para peces de colores y no para bañarse, infinitos surtidores cambiaban de forma según las horas del día y la luz que llegaba a través de las enormes arcadas de mosaicos.

Mosaicos también en el suelo, y en el fondo del estanque, tan perfectos y de tonalidad tan exacta, que se diría que un artista del mural los hubiera estado eligiendo uno por uno.

Luego, a un lado, el enorme jardín de diminutas rosas y gigantescas palmeras, y al fondo, la puerta de roble claveteada que conducía a los patios interiores.

A la belleza de lo clásico se unía la comodidad y la funcionalidad de lo moderno, y todo un silencioso equipo de aire acondicionado dejaba fuera, más allá de los muros, el calor del trópico.

Era, en verdad, un hermoso lugar para vivir.

Se abrió una puerta.

Unos pasos muy leves murmuraron por los pasillos en penumbra, y un susurro de sedas rozó contra los pesados muebles de caoba y ébano, contra las anchas bandejas de plata repujada, contra las pesadas cortinas y los tapices de Damasco.

Apareció al fin el hombre, de rica túnica bordada,

de gorro acordonado, típicamente árabe, de gruesos lentes ahumados cabalgando sobre una nariz aguileña que parecía querer ocultar una boca de labios demasiado finos, enmarcada por una delgada barba negra.

Se inclinó a besarle la mano humildemente:

—Las bendiciones de Alá sean contigo, mi señor...

El recién llegado aceptó con naturalidad la demostración de pleitesía y buscó asiento en un ancho butacón de mimbre.

—Mucho tiempo sin verte... ¿A qué se debe tu retraso...?

—Al peor, más accidentado e increíble viaje de mi vida, Excelencia... —se disculpó Soleiman—. Os costaría trabajo aceptar cuántos incidentes desagradables me han ocurrido, pero Alá ha querido que todo sea para bien... —Sonrió ceremonioso—. No quise traer la mercancía sin haberla repuesto del pesado trayecto.

—¿Algo que valga la pena? —cortó aburrido.

—¡Oh, Excelencia! Algo verdaderamente excepcional... —prometió—. Vuestro insigne tío, Su Alteza Abdallah Ibn Aziz, que Alá proteja, quedará maravillado... Nunca, en toda mi vida, conseguí nada igual...

—¡Bien...! ¿Dónde está...?

—El camión espera en la calle, Excelencia...

Hassán Ibn Aziz dio una palmada, y al instante, como surgido del aire, se presentó un criado:

—Que hagan entrar el camión de Suleiman —ordenó.

El sirviente desapareció casi de idéntica forma y se advirtió agitación en el interior del silencioso caserón.

—¿De dónde es la gente? —quiso saber Hassán.

—Hay de todo, señor...: ibos, calabares, fulbés, fangs y una ashanti...

—¿Una ashanti? —se interesó—. ¿Joven? ¿Bonita?

—No quiero describirla, Excelencia... Prefiero esperar que la veáis...

Se abrió un portón en el extremo del patio, y un pesado camión totalmente cubierto avanzó lentamente hasta detenerse frente a ellos.

Suleiman levantó la lona, impartió unas órdenes en

voz baja y regresó junto a Su Excelencia el príncipe
Hassán Ibn Aziz.

Comenzaron a descender los cautivos, limpios, aci-
calados, cuidados y lustrosos, con ropas nuevas y cadenas brillantes y pulidas.

El príncipe los fue estudiando uno por uno, con
cuidado, deteniéndose a veces a comprobar el estado
de la dentadura de un hombre; las formas y la dureza del pecho de una mujer; la suavidad de la piel
de los muchachos...

Ante uno de estos últimos se detuvo por más tiempo, y lo observó detenidamente con ojos golosos. Por
último, agitó la cabeza como desechando un mal pensamiento, paseó de nuevo la vista por la larga fila
y suspiró con gesto de hastío:

—No está mal... —admitió—. ¿Dónde está la
ashanti?

Suleiman sonrió como un prestidigitador dispuesto
a poner en práctica el mejor de sus trucos, dio una
palmada, y Abdul descendió del camión llevando de
la mano a Nadia, sin más ropa que una larga falda
abierta a un lado, y una gruesa argolla de oro en el
pie izquierdo.

Su negra piel brillaba como ébano pulido, y sus
duros pechos apuntaban al cielo.

Su Excelencia el príncipe Hassán Ibn Aziz tuvo
que hacer un esfuerzo para mantener su fría dignidad. Se aproximó lentamente, extendió la mano y
acarició el pecho, el cuello y las caderas de Nadia,
que dio un paso atrás.

—¿Rebelde? —inquirió el príncipe con una sonrisa
divertida.

—Mucho, Excelencia... —admitió Suleiman—. Es
una ashanti y ha sido educada en París y Londres...
Habla cinco idiomas, incluido el nuestro...

—¡Vaya, vaya, vaya...! —se asombró—. ¿Cuánto?

Dejó caer la cifra con voz segura:

—Treinta mil dólares...

—¿Por todos...?

—Ella sola, Excelencia...

El príncipe se volvió a Suleiman. Lo observó un
instante fijamente, contempló de nuevo a Nadia y
aceptó convencido:

—Los vale —admitió—. Márcalos y pasa a que mi

secretario te pague.

—¿A ella también? —se sorprendió el sudanés—. Sería una pena que se le infectara la quemadura y le estropeara la piel...

—Mi tío desea que todos sus esclavos estén marcados... —dudó—. Bien, dejemos que él decida... —Se aproximó nuevamente a Nadia—. ¿Es cierto que te has educado en París? —inquirió, y ante la muda afirmación, continuó—: Yo tengo un hijo en la Sorbona... Estudió Derecho... Hussein Ibn Aziz... ¿Lo conoces?

—No. No lo conozco... Yo estudiaba Ciencias Políticas...

—¿Políticas? ¡Qué curioso...! —la tomó suavemente del brazo y comenzó a pasear con ella a lo largo del estanque, bajo las arcadas, como si en lugar de tratarse de una esclava a la que acababa de comprar para su viejo tío, fuera una nueva e interesante amistad—. ¿Y qué opinas de la política? —inquirió—. ¿Qué opinas, por ejemplo, de la heroica lucha del pueblo palestino por librar a su país de la tiranía israelí...?

—Opino que si ustedes, los árabes, que son dueños de la mayor parte del dinero del mundo, no lo atesoraran en Bancos suizos, lo dilapidaran en los casinos o lo malgastaran en «Cadillacs» de oro y esclavos, los palestinos no pasarían la miseria que pasan, y podrían vivir en paz sin necesidad de disputarle a los judíos un miserable trozo de desierto...

El príncipe tardó en responder. Meditaba.

—Hija mía... —comentó al fin—. Te aconsejo que antes de cruzar el mar Rojo, trates de olvidar tus simpatías sionistas... Lo puedes pasar muy mal con esas ideas... Mi tío, por ejemplo, no es tan paciente y comprensivo como yo en lo que se refiere a los judíos...

—Yo no simpatizo con los judíos —le aclaró—. Me importan poco, porque en África ya tenemos suficientes problemas sin mirar hacia afuera...

—¡Me alegra, me alegra...! —parecía sincero—. Eso te evitará muchos disgustos... —su rostro se animó—. ¿Conoces el «Lido»? —No aguardó respuesta y sonrió a sus recuerdos—. Estuve casado con una bailarina del «Lido»... Espléndida mujer, pero algo loca... En dos años que duró nuestro matrimonio, se negó en redondo a visitar mi país... Algún estúpido la convenció de que si entraba no volvería a salir.

—¿Y no es cierto?

—¡No! ¡Desde luego! ¿Quién puede imaginar semejante cosa...?

—¿Podré salir yo...?

Se detuvo y la observó un instante. Parecía desolado.

—Tu caso es distinto, amiga mía... Tú eres esclava, compréndelo... Hemos pagado por ti una cifra muy alta... No sería justo que perdiéramos ese dinero por un capricho...

—¿Y con qué derecho me compran?

—Ése, pequeña, es un delicado problema legal... —argumentó—. Nosotros no nos dedicamos a robar gente y esclavizarla... ¡Faltaría más...! Ésa es una cuenta que debe saldar Suleiman con la justicia, si lo atrapa... Únicamente compro, para mi tío, esclavos que ya lo son cuando llegan a mi casa, y que si no compro yo, comprará otro. De dónde vengan y quiénes sean, no es mi problema... Lo único que me preocupa, es que «sean» esclavos.

—Nadie nace esclavo...

—¿Lo crees realmente...? —negó con suavidad—. En los tiempos que vivimos, lo difícil es no nacer esclavo, sino libre... ¿Qué diferencia existe entre ser esclava de un harén o de una fábrica? Mi tío es un viejo caprichoso... Se entusiasmará contigo unos días, y luego te dejará libre en un hermoso jardín donde tendrás todo lo que una mujer pueda desear... —le golpeó el brazo paternalmente—. Vivirás bien, te lo aseguro... Muéstrate dócil y todo será fácil... Si doscientas mujeres lo logran, ¿por qué no tú?

—Porque yo únicamente deseo regresar junto a mi esposo...

—¡Vaya! ¿Eres casada? Ese viejo zorro no me lo dijo...

—Estoy casada con un europeo... Está buscándome, y si no me encuentra, movilizará la Prensa mundial, y denunciará todo este escándalo del tráfico de esclavos...

El príncipe sonrió suavemente:

—Eso no me preocupa mucho, hija... No mucho...

La Prensa mundial ya ha dicho todo lo que tenía que decir sobre nosotros, con motivo de los embargos petroleros y la subida de los precios... Eso es lo que realmente les preocupa, y no una nimiedad como la esclavitud... Además... —señaló—, controlamos un sector de la Prensa lo suficientemente grande, como para refutar y acallar toda protesta... Te maravillaría saber cuántas empresas internacionales están respaldadas por nuestro capital...

—Se creen los amos del mundo, ¿no es cierto?

—Aún no... —aclaró convencido—. Aún no... Pero algún día lo seremos... ¿No has oído decir que éste es «El siglo de los árabes»?

—Sí. Lo oí decir...

—Pues es cierto... Como un nuevo Mahoma nacido de las arenas del desierto, el petróleo es obra de la voluntad de Alá, para que recuperemos el esplendor de los tiempos pasados... Dominaremos el mundo sin necesidad de derramar sangre, y puedes estar segura de una cosa: no lo manejaremos peor de lo que está manejado ahora —rebuscó en sus anchos bolsillos y extrajo un puñado de caramelos. Le ofreció uno a Nadia, y comenzó luego a desenvolver otro parsimoniosamente, sin dejar por ello de pasear alrededor del estanque—. En realidad —añadió, con el caramelo girando en su boca—, ya estamos manejando la mayor parte de los negocios importantes... Basta con que trasladeamos nuestros capitales de un país a otro; de una a otra industria; incluso de una Banca a la de enfrente, para que toda la economía mundial se descontrole y cunda el pánico...

—¿Eso les divierte?

—En cierto modo... ¿No te parece divertido ver corretear como gallinas desplumadas a los grandes ejecutivos, los políticos y los diplomáticos...? Inglaterra, Francia, Alemania, Estados Unidos... Durante siglos no fuimos más que juguetes en sus manos. Nos colonizaban o nos repartían a su antojo: Egipto para ti, Sudán para mí; Argelia para ti, la India para mí... —sonrió alegremente—. ¡Ahora nos toca a nosotros! A ti te damos petróleo; a ti no... A ti te dejamos vivir..., a ti te arruinamos...

—¿Y qué culpa tengo yo de todo eso...?

—Pequeña... En unos tiempos en que compramos

países, empresas y Gobiernos, ¿qué importa que compremos unos cuantos negros...? —señaló hacia la puerta por la que había desaparecido Suleiman seguido por los cautivos—. La mayoría de ellos vivirán con nosotros mucho mejor de lo que vivieron nunca. Tu caso resulta en verdad diferente, pero..., ¡significa tan poco...!

Pareció dar por concluida la conversación y se alejó hacia el interior de la casa, seguido de su rumor de sedas y su arrastrar de sandalias.

Nadia quedó sola en el enorme patio y el jardín, vigilada de lejos por Abdul que, de tan inmóvil, parecía formar parte del decorado.

Observó detenidamente los altos muros y las gruesas puertas del caserón que más parecía una infranqueable fortaleza. Al otro lado, a no más de cien metros, cruzaban modernos automóviles, la gente vagaba a su antojo, y se abría un mundo tan alejado del de los esclavos, como pudiera estarlo el mismo París. La sirena de un buque resonó en el puerto, y poco antes un reactor había sobrevolado sus cabezas.

Fuera, más allá de los muros, debían circular los policías, y habría soldados, taxistas, vendedores ambulantes, niños que iban a la escuela, amas de casa, pordioseros...

Fuera, más allá de los muros, comenzaba el siglo xx, con sus virtudes y defectos, sus miserias y su despilfarro, su tiranía y su libertad.

Fuera, más allá de los muros, en alguna parte, estaría David.

Miró a su alrededor: un estanque, un jardín, unos muros muy altos... Ésa sería su vida hasta que —ya vieja y gorda— su amo se cansara de ella y la vendiera.

Recordó cuanto se había prometido sobre su propia muerte: «Me lanzaré al mar Rojo, o aguantaré la respiración hasta que estallen mis pulmones...»

¿Cuándo?

Quizá dentro de una hora; tal vez mañana...

Port-Sudán no era más que la última escala; la antesala del harén, y lo sabía.

«Tengo que prepararme —se dijo—. Tengo que olvidar el pasado, lo hermosa que es la vida, y cuánto amo a David... Tengo que olvidarlo todo, porque si no lo hago, no tendré fuerzas para acabar definitivamente. No debo mirar hacia atrás, sino adelante, para que ningún recuerdo me sujete...»

Se sentó en un rincón, con las piernas recogidas contra el cuerpo, y la cabeza gacha, solitaria y patética en aquel marco de arcadas de mosaicos, estanques transparentes, puertas de roble y bronce, jardines y palmeras...

Lejos, la sirena de un barco sonó por tres veces...

Lejos, la sirena de un barco sonó por tres veces.

Contempló el mar, salado y caliente, quizás el más caliente y salado de todos los mares del mundo, encajonado como estaba entre dos desiertos, sin un solo río que viniera a ofrecerle un poco de agua dulce ni corrientes que lo refrescaran.

Recordó las palabras del cónsul, allá en Douala:

—Recupere a su esposa antes de que la hagan cruzar el mar Rojo. Después, desaparecerá para siempre...

Había estado a punto de lograrlo. Por dos veces la tuvo casi al alcance de la mano y se la quitaron de entre los dedos, pero aun habiendo llegado a lo que todos consideraban el fin, no acababa de darse por vencido.

Seguiría adelante. Más allá del mar y de nuevos desiertos; más allá de lo que los cuerdos creían posible y los locos imposible, porque se había hecho a la idea de que no cejaría en su empeño más que muerto, e incluso encontraría la forma de que, si él caía, otros continuaran la búsqueda.

«Nadia no va a pasar el resto de su vida en un harén —se dijo—. No voy a consentirlo, pase lo que pase...»

Y se sentía seguro de sí mismo.

No había cambiado. No se había convertido en un hombre nuevo y audaz en el transcurso de los días pasados en el desierto, ni se consideraba a sí mismo un héroe capaz de superar cualquier obstáculo. Seguía siendo el mismo, y lo sería por el resto de sus días, pero la inercia le empujaba cada vez más lejos, incapaz ya de detenerse, de la misma forma que, otras veces, fue, sin embargo, incapaz de iniciar nada.

Ahora sabía que podía hacerlo. Al igual que había atravesado media África, atravesaría medio mundo, y encontraría a Nadia dondequiera que la escondiesen.

Todo pareció acabar el día que aquel maldito «Junker» alzó el vuelo y se perdió en la distancia, pero aunque los demás se dieron por vencidos, él no.

—Seguiré adelante —anunció—. Buscaré a Suleiman en Suakín, Port-Sudán, o dondequiera que se encuentre, y le haré confesar dónde está Nadia.

—Yo también voy —indicó el targuí—. El sudanés tiene una deuda conmigo.

Alec Collingwood decidió que deberían continuar juntos, y al día siguiente un mugriento «DC-3» les condujo de Al-Fasher a Jartum y de Jartum a Port-Sudán, donde un taxi destartalado, conducido por un conductor loco, recorrió en poco más de una hora los cien kilómetros hasta Suakín.

Encontraron la casa de Suleiman R'Orab, pero ante la cerrada puerta un vecino negó con la cabeza:

—Debe de haber regresado a Port-Sudán —comentó—. Cuando no está de viaje, va mucho a Port-Sudán... Tiene allí negocios de perlas.

—¿Perlas...?

—¿No lo sabía? Suleiman comercia en perlas... Por eso viaja tanto...

Pero en Port-Sudán tampoco estaba. Recorrieron inútilmente el puerto, las calles, los zocos, las tiendas y los cafetines, pero se diría que Suleiman R'Orab, el traficante en perlas, había desaparecido.

Tal vez había ido a comprar mercancía a Mokalla, Mascate o Socotora; tal vez había ido a venderla a El Cairo, La Meca, o Beirut...

Tal vez —y eso lo dijo un tendero en voz muy baja— andaba metido en la trata de negros, pues no sería la primera vez...

Un barco enfiló la bocana del puerto y puso proa al mar abierto, rumbo a La Meca. Centenares de peregrinos vestidos de blanco agitaban la mano despidiéndose de África, felices porque dentro de unas horas estarían cumpliendo la obligación que les impuso el Profeta de visitar la Ciudad Santa.

Muchos no regresarían nunca.

Astutos traficantes se encargarían de endeudarles para acabar convirtiéndolos en siervos, auténticos esclavos que podían venderse para cobrar esa deuda.

Todo era posible en lugares donde se cortaba la mano de un hombre por robar un pan, o la lengua por mentir... Todo era posible allí donde tenían a Nadia.

—¿Por qué no puedo ser yo un peregrino más? —había preguntado—. Conseguiré que el mercader me diga quién compró a Nadia, y pasaré al otro lado disfrazado de peregrino...

—¿Rubio, de ojos azules, casi dos metros de alto y sin hablar el idioma ni el menor conocimiento del Islamismo...? —Alec Collingwood agitó la cabeza con escepticismo—. ¿Cuánto crees que tardarían en descubrirte?

—Puedo teñirme el pelo, usar lentes oscuros, aprender el idioma, ponerme al corriente sobre el Islam...

—Podemos ir juntos y bastará con que guardes silencio...

Se había vuelto, sorprendido, a Malik:

—¿Vendrías?

—Cuando haya matado a Suleiman... —replicó convencido—. Si confiesa quién la tiene, te ayudaré a buscarla...

Miranda Brehm había agitado la cabeza como si estuviera escuchando a dos locos.

—¿Saben lo que están diciendo? Nunca podrán entrar, y si entran, jamás saldrán...

Observó con detenimiento el barco que se perdía de vista en la distancia, y se preguntó qué posibilidades tendría de pasar inadvertido entre aquella masa de peregrinos de piel oscura, llegados de todos los confines de África.

Ninguna, probablemente, pero, aun así, tenía que intentarlo.

Regresó despacio hacia la ciudad, ajeno al ¡balak, balak!, de los cargadores que pedían paso, a la llamada de los vendedores que ofrecían frutas, baratijas, cigarrillos o drogas, y a los requerimientos de las viejas prostitutas, sumergido en un océano de túnicas blancas y negros rostros, pues se diría que para los sudaneses no existía otra forma de vestir que la túnica, ni otro color que el blanco.

En la avenida El Mahdi tuvo que dar un paso atrás para esquivar un enorme camión que se le venía encima, pesado y rugiente, con la parte posterior protegida con una gran lona que ocultaba su carga.

Se adentró luego en el barrio indígena, maloliente, gritón y polvoriento, hacia la casucha que Malik había alquilado para que les sirviera de refugio, puesto que se hallaban en Sudán sin permiso e indocumentados.

Miranda leía *¡Oh, Jerusalén!*, y Alec engrasaba y repasaba una vez más su rifle. Le interrogaron en silencio, y se dejó caer desganado en un destartalado sillón de mimbre:

—Nada... Todos los rostros me parecen el suyo, pero no es ninguno... Los sudaneses son todos iguales...

—Quizá Malik tenga más suerte...

—Pueden pasar meses... —los contempló largo rato, y ellos mantuvieron su mirada—. ¿Por qué no regresan? —inquirió al fin—. Ya han hecho todo lo que podían... Me siento culpable al saberles aquí, encerrados y tal vez en peligro...

—No corremos ningún peligro, y no nos importa estar encerrados —señaló el inglés—. Hacía mucho tiempo que no podíamos estar así, juntos.

—Nos quedaremos hasta el fin —añadió Miranda.

Sonrió agradecido, pero hizo un amplio gesto de impotencia.

—¿Fin? ¿Qué fin...? Ya no hay nada que hacer salvo encontrar a Suleiman, y no quisiera que se mezclaran en esa muerte.

Alec Collingwood dejó a un lado el rifle, y se secó las manos con el trapo grasiento:

—Si cruzan allá enfrente, dondequiera que sea, necesitarán alguien que en un momento determinado pueda presionar a favor de ustedes. Tengo buenas relaciones en muchas partes, y me consta que hay infinidad de árabes dispuestos a ayudarnos.

—¿Ellos? —se asombró—. Lo dudo...

—No debe hacerlo... La mayoría están contra cualquier clase de esclavitud, pero no pueden luchar contra ella, del mismo modo que no podemos luchar nosotros contra la miseria, la corrupción o el tráfico de drogas de nuestros países...

—Sus Gobiernos la admiten.

—Ninguno lo hace oficialmente... —agitó el trapo engrasado—. Es como la tortura... Se prohíbe, pero sabemos que, en el fondo, todas las Policías la practican de un modo o de otro... ¿Cree que los brasileños o los chilenos son culpables de las atrocidades de sus torturadores? ¿Lo son los yanquis por lo que haga la CIA? ¿O los rusos por lo que cuenta Alexandr Soljenitsin en el *Archipiélago Gulag*...?

—¿No fueron acaso los alemanes culpables de lo que ocurrió en los campos de concentración...? —inquirió irritado.

—¿«Todos» los alemanes? —se sorprendió Alec Collingwood.

—Sí. «Todos» —recalcó—. Del mismo modo que todos somos culpables de que exista la tortura, la esclavitud y el hambre... Son cosas que están ahí y que constantemente se nos recuerdan, pero de las que nos desentendemos una vez tras otra... Al terminar la guerra, el mundo se preguntó cómo era posible que los alemanes hubieran soportado tanta atrocidad sin rebelarse contra Hitler... Cada día soportamos barbaridades semejantes y no nos sentimos culpables por ello...

—Si lo hiciéramos nos volveríamos locos: esclavitud, tortura, fusilamientos, drogas, hambres, enfermedades... Tenemos que acorazarnos contra ello, o la sola idea nos destruye...

Fue a responder, pero se interrumpió. Como una sombra, surgido de la nada, Malik-el-Fasi había hecho su aparición en la estancia.

—Esta noche hay una subasta de perlas en un cafetín de la playa... —dijo.

—¿Y...?

—Un negro jura que todos los traficantes de perlas de la región acudirán a esa subasta...

El mar batía mansamente en las sombras. La luna no había hecho su aparición y la arena aún conservaba el calor del día.

El cafetín era una amplia casucha de adobes, a no más de veinte metros de la orilla, rodeada de barcas de pescadores y redes que colgaban de sus mismos muros, sin luz que trascendiera al exterior; sin nada que denotara que en su interior se iban a barajar cientos de miles de libras en papel moneda y en auténticas perlas del mar Rojo y del Golfo Pérsico, las mejores, mayores y más hermosas perlas del mundo.

De tanto en tanto, una sombra surgía de las sombras, llegaba hasta la casa y golpeaba la puerta. Se abría un ventanuco, un hindú de nariz ganchuda asomaba el extremo de su enorme apéndice y husmeaba más que veía al recién llegado.

Luego, una rendija de luz alumbraba por un instante la arena, el recién llegado penetraba, y de nuevo la noche se adueñaba de la playa.

Dentro, un centenar de personas se agolpaban en la gran sala invadida por el espeso humo de cigarrillos, cachimbas y narguilés de hachís y grifa.

Todos hablaban, pero lo hacían en voz queda y en pequeños grupos, y podían escucharse infinidad de idiomas, desde el árabe que parecía imponerse, al inglés, francés, italiano, griego, hindú, y cien dialectos africanos. La concurrencia resultaba igualmente abigarrada, como en un extraño carnaval brasileño, y aunque prevalecían los sudaneses de blanca túnica, abundaban también los egipcios de fez rojo, saudíes de larga chilaba, altos somalíes, elegantes turcos, cobrizos hindúes, blancos, japoneses, chinos...

Cada dos o tres meses, joyeros y traficantes de todo el Oriente se daban cita en algún escondido local de Port-Sudán con el fin de repartise las mejores perlas que hubiera dado el mar en los últimos tiempos, lejos de la influencia de Gobiernos, sindicatos o recaudadores de impuestos.

La subasta no se había iniciado, pero los asistentes, enfrascados en sus charlas, no prestaron la menor atención a los tres hombres y la mujer que entraron siguiendo a un sudanés que les buscó una mesa apartada y discreta.

Les dieron a elegir entre café negro, cargado y fuerte, té verde con hierbabuena, caliente, dulzón y pringoso, o refrescos tibios y sin hielo. El Corán no permitía otra cosa.

Los ojos de David iban de un rostro a otro, tratando de reconocer en alguno de ellos al mercader que viera en el desierto:

—¿Conoces a Suleiman R'Orab? —preguntó al negro que les servía de guía.

Fue Malik el que respondió por él:

—No. No lo conoce. Ya se lo pregunté...

—Si trafica en perlas, vendrá esta noche —aseguró el negro—. Dicen que hay muy buen material...

—No lo veo...

—Aún es pronto...

Seguía entrando gente. De uno en uno, a veces en grupos, distribuyéndose por los puestos vacíos que pronto desaparecieron, hasta que la estancia se convirtió en una especie de horno, hediendo a sudor, humo, comida rancia y cien otros olores desagradables.

Las conversaciones, que habían subido de tono, se acallaron de pronto. Alguien colocó una mesa y una silla sobre el tosco mostrador de madera, y un viejo de barba de chivo y largo turbante caído hasta medio pecho, trepó trabajosamente y tomó asiento.

Pareció como si el humo se hubiera espesado con

la tensa expectación.

El viejo observó a la concurrencia, extendió la mano sin mirar y recogió un rojo pañuelo que un hombre le dio. Lo colocó sobre la mesa y estudió su contenido: una treintena de perlas de buen tamaño. Comentó algo con el hombre que se las había dado, y asintió:

—Treinta y cinco —dijo— de las islas de Abd-el-Kurl y Socotora... Mi valoración...: Tres mil libras sudanesas...

Recorrió la mirada por la estancia, tomó al azar una de las perlas y la mostró a los presentes entre su dedo índice y pulgar.

—Dos mil novecientas...

—Dos mil ochocientas...

—Dos mil setecientas...

—Dos mil seiscientas...

—¡¡¡Ja...!!!

Un egipcio había alzado la mano en la tercera mesa, y el viejo se interrumpió al instante. Parsimonioso, comenzó a anudar nuevamente el pañuelo. El comprador se aproximó, contó el dinero, lo depositó en la mesa y se llevó la mercancía. El viejo tomó los billetes, apartó una parte que se guardó en un amplio bolsillo de la chilaba, y extendió la mano para que un nuevo paquete de perlas cayera en ellas.

—¿Quién es? —preguntó en un susurro Alec al oído del negro.

—¿El viejo? Isa-ben-Isa... El hombre que más sabe de perlas del mundo... Puede valorar quinientas perlas de una mirada, y si hay una falsa, ¡una sola!, la descubre en el acto... El puesto de subastador se transmite de padres a hijos, pero nadie puede ocuparlo si no tiene, por lo menos, cuarenta años de experiencia junto a un maestro...

—¿Tan difícil es valorar una perla y descubrir una falsa?

—Como diferenciar los pollos recién nacidos... Isa-ben-Isa no sólo puede descubrir la falsedad de una perla entre cientos, sino incluso confirmar si ha sido pescada o no, donde se asegura...

—Cinco mil trescientos...

—Cinco mil doscientos...

—¡¡¡Ja!!!

—¿Y nadie duda de su cotización?

—Isa «es» la cotización. Quien dude de Isa-ben-Isa, deberá retirarse del negocio de las perlas...

—Cuatro mil...

—Tres mil novecientos...

—Tres mil ochocientos...

—¡Allí está!

Tuvo que hacer un esfuerzo para que su voz no atronara la sala, y Malik-el-Fasi le contuvo por el brazo evitando que se lanzara hacia el sudanés de blanca chilaba que, apoyado en una columna, escuchaba atento las cifras del viejo y forzaba la vista hacia la perla que mostraba entre los dedos.

—¡Cálmate! —susurró Alec—. ¡Cálmate, por favor...!

—Pero es él... ¡Estoy seguro! —masculló.

—Aquí no podemos atraparle... Hay que esperar...

Fue una larga espera, viendo cómo se sucedía el monótono canturreo, y las perlas cambiaban de mano sin que pareciese acabar nunca.

Suleiman R'Orab compró un pañuelo valorado en casi cuatro mil libras, se lo echó al bolsillo, buscó una silla, recostó la cabeza en la columna y se quedó dormido.

No era el único. Muchos compradores se habían acomodado donde podían y roncaban descaradamente.

—¿Qué pasa? ¿Por qué se quedan a dormir aquí?

—Esperan que amanezca... Nadie se atreve a salir a la noche con una fortuna en el bolsillo... Aquí, entre los que observan, hay muchos ladrones que ahora saben quién tiene dinero, o perlas... Irse significaría jugarse la vida.

Esperaron. Hora tras hora, durmiéndose sobre la mesa o cabeceando para despertar sobresaltados, hasta que, al fin, el narigudo de la puerta la abrió de par en par, y una claridad lechosa penetró seguida de una bocanada de aire y arena.

Hubo bostezos, desperezarse y bromas. Sillas y mesas resonaron, y uno tras otro, los asistentes se pusieron en pie, y se encaminaron a la salida.

La solitaria playa se pobló de vida y los grupos se fueron alejando en dirección a la ciudad, que se distinguía al fondo.

Marcharon en pos de Suleiman, procurando no perderle de vista ni aproximarse demasiado. Pagaron al negro, que desapareció como tragado por la arena, y alcanzaron al fin las primeras casas de un Port-Sudán aún dormido.

Los grupos se fueron diluyendo, y Suleiman se alejó solo entre callejas, hasta desaparecer en una especie de posada u hotelucho barato en la esquina de la antigua plaza del General Gordon.

—¿Y ahora?

—Creo que soy el único que puede hospedarse ahí sin levantar sospechas —señaló Malik—. ¡Espérenme en la casa...! —se volvió a Alec Collingwood—. Necesitaré tu revólver —señaló.

El inglés lo sacó de su bolsillo y se lo puso en la mano.

—Recuerda que lo queremos vivo... Únicamente él puede saber quién compró a Nadia...

El targuí hizo un gesto de asentimiento, ocultó el arma y cruzó la plaza con paso de lobo. Despertó al dueño del «hotel», un negro que dormía bajo el mostrador y le mostró un billete de una libra.

—Necesito un cuarto —dijo—. Pasé toda la noche en una subasta y me muero de sueño...

El negro le dio una gruesa llave y recogió el billete:

—El siete —indicó—. Por ese patio, al fondo... ¿Compró algo?

—¡Nada! Un tal Suleiman se me adelantó en el momento justo...! ¡Cuarenta perlas de Bahrein, preciosas...!

—¡Las vi! —rió el negro—. Suleiman me las enseñó... Vive aquí, en el cuatro... ¡Es el más listo! —rió de nuevo—. Siempre es el más listo... —cambió de expresión—. ¿No habrá venido a robarle? —inquirió, preocupado—. Suleiman es un viejo cliente... Y muy peligroso... Siempre va armado...

—¿Tengo yo cara de ladrón?

El negro le observó atentamente, y concluyó por encogerse de hombros. Desapareció de nuevo bajo el mostrador, y Malik se encaminó a su habitación, al fondo del patio.

Desde la puerta, se volvió a buscar la habitación número cuatro; calculó mentalmente, cerró desde dentro, sacó su gumia y perforó un pequeño agujero en la madera. Luego trajo una silla, tomó asiento, aplicó el ojo al hueco, y se quedó muy quieto, vigilando la puerta número cuatro.

Llamaron a la puerta.

Miranda cerró el libro y fue a abrir. Le sorprendió encontrarse ante el rostro de Suleiman R'Orab, que pareció sorprenderse a su vez y se volvió extrañado. Malik-el-Fasi le tranquilizó con una palmada en la espalda empujándole para que entrara.

—Pasa, pasa... —rogó.

El mercader se inquietó, observó a la mujer europea, y al fin cedió a la presión del targuí.

Entraron, y Malik cerró a sus espaldas.

—No te preocupes por ella —pidió—. Es una amiga... Ven, te enseñaré esas perlas...

Se encaminó a un arcón, se inclinó a hurgar dentro, y se alzó de nuevo con el revólver amartillado.

—Más vale que te estés quieto —ordenó.

Suleiman R'Orab palideció, y su rostro reflejó miedo y rabia al comprender que se había dejado engañar. Intentó sobreponerse.

—Pierdes tu tiempo —señaló con un ligero temblor de voz—. No estaba sacando dinero del Banco, sino guardando mis perlas... No llevo nada encima que valga una libra... —Echó mano a su bolsillo, pero el targuí le aferró la mano.

—Te creo... —aceptó—. Sé que fuiste a guardar tus perlas... Pero no es eso lo que me interesa —se volvió a Miranda—. ¿Dónde están?

Se abrió la cortina de cañas que daba a la habitación contigua, y asomó el extremo del rifle de Alec Collingwood, que penetró seguido de David. Cuando Suleiman reconoció a este último, hizo ademán de lanzarse hacia la puerta, pero Miranda se interpuso y Malik le aferró por el cuello.

—La avaricia te pierde, Suleiman... ¿Realmente me viste cara de estúpido, capaz de malvender mis perlas...?

Alec Collingwood le empujó con el rifle obligándole a tomar asiento en una tosca silla.

—¿De modo que tú eres Suleiman R'Orab, alias Suleiman Ben-Koufra, traficante de esclavos, asesino de mis hombres y raptor de los hijos de Malik-el-Fasi...?

Al escuchar el nombre de Malik-el-Fasi, el sudanés comenzó a temblar:

—¿Malik *el Solitario*? —inquirió.

—Así me llaman...

—Yo no tuve nada que ver con eso... —aseguró—. ¡Te juro que nunca supe nada...!

—Tu guía, el que abandonaste en el desierto, dijo otra cosa...

Suleiman acusó el golpe, asombrado:

—¿Amín...? ¿Encontraste a Amín...?

—Él me dio tu nombre...

Agitó la cabeza y pareció hundirse en su asiento, abatido.

—¡El maldito negro...! —murmuró—. Sabía que acabaría conmigo, y lo hizo aun después de muerto... El maldito negro... —alzó el rostro—. Te mintió... —aseguró una vez más—. Sé quiénes raptaron a tus hijos... Él me lo contó, y los tres están muertos, pero te juro que no tuve culpa en eso... ¿Por qué iba a mentirte ahora...?

Malik pareció intuir que decía la verdad. Guardó silencio un instante.

—¿Dónde está Nadia? —inquirió luego

—Eso no voy a decirlo —replicó, retador, el mercader—. No lo diré nunca.

David apartó suavemente a Malik y se situó frente a él.

—Escúchame bien, cerdo... —susurró—. Lo vas a decir aunque tenga que despellejarte vivo... —Hizo una pausa—. Te evitarás problemas si acabamos de una vez... ¿Qué sacas con callar...?

—Darme el gusto de irme al otro mundo sabiendo que te amargo la vida... Nunca verás a tu negra. Y, ¿sabes...? Ya no la reconocerías... La hemos disfrutado bien en este tiempo... Yo, y todos mis hombres... Es caliente esa negra tuya... ¡Bien buena, y caliente...!

Soltó un chillido cuando Alec Collingwood le apagó el cigarrillo en el cuello. El inglés tiró la colilla, tomó una cuerda y comenzó a atarle.

—Más vale que vayas a dar un paseo —aconsejó a Miranda—. Esto no va a resultar agradable...

Malik-el-Fasi extrajo calmosamente su gumía, cortó la túnica, dejó el pecho al descubierto y practicó en la piel una incisión en forma de «u» invertida. Metió el dedo pulgar, con la uña separó la piel, y de un tirón desgarró más de veinte centímetros de la piel del sudanés, que dio un salto y se retorció de dolor.

—¡Vamos! —pidió David—. Dilo de una vez, o empiezo yo...

—¡Espera...! —sollozó Suleiman—. Espera un momento —se tranquilizó y le miró de frente—. Se la vendí al príncipe Hassán Ibn Aziz, para su tío, el jeque Abdallah.

—¿Cuándo?

—Anteayer...

Una sombra de esperanza cruzó el rostro de David.

—¿Pasaron ya el mar Rojo?

—No lo sé...

—¿Dónde la entregaste?

—En casa del príncipe, en el barrio nuevo... No tiene pérdida; al final de la avenida Nasser, la casa grande de muros rojos...

Malik le aferró por los cabellos, le obligó a echar la cabeza hacia atrás y levantó la gumía. David le interrumpió con un gesto.

—Una última pregunta... ¿Por cuánto la vendiste?

—Treinta mil dólares...

—¡Treinta mil dólares...! —agitó la cabeza con pesar—. Yo te hubiera dado todo el oro del mundo...

Hizo un mudo gesto de asentimiento, Miranda volvió el rostro, y Malik bajó su mano armada y cercenó el cuello de oreja a oreja.

Alec Collingwood tendió a cada uno su arma.

—¡Vamos!

El capitán se cuadró ceremonioso.

—Todo dispuesto, Excelencia...

—¿Acomodaron a los negros?

—Perfectamente, Excelencia...

—¿Cómo está el mar?

—Bueno, Excelencia... No tendremos problemas...

—Eso dijo la última vez, y me mareé como una cabra... —encendió su narguilé—. Haga que suban a la negra... Me agrada hablar con ella, y tal vez me olvide del balanceo...

—Como usted ordene, Excelencia...

El capitán desapareció en la cabina, y Su Excelencia el príncipe Hassán Ibn Aziz contempló, pensativo, la puesta de sol sobre Port-Sudán, la playa lejana, y el largo muelle al que estaba atracado el hermoso yate que su tío Adballah había comprado para el amor de su vida: una rubia yugoslava que acabó suicidándose.

¡El viejo Abdallah! ¡Tardaba en morirse...! Tardaba demasiado en verdad, y fue una lástima que aquella estúpida desapareciera, porque mientras vivió se advertía cómo, noche a noche, iba arrastrando al viejo al más allá.

Un par de meses de sacarle el jugo de aquel modo, y todo habría acabado, pero con su muerte, el hastío regresó a la cama del jeque, y ahora hacía mucho tiempo ya que no cometía excesos pese a sus doscientas esclavas.

—¡Tal vez esa negra! —se dijo.

Tenía una salud de hierro el viejo, y si no lo mataba un abuso, sería muy capaz de acabar enterrándoles a todos. Y Hassán estaba harto de ser el eterno príncipe heredero, y vivir de las migajas del gran festín que su tío se daba con su pedazo de desierto y sus pozos de petróleo.

Con las nuevas tarifas del crudo, la renta del jeque Abdallah se multiplicaría por cinco, y pasaría del millón de dólares diarios. Al príncipe Hassán le sudaban las manos al pensar que algún día esa renta sería suya.

Trataba de imaginar lo que disfrutaría en Montecarlo con un millón de dólares diarios. Haría saltar todas las bancas de todos los casinos, y compraría los cien mejores caballos de carreras del mundo. No habría una sola prueba importante en el hipismo internacional que no ganara un caballo de su cuadra y tendría un «747» privado y un yate aún mayor que el *Cristina* de Onassis.

Sabría gastar el dinero, no como su viejo tío, que lo atesoraba en Bancos o en perlas y diamantes, sin haber hecho jamás un viaje a Europa, y sin comprar más que mujeres y esclavos.

Nadia apareció en cubierta y parpadeó cuando el sol, que ya se ocultaba, le dio en los ojos. Un marino la conducía de una cadena atada a la muñeca, la acomodó en una amplia butaca, frente al príncipe, y sujetó luego la argolla libre a una de las barras de la barandilla.

—¿Me va a tener así, amarrada como un perro? —inquirió.

—Lo lamento, pequeña —se disculpó el príncipe—. A menudo los esclavos se lanzan al mar, y no quiero perderte... —Se volvió al marinero—. Dile al capitán que podemos zarpar.

El otro le entregó la llave de las esposas, saludó ceremonioso y desapareció en la cabina.

El príncipe contempló durante unos instantes la puesta de sol.

—Hermoso espectáculo —comentó, y luego se volvió a mirarla—. Dime: ¿Cómo gastarías un millón de dólares diarios...?

—¿Un millón de dólares diarios? —repitió sın interés.

—Exactamente... Los tengo al alcance de la mano, y no puedo tomarlos. —Hizo una larga pausa y la miró fijamente—. Tal vez tú y yo podamos hacer un trato...

—¿Qué clase de trato?

—Uno que te proporcionaría la libertad, regresar a tu casa, y llevarte de paso un buen regalo... —sonrió—. Yo soy generoso; muy generoso; y muchísimo más, si dispongo de un millón de dólares diarios...

—No entiendo...

—No es difícil... Eres joven, inteligente, hermosa como nunca vi a ninguna antes, y te has educado en París, civilizadamente... Estás casada, y supongo que tendrás experiencia en el amor... No eres una campesina botarate, incapaz de refinamientos... —Hizo una pausa y sonrió con picardía—. Supongamos que te aplicas; que dejas a un lado tu asco por un tiempo, y te dedicas, en cuerpo y alma, a la tarea de hacer feliz, muy feliz, a un hombre... —dejó en silencio un largo espacio de tiempo, que se llenó con el runruneo de la cadena del ancla al subir, y el trepidar de los motores. Luego añadió con lentitud—: ¿Cuánto crees que podría durarte un pobre anciano que tiene más los pies en el otro mundo que en éste...?

Nadia tardó en responder, pero cuando lo hizo, su voz denotaba tal firmeza, que no podía abrigarse duda alguna de que cumpliría su promesa.

—No voy a hacerlo, ¿me oye? No voy a matar a su tío, porque no creo que llegue a tocarme... Desde este momento tendrá que dedicarse a vigilarme minuto a minuto, porque voy a matarme... Encontraré el modo... Aún no sé cuál, pero lo encontraré, aunque tenga que contener la respiración hasta reventar... Soy una ashanti, no lo olvide, y los ashantis nunca juramos en falso.

—No seas estúpida. Sería sólo unos meses... Después, quedarías libre y rica...

—¡No!

La negativa no admitía réplica, y el príncipe pareció comprenderlo. Permaneció en silencio, viendo cómo los marineros lanzaban las amarras y el hermoso navío comenzaba a apartarse lentamente del muelle.

—¡Una lástima! —comentó para sí—. Una lástima, negra... Sería tan cómodo para todos... Mi país necesita una nueva política y una nueva forma de vida. Pasaríamos de la Edad Media en que lo tiene encerrado mi tío, al siglo XXI en que sueño vivir yo. Levantaría escuelas y hospitales; dejaría libres a los esclavos y a los presos políticos; industrializaría el país e incluso lo abriría al turismo extranjero... Un paraíso; y todo te lo deberíamos a ti...

Se interrumpió. Un automóvil acababa de detenerse a la entrada del muelle con un chirriar de frenos, y las cuatro puertas se abrieron al unísono. Nadia siguió la dirección de su mirada y se puso en pie de un salto.

—¡David! —gritó—. ¡David!

Advirtió que él también la llamaba, pero no pudo oír su voz, acallada por el ruido de los motores.

Fue una carrera desesperada, angustiosa, pero desde el primer momento quedó patente que no llegaría a tiempo. El yate se apartaba centímetro a centímetro del espigón de piedra, y cuando David alcanzó el borde, más de diez metros le separaban ya de la cubierta.

Nadia, sujeta a la cadena, daba bruscos tirones, y cuando rompió a llorar, no lo hizo de dolor, sino de impotencia, al ver que tenía la libertad allí, tan cerca, y un simple pedazo de metal la retenía.

—David —repitió—. ¡Oh, Dios...!

La nave continuó alejándose. Malik se llevó el rifle al rostro, pero David le detuvo con un gesto.

—¡Te encontraré, Nadia! —gritó—. Te encontraré... ¡Ahora sé dónde estás!

Poco a poco el brazo de agua se fue haciendo más y más ancho, y las figuras humanas, allá en el muelle, disminuyeron de tamaño.

El príncipe Hassán Ibn Aziz, que había asistido imperturbable a la escena, agitó la cabeza con un gesto de fastidio.

—Puede ser muy molesto que tu esposo sepa quién soy... ¡Muy molesto...! El sucio de Suleiman me vendió. ¡Maldito sea...! —Metió la mano en el bolsillo, extrajo una pequeña llave y hurgó en la cerradura de la cadena—. No puede uno fiarse de nadie...

Alzó el rostro de Nadia y la obligó a que le mirara de frente.

—Podías haber significado un millón de dólares diarios —añadió—. Pero, en el fondo, creo que no hubieras servido... ¡Salta! —ordenó.

Y Nadia saltó.

LOS JET DE PLAZA & JANÉS

Los bestsellers mundiales más vendidos.